21世纪高等学校计算机规划教材

21st Century University Planned Textbooks of Computer Science

Access数据库实用教程习题与实验指导

The Practice of Practical Coursebook On Access

郑小玲 主编

高校系列

人民邮电出版社
北京

图书在版编目（C I P）数据

Access数据库实用教程习题与实验指导 / 郑小玲主编. -- 北京 : 人民邮电出版社, 2010.2
21世纪高等学校计算机规划教材. 高校系列
ISBN 978-7-115-21956-5

Ⅰ. ①A… Ⅱ. ①郑… Ⅲ. ①关系数据库－数据库管理系统，Access－高等学校－教学参考资料 Ⅳ. ①TP311.138

中国版本图书馆CIP数据核字(2010)第003801号

内 容 提 要

本书是《Access 数据库实用教程》一书的配套教材，分为“习题解析篇”、“实验指导篇”、“实验安排篇”和“模拟试卷篇”4 个部分。“习题解析篇”提供了各章习题解析、自测题和自测题参考答案。“实验指导篇”提供了各章实验解析，包括实验分析、实验方法和操作步骤。“实验安排”提供了各章实验练习，分为基础性实验和综合性实验两个层次。“模拟试卷篇”提供了两套模拟试题，包括理论知识和实际操作两部分，理论知识试题配有参考答案。

本书自测题和实验覆盖了主教材各章节的知识点。全书实验题目使用“成绩管理”1 个数据库，可以使读者体验使用 Access 建立数据库应用系统的全过程。

本书结构清晰，习题解析详尽，实验操作步骤详细，既可作为读者自学教材，也可作为高等院校数据库技术与应用等相关课程教材或参考书，还可作为社会各类学校的培训教材。

21 世纪高等学校计算机规划教材——高校系列

Access 数据库实用教程习题与实验指导

◆ 主　　编　郑小玲
　责任编辑　滑　玉
　执行编辑　贾　楠

◆ 人民邮电出版社出版发行　　北京市崇文区夕照寺街 14 号
　邮编　100061　　电子函件　315@ptpress.com.cn
　网址　http://www.ptpress.com.cn
　北京艺辉印刷有限公司印刷

◆ 开本：787×1092　1/16
　印张：13
　字数：343 千字　　　　2010 年 2 月第 1 版
　印数：1 – 3 000 册　　2010 年 2 月北京第 1 次印刷

ISBN 978-7-115-21956-5

定价：22.00 元

读者服务热线：(010)67170985　印装质量热线：(010)67129223

反盗版热线：(010)67171154

前言

Access 是一个功能强大、技术先进、使用方便的小型关系数据库管理系统，它具有完整的数据库概念、友好的用户操作界面、可靠的数据管理方式、面向对象的操作理念，以及强大的网络支持功能，可以进行数据组织、管理及使用等各种操作。目前，很多高等院校都开设了 Access 数据库应用相关的课程。

2007 年由人民邮电出版社出版的《Access 数据库实用教程》以应用为目的，以案例为引导，详细介绍了 Access 的基本概念、基本操作、VBA 编程以及小型数据库应用系统的开发等内容，是一本适用于高等院校非计算机专业本、专科数据库应用课程的教材。《Access 数据库实用教程习题与实验指导》是与之配套的学习与实验指导教程，用于帮助读者加深理解主教材内容，配合课程教学，指导学生上机实践和课后复习。全书分为以下 4 部分。

“习题解析篇”按照主教材章节顺序，对每章习题进行了分析与解答，并且提供了大量的自测题和自测题参考答案。目的是使读者更加深入地理解相关知识和概念，能够将这些基本知识和概念与 Access 数据库的基本操作融会贯通，并在使用这些知识操作 Access 数据库时，不仅了解如何做，而且清楚为什么这样做。只有这样，才能更好地运用相关知识和操作方法解决实际问题。

“实验指导篇”按照主教材章节顺序，对每章实验从实验目的、实验重点、实验内容、实验分析、实验方法以及操作步骤等方面进行了阐述与解析。目的是使读者从每个实验中受到启发，掌握 Access 基本操作的步骤，掌握解决问题的基本思路和方法，以提高实验操作的应用能力和解决实际问题的能力。

“实验安排篇”从实验目的、实验准备、实验步骤、实验内容安排等方面提出了具体的实验思路和要求，并为主教材每章设计了基础性实验，为课程设计了综合性实验。基础性实验以 Access 数据库基本操作为主，包括数据库、数据表建立，查询、窗体、报表、宏、VBA 模块以及数据访问页的建立及使用。综合性实验以开发小型数据库管理系统为基本内容，分析、设计数据库应用系统功能，并通过 Access 提供的集成方法，将基础性实验中建立的数据库对象集成在一起，形成数据库应用系统。全部实验以“成绩管理”数据为基础，最终完成“成绩管理系统”的建立。目的是使读者对数据库应用技术以及 Access 数据库的实际应用有一个整体的把握，并能够理解和运用 Access 数据库，解决本专业的实际问题。

“模拟试卷篇”提供了两份模拟试卷，包括理论知识和实际操作两部分。理论知识包含单项选择、填空、判断等 3 种题型，涵盖了各章重要的知识点，并配有参考答案；实际操作包含基本操作、简单应用和综合应用 3 类试题，重点考查 Access 的基本操作和简单应用。目的是使读者验证学习 Access 的实际效果，同时也希望对参加学校相关课程考试和全国等级考试的读者提供更多的帮助。

本书由郑小玲策划和统稿。全书共 24 章，其中，第 1 章、第 4 章、第 11 章、第 14 章、第 22 章中的 22.1 节、22.4 节由石新玲编写，第 2 章、第 12 章由胡珊编写，第 3 章、第 10 章、第 13 章、第 20 章、第 21 章、第 22 章的 22.2 节、22.3 节、22.10 节由郑小玲编写，第 5 章、第 9 章、第 15 章、第 19 章、第 22 章的 22.5 节、22.9 节由卢山编写，第 6 章、第 16 章、第 22 章的 22.6 节由旷野编写，第 7 章、第 8 章、第 17 章、第 18 章、第 22 章的 22.7 节、22.8 节由张宏编写，模拟试卷由郑小玲、张宏、卢山编写。首都经济贸易大学信息学院杨一平教授、牛东来教授、赵丹亚教授，以及徐天晟副教授对本书的编写给予了很大的帮助，提出了许多宝贵意见和建议，在此编者向他们表示衷心的感谢。

由于编写时间紧，加之编者水平有限，书中难免存在疏漏和不足之处，恳请读者提出宝贵意见。

编者

2009 年 11 月

目 录

习题解析篇

实验指导篇

实验安排篇

模拟试卷篇

习题解析篇

《Access 数据库实用教程习题与实验指导》是《Access 数据库实用教程》一书的配套教材。主教材每章提供了题型多样、实用性强的习题。“习题解析篇”与主教材相辅相成，不仅从基本概念、基本理论和简单操作等方面对每章习题进行分析和解答，而且提供了大量的自测题及其参考答案，这些自测题涵盖了各章主要知识点，目的是使读者更加深入地理解相关知识和概念，能够将这些基本知识和概念与 Access 数据库的基本操作融会贯通，并在使用这些知识操作数据库时，不仅了解如何做，而且清楚为什么这样做。这样才能更好地运用相关知识和操作方法解决实际问题。

第 1 章 Access 基础

1.1 习题解析

1.1.1 选择题

1. Access 数据库管理系统采用的数据模型是（　　）。

A. 实体—联系模型　　B. 层次模型

C. 网状模型　　D. 关系模型

【答案】D

【解析】数据库管理系统所支持的数据模型分为 3 种：层次模型、网状模型、关系模型，其中关系模型是当今最流行的数据库模型，其基本数据结构是二维表，每一张二维表称为一个关系。Access 就是一种关系型数据库管理系统。本题正确答案为 D。

2. 数据库（DB）、数据库系统（DBS）、数据库管理系统（DBMS）三者之间的关系是（　　）。

A. DBS 包括 DB 和 DBMS　　B. DBMS 包括 DB 和 DBS

C. DB 包括 DBS 和 DBMS　　D. DBS 就是 DB，也就是 DBMS

【答案】A

【解析】数据库系统（DBS）是指拥有数据库技术支持的计算机系统，由计算机系统（硬件和基本软件）、数据库、数据库管理系统、数据库应用系统和有关人员组成，因此本题正确答案为 A。

3. 将两个关系中具有相同属性值的元组连接到一起构成新关系的操作，称为（　　）。

A. 联接　　B. 选择　　C. 投影　　D. 关联

【答案】A

【解析】在关系数据库中，关系运算有 3 种：选择、投影和联接。从关系中找出满足给定条件的元组的操作称为选择。从关系模式中指定若干属性组成新的关系称为投影。联接是关系的横向结合，联接运算将两个关系模式拼接成一个更宽的关系模式，生成的新关系中包含满足联接条件的元组。从以上分析可以看出，本题正确答案为 A。

4. 对于现实世界中事物的特征，在实体—联系模型中使用（　　）。

A. 主关键字描述　　B. 属性描述

C. 二维表格描述　　　D. 实体描述

【答案】B

【解析】数据库设计的第一步是建立系统的概念模型，第二步再根据所使用的 DBMS 软件将概念模型转换成相应的数据模型（关系、层次或网状）。实体—联系模型（E-R 模型）是描述数据库概念模型的最常用的工具。在概念模型中的事物称为实体，事物的特征称为属性。因此本题正确答案为 B。

5. 主关键字是关系模型中的重要概念。当一张二维表（A 表）的主关键字被包含到另一张二维表（B 表）中，又不是它的主关键字时，它就称为 B 表的（　　）。

A. 主关键字　　B. 候选关键字　　C. 外部关键字　　D. 候选码

【答案】C

【解析】如果表中的一个属性（字段）不是本表的主关键字或候选关键字，而是另外一个表的主关键字或候选关键字，这个属性（字段）就称为外部关键字。本题正确答案为 C。

6. 下列实体的联系中，属于多对多联系的是（　　）。

A. 学校与校长　　B. 住院的病人与病床

C. 学生与课程　　D. 职工与工资

【答案】C

【解析】多对多的联系表现为表 A 的一条记录在表 B 中可以对应多条记录，表 B 的一条记录在表 A 中也可以对应多条记录，而每名学生可以选修多门课程，每门课程可被多名学生选修，因此本题正确答案为 C。

7. 关于关系数据库的设计原则，下列说法不正确的是（　　）。

A. 用主关键字确保有关联的表之间的联系

B. 关系数据库的设计应遵从概念单一化、“一事一表”的原则，即一个表描述一个实体或实体之间的一种联系

C. 除了外部关键字之外，尽量避免在表之间出现重复字段

D. 表中的字段必须是原始数据和基本数据元素

【答案】A

【解析】在关系数据库中，使用外部关键字来确保有关联的表之间的联系，因此本题答案 A 说法不正确。

8. 下列不属于数据库管理系统主要功能的是（　　）。

A. 数据共享　　B. 数据定义

C. 数据控制　　D. 数据维护

【答案】A

【解析】数据库管理系统的主要功能包括：数据定义、数据操纵、数据库的运行管理以及数据库的建立和维护功能。本题中答案 A 为数据库系统的数据管理技术特点。

9. 在下列叙述中，正确的是（　　）。

A. Access 只能使用系统菜单创建数据库系统

B. Access 不具备程序设计能力

C. Access 只具备了模块化程序设计能力

D. Access 具有面向对象的程序设计能力

【答案】D

【解析】在 Access 中可以使用多种方法创建数据库系统，如系统快捷菜单、快捷命令等，所以答案 A 错误。Access 使用 VBA 作为其内置的编程语言，而 VBA 采用面向对象程序设计思想，因此答案 B 错误，答案 D 正确，答案 C 太绝对化了。本题正确答案为 D。

10. 退出 Access 数据库管理系统可以使用的快捷键是（　　）。

A. Alt+O　　B. Alt+F+X　　C. Ctrl+X　　D. Ctrl+O

【答案】B

【解析】在 Access 中“Alt+O”组合键不执行任何操作，“Alt+F+X”组合键为退出系统，“Ctrl+X”组合键为剪切操作，“Ctrl+O”组合键为打开操作。因此本题正确答案为 B。

1.1.2 填空题

1. 数据管理技术的发展经历了________、________、________、________阶段。

【答案】人工管理，文件系统，数据库系统，高级数据库系统

【解析】数据管理技术的发展随着计算机硬件、系统软件和计算机应用范围的发展经历了人工管理、文件系统、数据库系统和高级数据库系统几个阶段。

2. 在关系模型中，二维表中的每一行上的所有数据在关系中称为________。

【答案】元组（或记录）

【解析】在关系模型中，一个关系就是一张二维表，表中的行称为元组，表中的列称为属性。

3. 关系的完整性约束条件包括________、________、________。

【答案】实体完整性，参照完整性，用户定义完整性

【解析】关系模型的完整性规则是对关系的某种约束条件。关系模型有 3 类完整性约束：实体完整性、参照完整性和用户定义完整性。

4. 数据库的核心操作是________。

【答案】数据库的运行管理

【解析】数据库管理系统的主要功能包括：数据定义、数据操纵、数据库的运行管理以及数据库的建立和维护功能，其中数据库的运行管理是核心部分。

5. Access 内置的开发工具是________。

【答案】VBA

【解析】Access 使用 VBA 作为其内置的编程语言，Access 作为 VBA 的宿主软件与其配套使用，实现程序开发功能。

1.2 自 测 习 题

1.2.1 选择题

1. 在数据管理技术发展的 3 个阶段中，数据共享程度最好的阶段是（　　）。

A. 人工管理阶段　　B. 文件系统阶段

C. 数据库系统阶段　　D. 3 个阶段相同

2. 数据库系统的核心是（　　）。

A. 数据模型
B. 数据库管理系统
C. 数据库
D. 数据库管理员

3. 在关系数据库中，能够唯一地标识一条记录的属性或属性的组合，称为（　　）。

A. 关键字　B. 属性　C. 关系　D. 域

4. Access数据库具有很多特点，以下叙述中，不属于Access特点的是（　　）。

A. Access数据库可以保存多种数据类型，包括多媒体数据
B. Access可以通过编写应用程序来操作数据库中的数据
C. Access可以支持Internet/Intranet应用
D. Access作为网状数据库模型支持客户机/服务器应用系统

5. 在Access中，数据库的核心与基础是（　　）。

A. 表　B. 查询　C. 报表　D. 宏

6. 关系模型允许定义3类数据约束，以下不属于数据约束的是（　　）。

A. 实体完整性
B. 参照完整性
C. 用户定义完整性
D. 记录完整性

7. 构成关系模型中的一组相互联系的“关系”一般是指（　　）。

A. 满足一定规范化要求的二维表
B. 二维表中的一行
C. 二维表中的一列
D. 二维表中的一个数字项

8. 在关系运算中，投影运算的含义是（　　）。

A. 在基本表中选择满足条件的元组（记录）组成一个新的关系
B. 在基本表中选择需要的属性（字段）组成一个新的关系
C. 在基本表中选择满足条件的元组和需要的属性组成一个新的关系
D. 上述说法均是正确的

9. 以下叙述中，错误的是（　　）。

A. DBMS是位于用户与操作系统之间的一层数据管理软件
B. DBMS是DataBase Management System的缩写
C. 数据库系统减少了数据冗余
D. DBMS是指采用了数据库技术的计算机系统

10. 一间宿舍可住多个学生，则实体宿舍和学生之间的联系是（　　）。

A. 一对一
B. 一对多
C. 多对一
D. 多对多

1.2.2 填空题

1. 在数据库系统中，实现各种数据管理功能的核心软件称为________。

2. 数据库管理系统常见的数据模型有层次型、网状型和________3种。

3. 在“学生档案”数据表中有学号、姓名、班级、出生日期、籍贯等字段，考虑到可能重名等情况，其中可作为关键字的字段是________。

4. 要从“学生”表中找出姓“刘”的学生，需要进行的关系运算是________。

5. 如果表中一个字段不是本表的主关键字，而是另外一个表的主关键字或候选关键字，

这个字段称为________。

1.2.3 判断题

1. 数据库系统相对于文件系统，提高了数据的共享性，使多个用户能够同时访问数据库中的数据。

2. 在关系数据模型中，域是指元组的个数。

3. 在关系数据库中，基本的关系运算有 3 种，分别是选择、投影和联接。

4. 在关系数据库中，一个关系就是一条记录。

5. 在数据库技术领域中，术语 DBMS 是指包括数据库管理人员、计算机软硬件以及数据库系统的系统。

1.3 自测习题参考答案

1.3.1 选择题

题号	1	2	3	4	5	6	7	8	9	10
答案	C	B	A	D	A	D	A	B	D	B

1.3.2 填空题

1. 数据库管理系统（或 DBMS）
2. 关系型
3. 学号
4. 选择
5. 外部关键字

1.3.3 判断题

题号	1	2	3	4	5
答案	√	×	√	×	×

第 2 章 创建和操作数据库

2.1 习题解析

2.1.1 选择题

1. Access 数据库文件的扩展名是（ ）。

A. .DBF　　B. .XLS　　C. .MDB　　D. .ADP

【答案】C

【解析】创建数据库的结果是在磁盘上生成一个扩展名为.MDB 的数据库文件。正确答案为 C。

2. 以下有关 Access 数据库的叙述中错误的是（ ）。

A. Access 数据库是以一个单独的数据库文件存储在磁盘中

B. Access 数据库是指存储在 Access 中的二维表格

C. Access 数据库包含了表、查询、窗体、报表、宏、页、模块 7 种对象

D. 可以使用“数据库向导”创建 Access 数据库

【答案】B

【解析】Access 数据库与传统数据库概念有所不同，它是以一个单独的数据库文件存储在磁盘中，并且每个文件存储了包括表、查询、窗体、报表、宏、页、模块等所有 Access 对象。因此，答案 A 和答案 C 的叙述是正确的，答案 B 的叙述是错误的。创建数据库的方法有两种，一是建立一个空数据库，然后向其中添加表、查询、窗体、报表等对象，这是创建数据库最灵活的方法；二是使用“数据库向导”创建数据库，因此答案 D 的叙述是正确的。本题答案为 B。

3. 以下无法关闭数据库的操作是（ ）。

A. 单击“数据库”窗口右上角“关闭”按钮

B. 双击“数据库”窗口左上角“控制”菜单图标

C. 单击“数据库”窗口左上角“控制”菜单图标，从弹出菜单中选择“关闭”命令

D. 单击“数据库”窗口右上角“最小化”按钮

【答案】D

【解析】关闭数据库常用的方法有 3 种：（1）单击“数据库”窗口右上角“关闭”按钮；

（2）双击“数据库”窗口左上角“控制”菜单图标；（3）单击“数据库”窗口左上角“控制”菜单图标，从弹出的菜单中选择“关闭”命令。而单击“数据库”窗口右上角“最小化”按钮，只能使打开的数据库“最小化”成按钮形式，仍处于“打开”状态。从以上分析可以看出，备选答案 D 的操作不能关闭数据库，因此本题答案为 D。

4. 在 Access 数据库窗口中选定对象，此时工具栏上的“视图”按钮显示为，单击该按钮，将进入该对象的（　　）。

A. 数据表视图　　B. 设计视图

C. 预览视图　　D. 运行视图

【答案】B

【解析】在 Access 中，数据库对象的视图之间可以方便地进行切换。若要在表、查询、窗体或报表的视图之间进行切换，可通过工具栏上的“视图”按钮。在数据库窗口中选定对象后，直接单击工具栏上的按钮，可切换到按钮图形所示的视图。按钮图形显示的视图为“设计视图”，因此本题答案为 D。

5. 在 Access 中，如果频繁删除数据库对象，数据库文件中的碎片就会不断增加，数据库文件也会越来越大。解决这一问题最有效的办法是（　　）。

A. 谨慎删除，尽量不删除

B. 选择“压缩数据库”命令，压缩数据库

C. 选择“修复数据库”命令，修复数据库

D. 选择“压缩和修复数据库”命令，压缩并修复数据库

【答案】D

【解析】删除对象后，Access 并不将这些对象所占用的空间释放，这使得数据库文件中的碎片不断增加，数据库文件也会越来越大，当一个数据库文件变得非常庞大时，一个简单的操作就可能导致 Access 的崩溃。解决这一问题最有效的办法是使用 Access 提供的压缩和修复数据库功能。压缩可以消除碎片，释放碎片所占用的空间。修复可以将数据库文件中的错误进行修正。因此本题答案为 D。

6. 假设在 Access 2003 环境下创建了一个数据库，若要在 Access 97 环境下使用该数据库，应对该数据库进行（　　）。

A. 压缩数据库操作　　B. 修复数据库操作

C. 转换数据库操作　　D. 备份数据库操作

【答案】C

【解析】Access 版本不同，所建数据库文件格式也有不同。为了解决不同版本间互相转换的问题，Microsoft 公司在后期的 Access 版本中提供了一个名为“转换数据库”的数据库实用工具，可以将低版本环境下创建的数据库文件格式转换为当前版本的数据库文件格式，也可以将当前版本环境下创建的数据库文件格式转换为低一级版本的数据库文件格式，所以本题答案为 C。

7. 以下有关数据库对象操作的叙述中，错误的是（　　）。

A. 既可以复制表对象的结构，也可以将表中记录追加到另一个表对象中

B. 创建数据访问页的副本时，Access 会提示为新 HTML 文件输入文件名

C. 从当前数据库删除数据访问页时，Access 会将其对应的 HTML 文件从计算机中删除

D. 双击某对象，可以直接打开该对象

【答案】C

【解析】如果需要打开某一数据库对象，可单击“数据库”窗口左侧“对象”栏中的对象类别，然后双击右侧要打开的对象。对数据库对象进行操作，既可以复制表的结构，也可以将表中记录追加到另一个表中。创建数据访问页的副本时，Access 会提示为新 HTML 文件输入文件名。从当前数据库删除数据访问页时，Access 会询问是删除链接和页，还是仅删除链接。只删除链接时，将从当前数据库中移走页，但不会从计算机中删除 HTML 文件。因此本题答案为 C。

8. 以下有关对数据库对象进行分组的叙述中，正确的是（　　）。

A. 对数据库对象进行分组，有利于查找

B. 可以将各种不同类型的数据库对象放到一个组中

C. 用鼠标右键单击“组”栏按钮，就可以选择“新组”命令，来创建新组

D. 添加到组中的所有数据库对象不会显示在其所属特定对象类型的“对象”列表中

【答案】B

【解析】为方便对象的使用和管理，可以将各种不同类型的数据库对象放到一个组中。组由从属于该组的数据库对象的快捷方式组成，向组添加对象并不改变该对象原来的位置。操作方法是：在“数据库”窗口中，单击“组”栏，然后用鼠标右键单击“组”栏下方空白处，在弹出的快捷菜单中选择“新组”命令，输入“组名”来创建新组。只有备选答案 B 的叙述是正确的，因此本题答案为 B。

9. 以下不属于数据库窗口组成部分的是（　　）。

A. 对象栏　　B. 对象列表　　C. 工具栏　　D. 菜单栏

【答案】D

【解析】数据库窗口的组成部分包括工具栏、对象栏及对象列表。因此本题答案是 D。

10. 组由从属于该组的数据库对象的（　　）。

A. 名称组成　　B. 快捷方式组成　　C. 列表组成　　D. 视图组成

【答案】B

【解析】组由从属于该组的数据库对象的快捷方式组成。因此本题答案为 B。

2.1.2 填空题

1. 对于 Access 数据库管理系统来说，一个数据库对象是一个______容器对象，其他 Access 对象均置于该容器对象之中，称为 Access 数据库______。

【答案】一级，子对象

【解析】对于 Access 数据库管理系统来说，一个数据库对象是一个一级容器对象，其他 Access 对象均置于该容器对象之中，称为 Access 数据库子对象。

2. 一般情况下，数据库窗口中显示的命令按钮是______、______和______。

【答案】打开，设计，新建

【解析】在数据库窗口中，工具栏上显示的命令按钮有打开、设计及新建等。

3. Access 数据库文件的扩展名是______。

【答案】.MDB

【解析】创建数据库的结果是在磁盘上生成一个扩展名为.MDB 的数据库文件。

4. 创建 Access 数据库有两种方法，一是自行创建数据库，二是使用数据库______创建数据库。

【答案】向导

【解析】创建 Access 数据库有两种方法，一是自行创建数据库，二是使用数据库向导创建数据库。

5. 压缩数据库文件可以消除______，释放______所占用的空间。

【答案】碎片，碎片

【解析】Access 提供了压缩数据库功能，压缩数据库文件可以消除碎片，释放碎片所占用的空间。

2.2 自测习题

2.2.1 选择题

1. 以下不属于 Access 数据库对象的是（　　）。

A. 表　　B. 查询　　C. 视图　　D. 模块

2. 在 Access 数据库系统中，以下不属于数据库对象的是（　　）。

A. 数据库　　B. 窗体　　C. 宏　　D. 数据访问页

3. Access 默认的数据库文件夹是（　　）。

A. Access　　B. Temp

C. My Documents　　D. 用户自定义的文件夹

4. 以下不能关闭数据库的操作是（　　）。

A. 打开“文件”菜单，选择“关闭”命令

B. 打开“文件”菜单，按“C”键

C. 单击“数据库”窗口的“关闭”按钮

D. 按“Esc”键

5. 设置默认的数据库文件夹，应在“选项”对话框的（　　）。

A. “常规”选项卡中完成　　B. “视图”选项卡中完成

C. “数据表”选项卡中完成　　D. “高级”选项卡中完成

6. 创建 Access 数据库有两种方法：第一种方法是先建立一个空数据库，然后向其中添加数据库对象；第二种方法是（　　）。

A. 使用“数据库视图”　　B. 使用“数据库向导”

C. 使用“数据库模板”　　D. 使用“数据库导入”

7. 以下关于创建数据库方法的叙述中，错误的是（　　）。

A. 打开“文件”菜单，选择“新建”命令，再选择“空数据库”选项

B. 打开“视图”菜单，选择“数据库对象”命令

C. 直接创建空数据库

D. 利用向导创建数据库

8. 创建数据库的结果，就是在磁盘上生成一个数据库文件，文件扩展名是（　　）。

A. .DBF　　B. .NDB

C. .MDB　　D. .PRG

9. 若要使打开的数据库文件不能为网上其他用户共享，则要选择打开数据库文件的方式为（　　）。

A. 以只读方式打开　　B. 以独享只读方式打开

C. 以独享方式打开　　D. 直接打开

10. 在 Access 数据库中，单击菜单“工具”→“数据库实用工具”→“压缩和修复数据库”，可以对数据库进行压缩和修复。其中，修复数据库可以（　　）。

A. 释放碎片占用的空间　　B. 修复数据库中的错误

C. 释放数据占用的空间　　D. 修复数据库中的对象

2.2.2　填空题

1. 使用或维护数据库，都必须将数据库________。

2. 删除数据库对象时须先__________该对象。

3. 当一个数据库文件被打开后，数据库中全部资源的基本属性都可以通过______对话框的不同选项卡来设置。

4. 通过__________任务窗格可以打开数据库。

5. Access 数据库由数据库__________和组两部分组成。

2.2.3　判断题

1. 虽然 Access 有版本区别，但所建数据库的文件格式没有区别。

2. 组由从属于该组的数据库对象的快捷方式组成。

3. 假设在 Access 97 环境下创建了一个数据库，若要在 Access 2003 环境下使用该数据库，应对该数据库进行压缩操作。

4. 模块不是 Access 数据库对象。

5. 从当前数据库删除数据访问页时，Access 会将其对应的 HTML 文件从计算机中删除。

2.3　自测习题参考答案

2.3.1　选择题

题号	1	2	3	4	5	6	7	8	9	10
答案	C	A	C	D	A	B	B	C	C	B

2.3.2　填空题

1. 打开

2. 关闭

3. 选项
4. “开始工作”
5. 对象

2.3.3 判断题

题号	1	2	3	4	5
答案	×	√	×	×	×

第3章 表的建立和管理

3.1 习 题 解 析

3.1.1 选择题

1. Access 表中字段的数据类型不包括（　　）。

A. 文本　　B. 备注　　C. 通用　　D. 日期/时间

【答案】C

【解析】Access 提供的数据类型有 10 种，分别是文本、备注、数字、日期/时间、货币、自动编号、是/否、OLE 对象、超链接和查阅向导。在本题提供的 4 个备选答案中，“通用”类型不属于 Access 提供的数据类型，因此本题正确答案为 C。

2. 有关字段属性，以下叙述错误的是（　　）。

A. 字段大小是用于设置文本、数字或自动编号等类型字段的最大容量

B. 可对任意类型的字段设置默认值属性

C. 有效性规则属性是用于限制此字段输入值的条件

D. 不同的字段类型，其字段属性有所不同

【答案】B

【解析】“字段大小”属性主要用于限制输入到文本、数字或自动编号等类型字段的最大容量，当输入的数据超过设置的字段大小时，系统将拒绝接收，因此答案 A 的叙述是正确的。“默认值”属性是在未输入数据前事先定义、并在输入数据时由 Access 自动输入到该字段中的数值，主要用于减少数据输入量，在 Access 数据表中，有些类型的字段不包括“默认值”属性，例如自动编号、超级链接等，对此类字段无法设置默认值，因此答案 B 的叙述是错误的。“有效性规则”属性允许定义一个条件，限制可以接收的值，因此答案 C 的叙述是正确的。字段属性表示字段的特性，在 Access 中，每个字段均有其特定属性，字段类型不同，其属性有差异。例如，“文本”型字段包括“字段大小”属性，“日期/时间”型字段不包括“字段大小”属性，因此答案 D 的叙述是正确的。本题正确答案为 B。

3. 以下关于 Access 表的叙述中，错误的是（　　）。

A. 设计表的主要工作是设计表的字段和属性

B. 表是 Access 数据库中的重要对象之一

C. 一个表中一般可以包含一到两个主题的信息

D. 表是窗体、报表或数据访问页的主要数据源

【答案】C

【解析】在 Access 数据库中设计表，主要是设计表结构，表结构是指数据表的框架，包括字段名称、数据类型、字段属性等，因此答案 A 的叙述是正确的。Access 提供了表、查询、窗体、报表、页、宏和模块 7 个对象，其中表是 Access 数据库的基础，是存储数据的容器，其他数据库对象，如查询、窗体、报表、页等都是在表基础上建立并使用的，即它是窗体、报表或数据访问页的主要数据源，是 Access 数据库中最重要的对象之一，因此答案 B 和答案 D 的叙述是正确的。在 Access 中，表是具有结构的某个相同主题的数据集合，即一个表只能包含一个主题的信息，因此答案 C 的叙述是错误的。本题正确答案为 C。

4. 能够使用“输入掩码向导”创建输入掩码的字段类型是（　　）。

A. 数字和日期/时间　　B. 文本和日期/时间

C. 文本和货币　　D. 数字和文本

【答案】B

【解析】输入掩码只为“文本”和“日期/时间”型字段提供了向导。因此本题正确答案为 B。

5. 在设置或编辑“关系”时，下列不属于可设置的选项是（　　）。

A. 实施参照完整性　　B. 级联更新相关字段

C. 级联追加相关记录　　D. 级联删除相关记录

【答案】C

【解析】在设置或编辑关系时，可以设置的选项包括：实施参照完整性、级联更新相关字段、级联删除相关记录。因此正确答案为 C。

6. 以下关于空值叙述正确的是（　　）。

A. 空值等同于空字符串　　B. 空值表示字段还没有确定值

C. 空值等同于数值 0　　D. Access 不支持空值

【答案】B

【解析】在 Access 表中，允许有空值。空值表示字段目前还没有确定值，一般用 Null 值来表示。空字符串是用双引号括起来的中间没有任何空格的字符串，其长度为 0。因此本题正确答案为 B。

7. 在 Access 数据库表中可以定义“格式”属性的字段类型是（　　）。

A. 日期/时间、是/否、备注、数字

B. 自动编号、文本、备注、OLE 对象

C. 日期/时间、数字、OLE 对象、是/否

D. 文本、OLE 对象、超链接、查阅向导

【答案】A

【解析】在 Access 提供的数据类型中，只有“OLE 对象”类型没有“格式”属性。在 B、C、D 3 个备选答案中，均包含“OLE 对象”，因此本题正确答案为 A。

8. Access 数据库表中的字段可以定义有效性规则，有效性规则是一个（　　）。

A. 控制符　　B. 条件　　C. 文本　　D. 表达式

【答案】B

【解析】“有效性规则”属性允许定义一个条件，用于对输入的数据进行限制。当输入的数据不符合条件时，系统显示错误提示信息，并拒绝接收数据。因此本题正确答案为 B。

9. 以下属于 Access 可以导入或链接的数据源是（　　）。

A. Access　　B. Excel　　C. FoxPro　　D. 以上都是

【答案】D

【解析】在 Access 中，可以导入或链接已存在的外部数据，其中包括使用 Access 创建的数据表、使用 Excel 建立的电子表格、使用 FoxPro 建立的数据表文件、使用 SQL Server 创建的数据库表等。因此本题正确答案为 D。

10. 筛选的结果是滤除了（　　）。

A. 满足条件的字段　　B. 满足条件的记录

C. 不满足条件的字段　　D. 不满足条件的记录

【答案】D

【解析】在 Access 中，筛选操作是将表中满足条件的记录显示出来，即将不满足条件的记录滤除。因此本题正确答案为 D。

3.1.2　填空题

1. 在 Access 中可以定义 3 种主关键字，分别是自动编号、单字段和________。

【答案】多个字段

【解析】主关键字也称主键。主键是表中能够唯一标识每一条记录的一个字段或多个字段。可以使用自动编号型字段作为主键。

2. 某学校学生的学号由 9 位数字组成，其中不能包含空格，则学号字段正确的输入掩码是________。

【答案】000000000

【解析】定义“输入掩码”属性时，可以使用“0”、“9”、“#” 3 个字符作为输入数字的限制。其中字符“0”表示必须输入数字 0~9，字符“9”和“#”表示可以选择输入数字或空格。根据题意，组成学号的字符只允许使用数字，不允许包含空格。因此本题应选择“0”作为输入掩码的描述。

3. 排序是根据当前表中的________或________字段的值来对整个表中的所有记录进行重新排列。

【答案】一个，多个

【解析】排序是根据当前表中的一个或多个字段的值来对整个表中所有记录进行重新排列。

4. 隐藏列的含义是使数据表中的某一列数据________。

【答案】不显示

【解析】在数据表视图中，为了便于查看表中主要数据，可以将不需要的字段列暂时不显示，即隐藏起来，需要时再将其显示出来。

5. Access 提供了两种字段数据类型保存文本或文本和数字组合的数据，这两种数据类型分别是________和________。

【答案】文本，备注

【解析】“文本”和“备注”类型的字段均可以存储文本或文本与数字组合的数据。“文本”

型字段最多可以存储 255 个字符或汉字，如果字符数超过 255 个，可以使用“备注”型字段。

3.2 自测习题

3.2.1 选择题

1. 在 Access 中，表是由（　　）。

A. 字段和记录组成　　B. 查询和字段组成

C. 记录和窗体组成　　D. 报表和字段组成

2. 以下关于货币数据类型的叙述中，错误的是（　　）。

A. 向货币型字段输入数据时，系统自动将其设置为 4 位小数

B. 向货币型字段输入数据时，不必输入人民币符号和千位分隔符

C. 货币型字段可以与数字型数据混合计算，结果为货币型

D. 货币型字段所占存储空间为 8 个字节

3. 如果在所建表中定义了“性别”字段，并向其中输入汉字，其数据类型应当是（　　）。

A. 是/否　　B. 数字　　C. 文本　　D. 备注

4. 数据类型是（　　）。

A. 字段的另一种定义

B. 一种数据库应用程序

C. 决定字段能包含哪类数据的设置

D. 描述表向导提供的可选择的字段

5. 在已建“tStudent”表中有一个“姓名”字段，其“字段大小”为 6，在此列输入数据时，最多可输入的汉字数和英文字符数分别是（　　）。

A. 3　3　　B. 3　6　　C. 6　6　　D. 6　12

6. 可以插入演示文稿对象的字段类型是（　　）。

A. OLE 对象　　B. 文本　　C. 备注　　D. 超链接

7. 以下描述中，符合输入掩码“&”字符含义的是（　　）。

A. 可以选择输入任何的字符或一个空格

B. 必须输入任何的字符或一个空格

C. 可以选择输入字母或数字

D. 必须输入字母或数字

8. 以下关于自动编号数据类型的叙述中，正确的是（　　）。

A. 自动编号数据为文本型

B. 自动编号类型一旦被指定，将会永久地与记录连接

C. 若删除含有自动编号字段的表中所有记录，新增加的记录的自动编号从 1 开始

D. 若删除含有自动编号字段的表中一条记录，未被删除的记录的自动编号将重新编号

9. 使用表设计视图定义字段时，必须设置字段的（　　）。

A. 名称　　B. 说明列　　C. “标题”属性　　D. “必填”属性

10. 对要求输入相对固定格式的数据，如电话号码 010-65971234，应定义字段的（　　）。

A. "格式"属性　　B. "默认值"属性

C. "输入掩码"属性　　D. "有效性规则"属性

11. 在已建的"tStudent"表中，若要确保输入的"联系电话"字段值只能为 8 位数字，应将该字段的"输入掩码"属性设置为（　　）。

A. 00000000　　B. 99999999　　C. ########　　D. ????????

12. 若设置字段的输入掩码为"####-######"，则该字段正确的输入数据是（　　）。

A. 0775-123456　　B. 0755-abcdef　　C. abcd-123456　　D. ####-######

13. 如果字段的输入掩码设置为"C"，则在该位置上可以接受的合法输入是（　　）。

A. 必须输入字母或数字　　B. 可以选择输入字母、数字或空格

C. 必须输入字母 A~Z　　D. 可以选择输入任何的字符或一个空格

14. 定义字段默认值的含义是（　　）。

A. 该字段值不允许为空

B. 该字段值不允许超出某个范围

C. 在未输入数据前，系统自动将定义的默认值提示在屏幕上

D. 在未输入数据前，系统自动将定义的默认值输入到该字段中

15. 在表设计视图中，不能进行的操作是（　　）。

A. 插入字段　　B. 设置索引　　C. 增加字段　　D. 删除记录

16. 在数据表视图中，不能进行的操作是（　　）。

A. 修改字段类型　　B. 删除一个字段

C. 修改字段名称　　D. 删除一条记录

17. 在表中删除一条记录，删除的记录（　　）。

A. 可以恢复到首记录位置　　B. 可以恢复到原始位置

C. 可以恢复到末记录位置　　D. 不能恢复

18. 在 Access 数据库中，建立索引的主要目的是（　　）。

A. 节省存储空间　　B. 提高查询速度

C. 便于管理数据　　D. 防止数据丢失

19. 数据库中有 A、B 两个表，表中均使用"编号"字段作为主键。当通过"编号"字段建立两表关系时，该关系为（　　）。

A. 一对一　　B. 一对多　　C. 多对多　　D. 不能建立关系

20. 在 Access 中，参照完整性规则不包括（　　）。

A. 查询规则　　B. 更新规则　　C. 删除规则　　D. 插入规则

21. "教学管理"数据库中有"学生"表、"课程"表和"选课"表，为了有效地反映 3 个表中数据之间的联系，在创建数据库时应设置（　　）。

A. 默认值　　B. 有效性规则　　C. 索引　　D. 表之间关系

22. 在 Access 中，为了保持表之间的关系，要求在主表中修改相关记录时子表相关记录随之更改。为此需要定义参照完整性的（　　）。

A. 级联更新相关字段　　B. 级联删除相关字段

C. 级联修改相关字段　　D. 级联插入相关字段

23. 以下关于输入掩码的叙述中，错误的是（　　）。

A. 定义字段的输入掩码，既可以使用输入掩码向导，也可以直接使用字符
B. 直接使用字符定义输入掩码，可以根据需要将字符组合起来
C. 输入掩码中的字符“#”表示可以选择输入数字或空格
D. 定义字段的输入掩码，是为了设置密码

24. 在 Access 表中可以定义 3 种主键，分别是（　　）。
A. 单字段、双字段和多字段　　B. 单字段、多字段和自动编号
C. 单字段、双字段和自动编号　　D. 双字段、多字段和自动编号

25. 利用记录排序规则，对以下字符进行降序排序，排序后的顺序为（　　）。
A. 数据库、期末考试、ACCESS、access
B. 数据库、期末考试、access、ACCESS
C. ACCESS、access、数据库、期末考试
D. access、ACCESS、数据库、期末考试

26. 以下关于空值的叙述中，正确的是（　　）。
A. 空值是等于 0 的值
B. 空值是用空格表示的值
C. 空值是双引号中间没有空格的值
D. 空值是字段目前还没有确定的值

27. 对数据表进行筛选操作，结果是只显示满足条件的记录，将（　　）。
A. 不满足条件的记录从表中删除
B. 不满足条件的记录从表中隐藏
C. 满足条件的记录保存在一个新表中
D. 不满足条件的记录保存在一个新表中

28. 在对表进行排序时，若以多个字段作为排序字段，则显示结果为（　　）。
A. 按定义的优先次序依次排序
B. 按从左向右的次序依次排序
C. 按从右向左的次序依次排序
D. 无法进行排序

29. 在 Access 数据库中已经建立“tStudent”表，若在数据表视图中显示该表姓“张”的记录，应使用 Access 的（　　）。
A. 筛选功能　　B. 排序功能　　C. 查询功能　　D. 报表功能

30. 在 Access 数据库中已经建立“tStudent”表，若使“学生编号”字段在数据表视图中显示时不能移动位置，应使用的方法是（　　）。
A. 排序　　B. 筛选　　C. 隐藏　　D. 冻结

3.2.2 填空题

1. 在表中输入数据时，若输入的字符必须是字母或数字，则应使用输入掩码字符是________。

2. 在数据表视图中，当输入的数据违反了有效性规则时，系统将显示提示信息。提示信息的内容可以通过字段的________属性来定义。

3. 筛选记录有 4 种方法，分别是按选定内容筛选、________、按筛选目标筛选以及高级

筛选。

4. 在 Access 中，空值是指________的值，空字符串是指________的值。
5. 不能对数据类型为备注、超链接、________的字段进行排序。
6. 匹配任何一个字符的通配符是________。
7. 文本型字段的“字段大小”属性的取值范围是________。
8. 在 Access 中，“是/否”型字段只能包含________、________两种取值。
9. 在 Access 中，“必填字段”属性的取值包括“是”或________两项。
10. 子数据表是指数据表视图中显示已与其________的数据表。

3.2.3 判断题

1. 不能将 Excel 表中的数据导入到 Access 表中。
2. 为字段设置查阅列表可以方便数据的输入。
3. 在设计表结构时，应将含有照片的字段定义为“OLE 对象”类型。
4. “索引”属性值包含“有”和“无”两项。
5. Access 中的每个表只能设置一个主键。
6. 在数据表视图中，可以通过调整列宽来改变字段的“字段大小”属性。
7. 要建立两个表之间的关系，必须设置主键。
8. “超链接”类型的字段包含作为超链接地址的文本、或以文本形式存储的字符和数字的组合。
9. 可以对任意类型的字段设置“有效性规则”属性。
10. 将“6”、“5”、“12”3 个字符串按从小到大顺序排序，其结果应为“12”、“5”、“6”。

3.3 自测习题参考答案

3.3.1 选择题

题号	1	2	3	4	5	6	7	8	9	10
答案	A	A	C	C	C	A	B	B	A	C
题号	11	12	13	14	15	16	17	18	19	20
答案	A	A	D	D	D	A	D	B	A	A
题号	21	22	23	24	25	26	27	28	29	30
答案	D	A	D	B	B	D	B	B	A	D

3.3.2 填空题

1. A
2. 有效性文本
3. 按窗体筛选

4. 不确定（未确定或没有确定），字符串内容为空（或双引号中间没有空格）
5. OLE 对象
6. ?
7. 0~255
8. Yes（或 True，或-1），No（或 False，或 0）
9. 否
10. 建立关系

3.3.3 判断题

题号	1	2	3	4	5	6	7	8	9	10
答案	×	√	√	×	√	×	×	√	×	√

第 4 章 查询的创建和使用

4.1 习题解析

4.1.1 选择题

1. Access 支持的查询类型是（　　）。

   A. 选择查询、交叉表查询、参数查询、SQL 查询和操作查询

   B. 基本查询、选择查询、参数查询、SQL 查询和操作查询

   C. 多表查询、单表查询、交叉表查询、参数查询和操作查询

   D. 选择查询、统计查询、参数查询、SQL 查询和操作查询

【答案】A

【解析】在 Access 中，查询分为 5 种，分别是选择查询、交叉表查询、参数查询、操作查询和 SQL 查询。5 种查询的应用目标不同，对数据源的操作方式和操作结果也不同。本题正确答案为 A。

2. 在 Access 数据库表中查找符合条件的记录，应使用的查询是（　　）。

   A. 总计查询　　B. 更新查询　　C. 选择查询　　D. 生成表查询

【答案】C

【解析】根据指定条件，从一个或多个数据源中获取数据的查询称为选择查询。本题中的备选答案 C 和备选答案 D 均属于操作查询。备选答案 A 属于查询中的计算功能，不属于一种具体的查询类型。因此本题正确答案为 B。

3. 以下有关查询的叙述中，正确的是（　　）。

   A. 只能从“新建查询”对话框中选择“设计视图”选项，打开查询设计视图

   B. 使用查询设计视图创建的查询与 SQL 语句无关

   C. 可以在查询设计视图中设置表之间的关系

   D. 建立查询后，查询的内容和基本表的内容都不能更新

【答案】C

【解析】在 Access 中，查询有 5 种视图，其中设计视图可以用来创建和修改查询。有多种方法可以进入查询设计视图，比如在“数据库”窗口的“查询”对象中，双击“在设计视图中创建查询”选项，或右键单击某一查询，在快捷菜单中选择“设计视图”等操作均可以

打开查询设计视图，因此本题中备选答案 A 的叙述是错误的。在 Access 中，每一个查询都对应着一个 SQL 语句，可以说查询对象的实质是一条 SQL 语句，在查询的 SQL 视图中可以查看或修改该语句，因此本题中备选答案 B 的叙述错误。Access 中查询对象并不是数据的集合，而是操作的集合，创建查询后，只保存查询的操作，只有在运行查询时，才会从查询数据源中抽取数据，并创建它；只要关闭查询，查询的动态集就会自动消失，建立查询后，查询的内容和基本表的内容都可以更新，因此备选答案 D 的叙述错误。本题正确答案为 C。

4. 如果数值函数 INT（数值表达式）中，数值表达式为正，则返回的是数值表达式值的（　　）。

A. 绝对值　　B. 符号值　　C. 整数部分值　　D. 小数部分值

【答案】C

【解析】INT 为取整函数，其返回值为数值表达式的整数部分（如果数值表达式的值是负数，Int 会返回小于或等于该值的第一个负整数）。因此本题正确答案为 C。

5. 条件“Between 10 and 90”的含义是（　　）。

A. 数值 10 到 90 之间的数字，且包含 10 和 90

B. 数值 10 到 90 之间的数字，但不包含 10 和 90

C. 数值 10 和 90 这两个数字

D. 数值 10 和 90 这两个数字之外的数字

【答案】A

【解析】Between…and…运算符用于指定一个范围，该范围包括边界值。因此正确答案为 A。

6. 在创建交叉表查询时，行标题字段的值显示在交叉表的位置是（　　）。

A. 第一行　　B. 第一列　　C. 上面若干行　　D. 左面若干列

【答案】D

【解析】交叉表查询中，行标题字段放在交叉表的最左端，最多可以选择 3 个字段。因此本题正确答案为 D。

7. 在 Access 中已建立了“教师”表，表中有“教师编号”、“姓名”、“性别”、“职称”和“奖金”等字段。执行如下 SQL 命令：

```
Select 职称, avg(奖金) From 教师 Group by 职称;
```

其结果是（　　）。

A. 计算奖金的平均值，并显示职称和奖金的平均值

B. 计算各类职称奖金的平均值，并显示职称和奖金的平均值

C. 计算奖金的平均值，并显示职称

D. 计算各类职称奖金的平均值，并显示职称

【答案】B

【解析】本题 SQL 语句的含义为按职称分组，计算各职称教师奖金的平均值，并显示职称和奖金的平均值。因此本题正确答案为 A。

8. 在查询设计视图中（　　）。

A. 只能添加数据库表　　B. 可以添加数据库表，也可以添加查询

C. 只能添加查询　　D. 可以添加数据库表，但不可以添加查询

【答案】B

【解析】执行查询时，需要从指定的一个或多个数据库表或查询中搜索数据。当使用查询设计视图时，在“显示表”对话框中可以看到只能从表或查询中选择添加数据源，如图 4.1 所示。

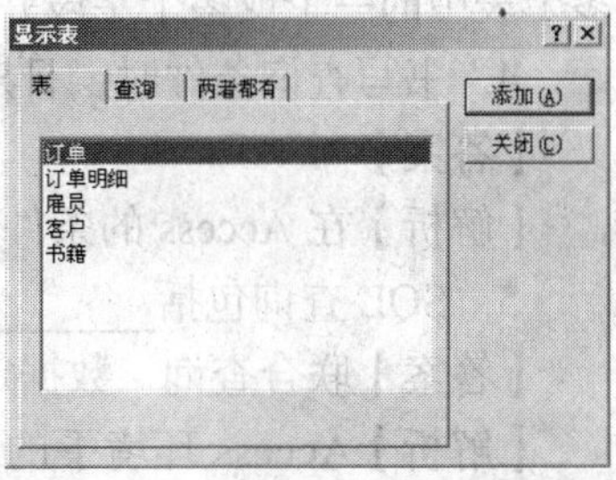

图 4.1　“显示表”对话框

9. 假设某数据库表中有一个“姓名”字段，查找姓李的记录的条件是（　　）。

A. NOT "李*"　　　　B. Like "李"

C. Left([姓名],1) = "李"　　　　D. "李"

【答案】C

【解析】本题中备选答案 A 是查找不姓“李”的记录。备选答案 B 和 D 是查找姓李的记录。备选答案 C 是查找姓名值左侧第一个字为“李”的记录。因此本题正确答案为 C。

10. 图 4.2 所示的是查询设计视图的“设计网格”部分，从此部分所示内容中判断欲创建的查询是（　　）。

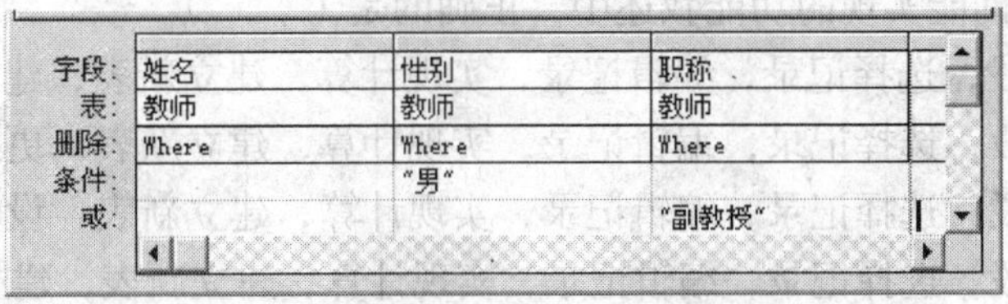

图 4.2　查询设计视图的“设计网格”

A. 删除查询　　B. 生成表查询　　C. 选择查询　　D. 更新查询

【答案】A

【解析】查询设计视图的“设计网格”部分中显示有“删除”行，可以判断该查询为删除查询。因此本题正确答案为 A。

4.1.2　填空题

1. 创建分组统计查询时，总计项应选择________。

【答案】分组

【解析】在查询中，如果需要对记录进行分类统计，可以使用分组统计功能，分组时，只许在设计视图中将用于分组字段的“总计”行设置成“分组”即可。

2. 查询有 5 种：分别是________、交叉表查询、________、操作查询和 SQL 查询。

【答案】选择查询，参数查询

【解析】在 Access 中，查询分为 5 种，分别是选择查询、交叉表查询、参数查询、操作查询和 SQL 查询。5 种查询的应用目标不同，对数据源的操作方式和操作结果也不同。

3. 若希望使用一个或多个字段的值进行计算，需要在查询设计视图的“设计网格”中添加________字段。

【答案】计算

【解析】在有些统计中，需要统计的字段并未出现在表中，或者用于计算的数据值来源于多个字段，此时需要在查询设计视图的“设计网格”中添加一个新字段，其值是根据一个或多个表中的一个或多个字段并使用表达式计算得到，此字段也称为计算字段。

4. 书写查询条件时，日期值应使用_______符号括起来。

【答案】“#”

【解析】在 Access 的条件表达式中，日期型常量值要用半角“#”号括起来。

5. SQL 查询包括_______、传递查询、_______和子查询 4 种。

【答案】联合查询，数据定义查询

【解析】Access 环境下的 SQL 查询分为联合查询、传递查询、数据定义查询和子查询 4 种。

4.2 自 测 习 题

4.2.1 选择题

1. 以下关于查询能实现的功能叙述中，正确的是（　　）。
   A. 选择字段，选择记录，编辑记录，实现计算，建立新表，建立数据库
   B. 选择字段，选择记录，编辑记录，实现计算，建立新表，更新关系
   C. 选择字段，选择记录，编辑记录，实现计算，建立新表，设置格式
   D. 选择字段，选择记录，编辑记录，实现计算，建立新表，建立基于查询的报表和窗体
2. 以下不属于查询的视图形式的是（　　）。
   A. 设计视图　B. 模板视图　C. 数据表视图　D. SQL 视图
3. 以下不属于操作查询的是（　　）。
   A. 参数查询　B. 生成表查询　C. 更新查询　D. 删除查询
4. 将表 A 的记录添加到表 B 中，要求保持表 B 中原有的记录，可以使用的查询是（　　）。
   A. 选择查询　B. 生成表查询　C. 追加查询　D. 更新查询
5. 在查询设计网格中，下述不是其中选项的是（　　）。
   A. 排序　B. 显示　C. 类型　D. 条件
6. 以下关于查询的叙述中，正确的是（　　）。
   A. 只能根据数据表创建查询
   B. 只能根据已建查询创建查询
   C. 可以根据数据表和已建查询创建查询
   D. 不能根据已建查询创建查询
7. 在显示查询结果时，如果要将数据表中的“籍贯”字段名显示为“出生地”，可在查询设计视图中改动（　　）。
   A. “排序”行　B. “字段”行　C. “条件”行　D. “显示”行
8. 创建参数查询时，在查询设计视图“条件”行中应将参数提示文本放置在（　　）。
   A. { }中　B. (　) 中　C. [ ]中　D. <>中
9. 图 4.3 所示为查询设计视图的“设计网格”部分：

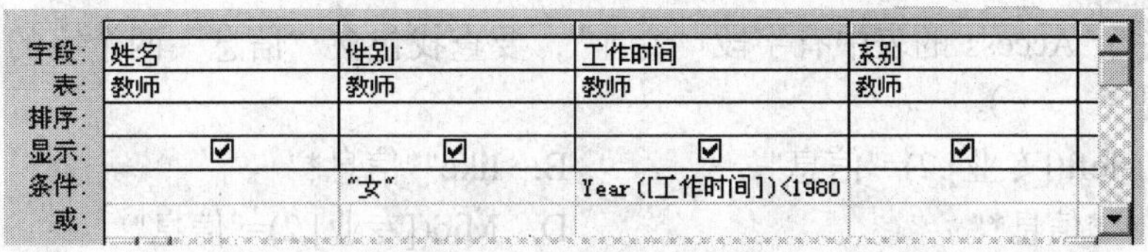

图 4.3　查询设计视图的"设计网格"

从显示内容可以判断，该查询是查找（　　）。

A. 性别为"女"并且 1980 年以前参加工作的记录

B. 性别为"女"并且 1980 年以后参加工作的记录

C. 性别为"女"或者 1980 年以前参加工作的记录

D. 性别为"女"或者 1980 年以后参加工作的记录

10. 现有如图 4.4 所示的查询设计视图，该查询是查找（　　）。

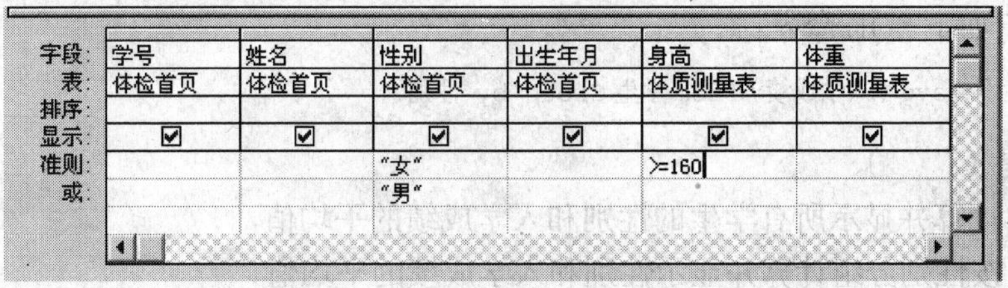

图 4.4　查询设计视图的"设计网格"

A. 身高在 160cm 以上的女性和所有的男性

B. 身高在 160cm 以上的男性和所有的女性

C. 身高在 160cm 以上的所有人或男性

D. 身高在 160cm 以上的所有人

11. 要将"选课成绩"表中学生的成绩取整，可以使用（　　）。

A. Abs([成绩])　　B. Int([成绩])　　C. Srq([成绩])　　D. Sgn([成绩])

12. 在选择查询窗口的设计网格中，若没有设置条件，但对某一字段的"总计"行选择了"计数"选项，则意味着（　　）。

A. 统计符合条件的记录个数，不包括 Null（空）值

B. 统计全部记录的个数，不包括 Null（空）值

C. 统计符合条件的字段值总和

D. 统计全部记录的字段值总和

13. 在建立查询时，若要筛选出图书编号是"T01"或"T02"的记录，可以在查询设计视图"条件"行中输入（　　）。

A. "T01" or "T02"　　B. "T01" and "T02"

C. in ("T01" or "T02")　　D. in ("T01" and "T02")

14. 如果在查询条件中使用了通配符方括号"[ ]"，它的含义是（　　）。

A. 通配任意长度的字符　　B. 通配不在括号内的任意字符

C. 通配方括号内列出的任一单个字符　　D. 错误的使用方法

15. 关于条件 Like" [!香蕉,菠萝,土豆] "，以下满足的是（　　）。

A. 香蕉　　B. 菠萝　　C. 苹果　　D. 土豆

16. 在一个 Access 的表中有字段“专业”，要查找包含“信息”两个字的记录，正确的条件表达式是（　　）。

A. =left([专业],2)="信息"　　B. like"*信息*"

C. ="*信息*"　　D. Mid([专业],2)="信息"

17. 在 Access 中已建立了“工资”表，表中包括“职工号”、“所在单位”、“基本工资”和“应发工资”等字段，如果要按单位统计应发工资总数，那么应在查询设计视图的“所在单位”的“总计”行和“应发工资”的“总计”行中分别选择（　　）。

A. 总计，分组　　B. 计数，分组

C. 分组，总计　　D. 分组，计数

18. 在 SQL 的 SELECT 语句中，用于实现选择运算的是（　　）。

A. FOR　　B. WHILE　　C. IF　　D. WHERE

19. 在 Access 中已建立了“学生”表，表中有“学号”、“姓名”、“性别”和“入学成绩”等字段。执行如下 SQL 命令：

```
Select 性别, avg(入学成绩) From 学生 Group by 性别
```

其结果是（　　）。

A. 计算并显示所有学生的性别和入学成绩的平均值

B. 按性别分组计算并显示性别和入学成绩的平均值

C. 计算并显示所有学生的入学成绩的平均值

D. 按性别分组计算并显示所有学生的入学成绩的平均值

20. 若将信息系 1999 年以前参加工作教师的“职称”改为“副教授”，合适的查询为（　　）。

A. 生成表查询　　B. 更新查询　　C. 删除查询　　D. 追加查询

21. 将表“学生名单 2”的记录复制到表“学生名单 1”中，且不删除表“学生名单 1”中的记录，应使用的查询方式是（　　）。

A. 删除查询　　B. 生成表查询　　C. 追加查询　　D. 交叉表查询

22. SQL 语言是（　　）。

A. 高级语言　　B. 结构化查询语言

C. 数据定义语言　　D. 宿主语言

23. 有商品表内容如下：

部门号	商品号	商品名称	单价	数量	产地
40	0101	A 牌电风扇	200.00	10	广东
40	0104	A 牌微波炉	350.00	10	广东
40	0105	B 牌微波炉	600.00	10	广东
20	1032	C 牌传真机	1000.00	20	上海
40	0107	D 牌微波炉_A	420.00	10	北京
20	0110	A 牌电话机	200.00	50	广东
20	0112	B 牌手机	2000.00	10	广东
40	0202	A 牌电冰箱	3000.00	2	广东
30	1041	B 牌计算机	6000.00	10	广东
30	0204	C 牌计算机	10000.00	10	上海

执行 SQL 命令：

```
SELECT 部门号，MAX（单价*数量）FROM 商品表 GROUP BY 部门号；
```

查询结果有（　　）条记录。

A. 1　　B. 4　　C. 3　　D. 10

24. 在交叉表查询中，值字段应该放置在（　　）。

A. 数据表的左边　　B. 数据表的上方

C. 行和列交叉的地方　　D. 任意的地方

25. 若要用设计视图创建一个查询，查找总分在 255 分以上（包括 255 分）的女同学的记录，并显示姓名、性别和总分，正确的设置查询条件的方法应为（　　）。

A. 在条件单元格键入：总分>=255 AND 性别="女"

B. 在总分条件单元格键入：总分>=255；在性别的条件单元格键入："女"

C. 在总分条件单元格键入：>=255；在性别的条件单元格键入："女"

D. 在条件单元格键入：总分>=255 OR 性别="女"

26. 以下关于 Access 查询的叙述中，错误的是（　　）。

A. 查询的数据源来自于表或已有的查询

B. 查询的结果可以作为其他数据库对象的数据源

C. Access 的查询可以分析数据、追加、更改、删除数据

D. 查询不能生成新的数据表

27. 交叉表查询是为了解决（　　）。

A. 一对多关系中，对“多方”实现分组求和的问题

B. 一对多关系中，对“一方”实现分组求和的问题

C. 一对一关系中，对“一方”实现分组求和的问题

D. 多对多关系中，对“多方”实现分组求和的问题

28. 在查询中，默认的字段显示顺序是（　　）。

A. 在表的“数据表视图”中显示的顺序　　B. 添加时的顺序

C. 按照字母顺序　　D. 按照文字笔画顺序

29. 以下关于操作查询的叙述中，错误的是（　　）。

A. 删除查询主要用于删除符合条件的记录

B. 更新查询中可以使用计算功能

C. 追加查询时如果两个表结构不一致，即使有相同字段，也不能进行

D. 生成表查询生成的表，该表是源表的一个子集

30. 创建交叉表查询，在设计网格的“交叉表”行上有且只能有一个（　　）。

A. 行标题和列标题　　B. 行标题和值

C. 行标题、列标题和值　　D. 列标题和值

4.2.2 填空题

1. 使用查询向导创建交叉表查询的数据源必须来自________个表或查询。
2. 如果要将某表中的若干记录删除，应该创建________查询。
3. 在查询设计视图的设计网格中的“条件”行上，同一行的条件之间是______的关系，

不同行的条件之间是________的关系。

4. 查询的 5 种视图分别是：数据表视图、________视图、________视图、数据透视表视图和数据透视图视图。

5. 创建查询的方法主要有 3 种，分别为“使用向导”创建、使用________创建和使用 SQL 语句创建。

6. 如果要求通过输入学号查询学生情况，可以采用________进行查询。

7. 在 SQL 的 Select 命令中用________短语对查询的结果进行排序，________短语对查询的结果进行分组。

8. 书写查询条件时，文本值应使用________符号括起来。

9. 查询设计完成后，有多种方式可以观察查询结果,比如可以进入________视图模式，或者单击工具栏上的________按钮。

10. 若要显示“学生”表的所有记录及字段，其 SQL 语句应是________________。

4.2.3 判断题

1. Access 中，查询不仅具有查找的功能，而且还具有计算功能。

2. 可以根据数据库表创建查询，但不能根据已建查询创建查询。

3. 分组总计查询中必须包含分组依据字段和总计项字段两种字段。

4. 可以使用函数、逻辑运算符、关系运算符创建复杂的查询。

5. 查询条件必须预先设计好，在查询保存后不能再更改查询条件。

6. 用 SQL 语言描述“在教师表中查找男教师的全部信息”，可以构造为 SELECT * FROM 教师表 IF （性别="男"）。

7. 使用查询向导创建查询比较简单，但不能创建带条件的查询。

8. 在查询设计器中，若不想显示选定的字段内容，应取消该字段“显示”复选框标记。

9. 查询记录集中显示的字段必须是数据库中已有的字段。

10. 若上调产品价格，最方便的方法是使用参数查询。

4.3 自测习题参考答案

4.3.1 选择题

题号	1	2	3	4	5	6	7	8	9	10
答案	D	B	A	C	C	C	B	C	A	A
题号	11	12	13	14	15	16	17	18	19	20
答案	B	A	A	C	C	B	C	B	B	B
题号	21	22	23	24	25	26	27	28	29	30
答案	C	B	C	C	C	D	A	B	C	D

4.3.2　填空题

1. 一
2. 删除
3. AND（或 and，或“与”），OR（或 or ，或“或”）
4. 设计视图，SQL 视图
5. 设计视图（或查询设计器）
6. 参数查询
7. ORDER BY，GROUP BY
8. 半角双引号
9. 数据表，运行
10. select * from 学生

4.3.3　判断题

题号	1	2	3	4	5	6	7	8	9	10
答案	√	×	√	√	×	×	√	√	×	×

第5章 窗体的设计和应用

5.1 习题解析

5.1.1 选择题

1. 以下有关窗体页眉/页脚和页面页眉/页脚的叙述正确的是（　　）。

A. 窗体中包含窗体页眉/页脚和页面页眉/页脚几个区

B. 打印时窗体页眉/页脚只出现在第一页的顶部/底部

C. 页面页眉/页脚只出现在第一页的顶部/底部

D. 页面页眉出现在窗体的第一页上，页面页脚出现在窗体的最后一页上

【答案】A

【解析】在窗体的设计视图下，窗体由 5 个节组成，分别为主体、窗体页眉、窗体页脚、页面页眉、页面页脚。窗体页眉/页脚显示在每一页的顶部和底部，在打印时则分别出现在首页和最后一页上。页面页眉/页脚是用来设置窗体在打印时每一页顶端/底部都要显示的内容，在窗体视图下不显示。从以上分析可以看出，备选答案 B、C、D 的叙述是错误的，因此本题正确答案为 A。

2. Access 中，允许用户在运行时输入信息的控件是（　　）。

A. 文本框　　B. 标签　　C. 列表框　　D. 绑定对象框

【答案】A

【解析】文本框控件既可用于显示和编辑字段数据，也可用于接受用户输入的数据。标签控件用于显示说明性的文本。列表框控件用于将数据以列表形式显示。绑定对象框控件用于显示 OLE 对象。以上分析可以看出，备选答案 B、C、D 所述控件仅能显示数据，因此本题正确答案为 A。

3. 窗体和窗体上的每一个对象都有自己独特的窗口，该窗口是（　　）。

A. 字段　　B. 属性　　C. 节　　D. 工具栏

【答案】B

【解析】窗体中的控件和窗体本身都是对象，每个对象都具有各自的属性，属性决定了控件及窗体的结构和外观，包括它所包含的文本或数据的特性。因此本题正确答案为 B。

4. Access 自动创建窗体的方式有（　　）。

A. 2 种　　B. 3 种　　C. 4 种　　D. 6 种

【答案】B

【解析】自动创建窗体有：纵栏式、表格式和数据表 3 种格式，创建过程完全相同。因此本题正确答案为 B。

5. 用来显示与窗体关联的表或查询中字段值的控件类型是（　　）。

A. 绑定型　　B. 计算型

C. 关联型　　D. 未绑定型

【答案】A

【解析】控件类型分为绑定型、未绑定型与计算型。绑定型控件主要用于显示、输入和更新数据表中的字段；未绑定型控件没有数据来源；计算型控件用表达式作为数据源。因此本题正确答案为 A。

6. 打开属性对话框，可以更改以下哪种对象的属性？（　　）

A. 窗体上单独的控件　　B. 窗体节，如主体或窗体页眉

C. 整个窗体　　D. 以上全部

【答案】D

【解析】在打开的属性对话框中，左上的下拉列表显示当前窗体上所有对象，其中包括窗体、窗体各节和窗体上各个单独的控件，可从中选择要设置的对象进行属性设置。从以上分析可以看出，备选答案 A、B、C 所述对象都可以进行属性设置，因此本题正确答案为 D。

7. 新建一个窗体，要使其标题栏显示的标题为“输入数据”，应设置窗体的（　　）。

A. 名称属性　　B. 标题属性

C. 菜单栏属性　　D. 工具栏属性

【答案】B

【解析】窗体的标题属性是设置整个窗体的标题，即显示在窗体标题栏上的文字。窗体的菜单栏属性用于将菜单栏指定给窗体。窗体的工具栏属性用于指定窗体使用的工具栏。窗体没有名称属性。因此本题正确答案为 B。

8. 以下不能创建主/子窗体的方法是（　　）。

A. 以数据表为数据源使用自动创建窗体向导

B. 使用窗体向导

C. 在设计视图中使用子窗体/子报表控件

D. 复制已有的主/子窗体，然后再在设计视图中对其进行修改

【答案】A

【解析】使用自动创建窗体向导创建窗体时，如果数据来源是“一对多”关系的查询，将创建主/子窗体，否则只能创建单一窗体。使用窗体向导可创建基于多表的窗体，如果作为数据源的表之间建立了“一对多”关系，将创建主/子窗体。在窗体设计视图中使用子窗体/子报表控件，可以为具有“一对多”关系的数据源创建主/子窗体。复制已有的主/子窗体，重新选择数据源并调整相应字段后可生成新的主/子窗体。从以上分析可以看出，备选答案 B、C、D 的叙述是正确的，因此本题正确答案为 A。

9. 为了在“窗体视图”下显示窗体时，不显示导航按钮，应将窗体的“导航按钮”属性值设置为（　　）。

A. 是　　　　　　　　　　　　　　B. 否

C. 有　　　　　　　　　　　　　　D. 无

【答案】B

【解析】为了在“窗体视图”下显示窗体时，不显示导航按钮，应将窗体的“导航按钮”属性值设置为否。因此本题正确答案为B。

10. 下列哪个术语用来描述与列表框或组合框相关联的列表，其值与表或查询没有建立关联？（　　）

A. 选项列表　　　　　　　　　　　B. 字段列表

C. 输入列表　　　　　　　　　　　D. 值列表

【答案】D

【解析】列表框或组合框控件的数据来源的类型包括：表/查询、值列表或字段列表。如果设为“值列表”则需自行输入列表的输入项；如果设为“字段列表”则需指定表或查询的名称。因此本题正确答案为D。

5.1.2 填空题

1. Access 的窗体共有 5 种视图，分别是________、________、________、________和________。

【答案】设计视图，窗体视图，数据表视图，数据透视表视图，数据透视图视图

【解析】Access 的窗体共有 5 种视图，分别为设计视图，窗体视图，数据表视图，数据透视表视图，数据透视图视图。

2. 创建纵栏式窗体，可以在数据库窗口中的对象列表中单击窗体对象，再单击工具栏上“新建”按钮，出现“新建窗体”对话框，从列表中选择________选项。

【答案】自动创建窗体：纵栏式

【解析】如果用户只需要创建一个简单的数据维护窗体，显示选定表或查询中所有字段及记录，可使用自动创建窗体向导。自动创建窗体有纵栏式、表格式和数据表 3 种格式，创建过程完全相同。

3. 控件的类型可以分为绑定型、未绑定型与计算型。绑定型控件主要用于显示、输入、更新数据表中的字段；未绑定型控件________；计算型控件用表达式作为数据源。

【答案】没有数据来源

【解析】未绑定型控件没有数据来源，一般用来显示信息、线条、矩形、图像或接受用户输入的数据。计算型控件用表达式作为数据源，表达式可以利用窗体或报表所引用的表或查询字段中的数据，也可以是窗体或报表上的其他控件中的数据。

4. 窗体的数据来源可以是________或________。

【答案】表，查询

【解析】窗体是数据库和用户的一个联系界面，用于显示包含在表或查询中的数据和操作数据库中的数据。

5. 窗体是数据库中用户和应用程序之间的界面，用户对数据库的________都可以通过窗体来完成。

【答案】操作

【解析】同上。

5.2 自 测 习 题

5.2.1 选择题

1. 用户和 Access 应用程序之间的主要输入输出接口是（　　）。

A. 表　　B. 查询　　C. 窗体　　D. 报表

2. 以下不属于 Access 窗体视图的是（　　）。

A. 设计视图　　B. 窗体视图　　C. 数据图视图　　D. 数据表视图

3. 允许用户对窗体表格内的数据进行拖曳操作，以满足不同的数据分析和要求的窗体类型是（　　）。

A. 数据表窗体　　B. 数据透视表窗体　　C. 纵栏式窗体　　D. 表格式窗体

4. 在 Access 中，窗体的组成部分通常是（　　）。

A. 3 个　　B. 4 个　　C. 5 个　　D. 6 个

5. 在 Access 窗体中，通常用来显示一条或多条记录的节是（　　）。

A. 页面　　B. 窗体页眉　　C. 主体　　D. 页面页眉

6. 能被“对象所识别的动作”和“对象可执行的活动”分别称为对象的（　　）。

A. 方法和事件　　B. 事件和方法　　C. 事件和属性　　D. 过程和方法

7. 下列控件名称中，符合 Access 命名规则的是（　　）。

A. .学号　　B. [学号]　　C. !学号　　D. _学号

8. 为窗体上的命令按钮设置单击鼠标时发生的动作，应选择设置其“属性”对话框的（　　）。

A.“格式”选项卡　　B.“事件”选项卡

C.“方法”选项卡　　D.“数据”选项卡

9. 在 Access 中为窗体上的控件设置 Tab 键的顺序，应选择“属性”对话框的（　　）。

A.“格式”选项卡　　B.“数据”选项卡

C.“事件”选项卡　　D.“其他”选项卡

10. 为窗体上的控件设置“标题”属性，应选择“属性”对话框的（　　）。

A.“格式”选项卡　　B.“数据”选项卡

C.“事件”选项卡　　D.“其他”选项卡

11. 若设置主、子窗体的自动链接，应选取子窗体“属性”对话框的（　　）。

A.“格式”选项卡　　B.“数据”选项卡

C.“事件”选项卡　　D.“其他”选项卡

12. 使用窗体向导创建主/子窗体时，子窗体的默认窗体布局是（　　）。

A. 纵栏　　B. 表格　　C. 数据表　　D. 图表

13. 当窗体上的多个字段需要多页显示时，可以使用某种控件来进行分页。以下能够进行分页的控件是（　　）。

A. 页　　B. 选项卡　　C. 选项组　　D. 子窗体/子报表

14. 选项组控件不包含（　　）。

A. 组合框　B. 复选框　C. 切换按钮　D. 选项按钮

15. 在窗体中，用来输入和编辑字段数据的交互控件是（　）。

A. 文本框　B. 标签　C. 复选框　D. 列表框

16. 若字段类型为“是/否”，通常会在窗体中使用的控件是（　）。

A. 标签　B. 文本框　C. 复选框　D. 组合框

17. 在 Access 中已建立了“雇员”表，其中含有可以存放照片的字段。在使用向导为该表创建窗体时，“照片”字段所使用的默认控件是（　）。

A. 图像　B. 绑定对象框　C. 矩形　D. 未绑定对象框

18. 在 Access 数据库中，若要求在窗体上设计输入的数据是取自某一个表、查询中记录的数据，或者取自某固定内容的数据，可以使用的控件是（　）。

A. 选项组控件

B. 列表框或组合控件

C. 文本框控件

D. 复选框、切换按钮、选项按钮控件

19. 如果加载一个窗体，先被触发的事件是（　）。

A. Load　B. Open　C. Click　D. Activate

20. 关于绑定型控件与未绑定型控件的区别，错误的说法是（　）。

A. 未绑定型控件没有行来源

B. 未绑定型控件没有控件来源

C. 未绑定型控件的数据变化不能改变数据源

D. 绑定型控件的数据变化必然改变数据源

21. 窗体事件是指操作窗体时所引发的事件。以下事件中，不属于窗体事件的是（　）。

A. 打开　B. 关闭　C. 加载　D. 取消

22. 要改变窗体上文本框控件的数据源，应设置的属性是（　）。

A. 记录源　B. 控件来源　C. 行来源　D. 默认值

23. 要在文本框中显示当前日期和时间，应将文本框的控件来源属性设置为（　）。

A. =Date()　B. =Time()　C. =Now()　D. =Today()

24. Access 的控件对象可以设置某个属性来控制对象是否可用（不可用时显示为灰色状态）。以下能够控制对象是否可用的属性是（　）。

A. Default　B. Cancel　C. Enabled　D. Visible

25. 控件的“特殊效果”属性值是用于设定控件的显示效果，以下不属于“特效效果”属性值的是（　）。

A. 平面　B. 凸起　C. 蚀刻　D. 透明

26. 如果在文本框内输入身份证号后，按<Enter>键或按<Tab>键，光标可立即移至下一指定文本框，应设置（　）。

A. “自动 Tab 键”属性　B. “制表位”属性

C. “Tab 键索引”属性　D. “Enter 键行为”属性

27. 若要求在文体框中输入文本时达到密码“*”号的显示效果，则设置的属性是（　）。

A. 默认值　B. 格式　C. 密码　D. 输入掩码

28. 在窗体上，设置控件 Command0 为不可见，以下正确的设置是（　）。

A. Command0.Enable = False　　B. Command0.Visible = False

C. Command0.Enable = True　　D. Command0.Visible = True

29. 假设已在 Access 中建立了包含“书名”、“单价”和“数量”3 个字段的“销售”表，以该表为数据源创建的窗体中，有一个计算定购书籍总金额的文本框，其控件来源为(　　)。

A. [单价]*[数量]

B. =[单价]*[数量]

C. [销售表]![单价]*[销售表]![数量]

D. =[销售表]![单价]*[销售表]![数量]

30. 在已建教师表中有“出生日期”字段，以此表为数据源创建“教师基本信息”窗体。假设当前教师的出生日期为“1978-05-19”，如在窗体“出生日期”标签右侧文本框控件的“控件来源”属性中输入表达式：=Str(Month([出生日期]))+"月"，则在该文本框控件内显示的结果是(　　)。

A. "05"+"月"　　B. 1978-05-19 月　　C. 05 月　　D. 5 月

5.2.2 填空题

1. 窗体由多个部分组成，每个部分称为一个________。
2. 在创建主/子窗体之前，必须设置________之间的关系。
3. Access 数据库中，如果在窗体上输入的数据总是取自表、查询中的字段数据或者取自某固定内容的数据，可以使用________控件来完成。
4. 能够唯一标识某一控件的属性是________。
5. 在窗体设计视图选取对象后，使用 4 个方向键可对其进行移动，若按住________键，再使用 4 个方向键，可对其大小进行微调。
6. 假定窗体名称为 Form1，则将窗体标题设置为“Access 窗体”的语句是________。
7. 使用“自动创建窗体”，可以创建________、________、________窗体。但如果想要创建基于多表的窗体，则应该使用________或先建立基于多表的查询作为数据源。
8. 在 Access 中，可以使用________、________或________作为窗体的数据来源。
9. 用户可以从系统提供的固定样式中选择窗体的格式，这些样式就是窗体的________。
10. 如果希望在窗体上显示窗体的标题，可在窗体页眉处添加一个________控件。

5.2.3 判断题

1. 窗体是用户对数据库中数据进行操作的理想工作界面。
2. 使用“自动窗体”的方法创建窗体的灵活性最小。
3. 在窗体设计视图中，打开菜单栏中的“格式”菜单，可以完成窗体页眉/页脚和页面页眉/页脚的添加与删除。
4. 数据透视表是一种交互式的表，它可以实现用户选定的计算，所进行的计算与数据在数据透视表中的排列有关。
5. 确定一个控件在窗体或报表上的位置的属性是 Width 和 Height。
6. 若要快速调整控件格式，如字体大小、颜色等，可使用自动格式设置。
7. 在窗体中可以添加嵌入式子窗体或弹出式子窗体。
8. 未绑定对象框控件不能够输出图片。

9. 控件的数据属性包括控件来源、输入掩码、有效性规则等，其中“输入掩码”属性用于控件的输入格式，仅对文本型数据有效。

10. 窗体的“加载”事件发生在“打开”事件之后。

5.3 自测习题参考答案

5.3.1 选择题

题号	1	2	3	4	5	6	7	8	9	10
答案	C	C	B	C	C	B	D	B	D	A
题号	11	12	13	14	15	16	17	18	19	20
答案	B	C	B	A	A	C	B	B	B	A
题号	21	22	23	24	25	26	27	28	29	30
答案	D	B	C	C	D	C	D	B	B	D

5.3.2 填空题

1. 节
2. 数据源
3. 组合框和列表框
4. 名称
5. Shift
6. Form1.Caption="Access 窗体"
7. 纵栏式，表格式，数据表，窗体向导
8. 表，查询，SQL 语句
9. 自动套用格式
10. 标签

5.3.3 判断题

题号	1	2	3	4	5	6	7	8	9	10
答案	√	√	×	√	×	×	√	×	×	√

第 6 章 报表的创建和使用

6.1 习题解析

6.1.1 选择题

1. 报表显示数据的主要区域是（　　）。

A. 报表页眉　　B. 页面页眉　　C. 主体　　D. 报表页脚

【答案】C

【解析】主体节是新建报表的默认组成部分。在主体节中，主要用文本框显示记录源中绑定字段的值，是报表显示数据的主要区域。因此本题正确答案为 C。

2. 将报表与某一数据表或查询绑定起来的报表属性是（　　）。

A. 记录来源　　B. 打印版式　　C. 打开　　D. 帮助

【答案】A

【解析】只有设置了报表的“记录来源”属性，将报表与某一数据表或查询绑定起来，才能在报表中显示输出数据库中的数据，或是经过处理的关于数据库的统计汇总信息。其余 3 个备选答案不是报表的属性。因此本题正确答案为 A。

3. 提示用户输入相关的数据源、字段和报表版面格式等信息的是（　　）。

A. 自动报表向导　　B. 报表向导　　C. 图表向导　　D. 标签向导

【答案】B

【解析】“报表向导”是最常用的创建报表的途径，它提示用户输入相关的数据源、字段和报表版面格式等信息。“自动报表”是使用表或查询作为数据源直接创建报表的方法，创建时用户只需在数据库窗口下选定数据源，不能选择字段；“图表向导”生成图表报表，选定图表形式后，版面格式既定；“标签向导”不提示用户输入版面格式信息。因此本题正确答案为 B。

4. 以下关于报表定义，叙述正确的是（　　）。

A. 主要用于对数据库中的数据进行分组、计算、汇总和打印输出

B. 主要用于对数据库中的数据进行输入、分组、汇总和打印输出

C. 主要用于对数据库中的数据进行输入、计算、汇总和打印输出

D. 主要用于对数据库中的数据进行输入、计算、分组和汇总

【答案】A

【解析】报表是 Access 数据库的对象，它根据指定的规则打印输出格式化的数据信息。报表功能包括呈现格式化的数据、分组组织数据、汇总数据等，报表对象不具备数据输入功能。因此本题正确答案为 A。

5. 通过（　　）格式，可以一次性更改报表中所有文本的字体、字号及线条粗细等外观属性。

A. 自动套用　　B. 自定义　　C. 自创建　　D. 图表

【答案】A

【解析】Access 系统提供了 6 种预定义的报表格式，在报表设计视图下可以自动套用。系统还允许用户自定义新的报表样式添加到“自动套用格式”列表中。因此本题正确答案为 A。

6. 可以更直观地表示出数据之间的关系的报表是（　　）。

A. 纵栏式报表　　B. 表格式报表　　C. 图表报表　　D. 标签报表

【答案】C

【解析】图表报表以图示的形式显示数据库中数据的统计汇总信息。以柱状图来说，横轴显示的是分类项，纵轴显示的是汇总量，数据之间的关系一目了然。纵栏式报表和标签报表不反映数据之间的关系；当增加了组节后表格式报表可以数据的形式反映数据之间的关系。因此可以更直观地表示出数据之间的关系的报表是图表报表，本题正确答案为 C。

7. 如果设置报表上某个文本框控件的控件来源属性为“=3*5+2”，则打开报表视图时，该文本框显示的信息是（　　）。

A. 17　　B. =3*5+2　　C. 未绑定　　D. 3*5+2

【答案】A

【解析】控件来源属性可以绑定到字段，也可以指定为表达式的值。当绑定到字段时，该控件在报表视图下显示为数据库中的数据；当指定为表达式时，该控件在报表视图下显示表达式的运算结果。因此本题正确答案为 A。

8. 报表输出不可缺少的内容是（　　）。

A. 主体　　B. 报表页眉

C. 页面页脚　　D. 没有不可缺少的部分

【答案】D

【解析】最常使用的显示数据的是主体节，但也不是必须的。比如有时只需要显示汇总信息，此时就只有分组节显示数据，所以报表中没有哪一部分是不可缺少的。因此本题正确答案为 D。

9. 要设置在报表每一页的顶部都输出的信息，需要设置（　　）。

A. 报表页眉　　B. 报表页脚　　C. 页面页眉　　D. 页面页脚

【答案】C

【解析】报表页眉和报表页脚显示的内容分别只在报表的第一页和最后一页出现，而页面页眉和页面页脚显示的内容分别在报表每一页的顶部和底部出现。因此要设置在报表每一页的顶部都输出的信息，需要设置页面页眉，本题正确答案为 C。

10. 以下说法不正确的是（　　）。

A. 报表页眉中的任何内容都只能在报表的开始处打印一次

B. 如果想在每一页上都打印出标题，可以将题移动至页面页眉中

C. 在设计报表时，页面页眉和页面页脚都只能同时添加

D. 使用报表可以打印各种标签、发票、订单和信封等

【答案】D

【解析】使用标签式报表可以打印标签、订单、名片和信封等，不能打印发票。发票一般由国家税务部门监制和管理。因此本题正确答案为D。

6.1.2　填空题

1. 除可以使用自动报表和向导功能创建报表外，Access 中还可以从________开始创建一个新报表。

【答案】设计视图

【解析】这种方式可以由用户在系统提供的报表设计器中自定义报表内容和报表格式。由于使用向导创建报表快速方便，所以一般都使用向导创建报表的雏形框架，然后切换到设计视图中对其进行修改。

2. 基于数据库窗体中当前选定的一个表对象或查询对象，可以通过在“插入”菜单中或数据库工具栏上选择“自动报表”命令选项直接创建____。

【答案】报表

【解析】在数据库窗口中创建数据库二级对象，一般是先选定对象面板上的对象名称，然后再创建相应的对象。报表除了可以在数据库的“报表”对象下创建外，还可以通过“自动报表”功能创建，方法是：先选定“表”对象或“查询”对象作为报表数据源，然后执行“插入”菜单中的“自动报表”命令，或单击数据库工具栏上的“自动报表”命令创建报表。

3. 在创建报表的过程中，可以控制数据输出的内容、输出对象的显示或打印格式，还可以在报表制作过程中，进行数据的__________。

【答案】排序与分组（分组和统计）

【解析】当需要报表内容按某种序列显示时，需要设置排序方式；当需要在报表中显示一些分类汇总的统计数据时，需要依据排序的数据项指定分组（排序是分组的前提）。在报表设计视图下，可以从“报表设计”工具栏或从“视图”菜单中打开“排序与分组”对话框。

4. ____是让数据按某种规则排列，____是按照数据的特性将同类数据集合在一起，从而便于报表的综合和统计。

【答案】排序，分组

【解析】同第 3 题。

5. 报表标题一般放在________中。

【答案】报表页眉

【解析】报表页眉只出现在报表第一页的顶部，所以报表标题一般放在报表页眉中。

6. 目前比较流行的报表有 4 种，它们是纵栏式报表、表格式报表、图表报表和______。

【答案】标签报表

【解析】标签报表通过“标签向导”创建，可在设计视图下修改。标签报表的特点是结合数据库中的数据按照定义好的标签格式打印标签，例如信封、名片、通知等。

7. 报表页眉的内容只在报表的______打印输出。

【答案】第一页

【解析】同第 5 题。

8. 计算型控件的“控件来源”属性一般设置为以____开头的计算表达式。

【答案】等号（=）

【解析】“控件来源”属性的设置有两种：设定为某个字段变量或设定为某个表达式的值。当设定为表达式的值时应以等号开头，在打印预览视图下将显示表达式运算的结果。

9. 报表向导中设置字段排序时，一次最多能设置__个字段。

【答案】4

【解析】这是由 Access 系统规定的。

10. 通过__________可以打开报表节的属性窗口。

【答案】双击节选择器

【解析】在报表设计视图下，每一个节分栏左端的灰色矩形块叫“节选择器”。单击节选择器是选定当前节，双击节选择器可以打开选定节的属性窗口。

6.2 自 测 习 题

6.2.1 选择题

1. 以下关于报表功能的叙述中，错误的是（　　）。
   A. 可以输入数据
   B. 可以进行求平均、求和等统计计算
   C. 可以对数据进行分组和汇总
   D. 可以嵌套子报表和图表报表
2. 以下应使用设计视图创建报表的情况是（　　）。
   A. 通过提问引导创建报表时
   B. 想要快速生成用来显示表或查询的所有字段的报表时
   C. 想要完全控制报表的每一部分时
   D. 以上情况都可以
3. 以下不属于报表类型的是（　　）。
   A. 标签式报表　B. 选项卡式报表　C. 纵栏式报表　D. 图表报表
4. 窗体与报表的主要区别是（　　）。
   A. 窗体必须有数据来源，报表可以没有数据来源
   B. 窗体可以添加、修改和删除原始数据，报表不可以
   C. 报表主要用于输出数据
   D. 报表可以对数据进行分组和汇总
5. 报表的作用不包括（　　）。
   A. 分组数据　B. 输入数据　C. 汇总数据　D. 格式化数据
6. 以下关于报表的数据源叙述中，正确的是（　　）。
   A. 只能是表对象
   B. 既可以是表对象，也可以是查询对象

C. 只能是查询对象

D. 以上说法都不对

7. 以下关于报表组成的叙述中，错误的是（　　）。

A. 报表主体负责显示各条记录的具体数据

B. 页面页眉包含每页都要打印的信息，如每页的标题等，显示在每页的顶部

C. 报表页脚包含关于整个报表的统计数据或结论，显示在报表最后一页的底部

D. 分组页脚包含每一页报表都要打印的信息，显示在每一页的底部

8. 假设在学生基本情况表中有一个班级页脚节，在该节中显示该班各科成绩的平均值。希望在每一个班级页脚节后，将新一个班级的学生情况从新的一页开始打印，使页面分开的方法是（　　）。

A. 创建两个单独的报表，最后将它们装订在一起

B. 在组页脚后插入分页符

C. 在主体节后插入分页符

D. 在组页脚中插入节标题

9. 在报表中，改变一个节的宽度，（　　）。

A. 将改变打印报表中所有该节的宽度

B. 只改变打印报表中第一个该节的宽度

C. 将改变打印报表中所有节的宽度

D. 打印报表的宽度不会有任何改变

10. 以下叙述中，错误的是（　　）。

A. 报表可以在屏幕上查看或在打印机上打印输出

B. 报表用于提供自定义的数据视图

C. 报表不分组就不包含组页眉/页脚

D. 报表不可以打印表中的图片和备注字段值

11. 如果希望部门和日期的信息出现在报表的每一页上，应将这些项目添加到（　　）。

A. 组页眉　　B. 页面页眉

C. 报表的属性对话框　　D. 主体

12. 要使打印的报表显示3列，应在（　　）。

A. “工具箱”中设置　　B. “属性对话框”中设置

C. “页面设置”中设置　　D. “排序与分组”对话框中设置

13. 报表记录分组，是指报表设计时，按选定的“项目”是否相等而将记录分组的过程。所谓“项目”是指（　　）。

A. 字段值　　B. 记录　　C. 属性值　　D. 域

14. 纵栏式报表标题安排显示的节是（　　）。

A. 页面页眉　　B. 报表页眉　　C. 组页眉　　D. 主题

15. 计算控件的控件来源设置必须是一个计算表达式，该表达式的第一个字符应为（　　）。

A. >　　B. <　　C. =　　D. !

16. 在报表设计中，用来绑定数据表中字段，显示并计算该字段数据的控件是（　　）。

A. 标签　　B. 文本框　　C. 列表框　　D. 选项按钮

17. 每个报表最多能包含节的个数是（　　）。

A. 3　　B. 5　　C. 7　　D. 9

18. 以下叙述中，错误的是（　　）。

A. 双击“报表选择器”将打开报表的“属性”对话框

B. 单击菜单“视图”→“报表页眉/页脚”，可在报表中添加“报表页眉/页脚节”

C. “自动套用格式”可以快速改变报表的外观，但是不能再调整报表格式

D. 只有对数据进行分组，才能添加组页眉节和组页脚节

19. 报表的两个主要用途是（　　）。

A. 查看和输入数据　　B. 存储和关联数据

C. 搜索数据　　D. 组织和显示数据

20. 使用“设计视图”创建报表操作包括：

① 指定报表的数据来源

② 计算汇总信息

③ 创建一个空白报表

④ 设置报表排序和分组信息

⑤ 添加或删除各种控件

正确的操作过程为（　　）。

A. ②③④⑤①　　B. ③①⑤④②　　C. ①②③④⑤　　D. 以上均不对

21. 以下是某个报表的设计视图，根据视图内容，可以判断分组字段是（　　）。

A. 课程名称　　B. 学分　　C. 成绩　　D. 姓名

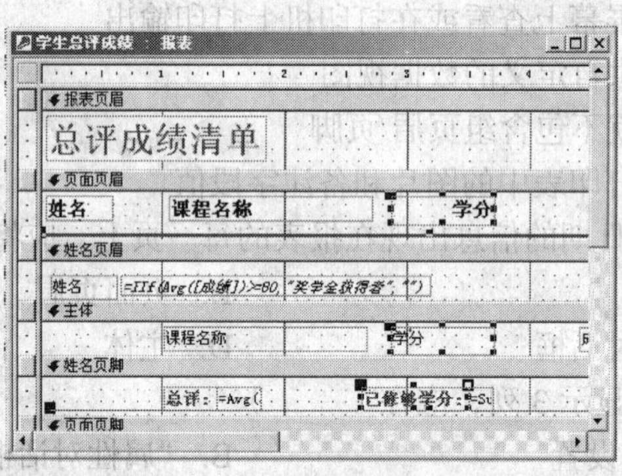

22. 表格式报表与普通表对象十分相似，每行显示的记录个数是（　　）。

A. 1　　B. 2　　C. 3　　D. 4

23. 以下在报表中存在而在窗体中不存在的节是（　　）。

A. 页面页眉　　B. 页面页脚　　C. 组页眉　　D. 主体

24. 在一页中显示记录较多的报表形式是（　　）。

A. 纵栏式　　B. 表格式　　C. 标签式　　D. 图表式

25. 报表是数据库的一种（　　）。

A. 数据输出方式　　B. 数据组织方式　　C. 对象　　D. 以上都对

26. 将报表中的页码显示为“页码/总页数”的格式，应将文本框的控件来源属性值设置为（　　）。

A. [Page]/ [Pages]　　B. =[Page]/ [Pages]

C. [Page]&"/"& [Pages]　　D. =[Page]&"/"& [Pages]

27. 报表页眉节无法显示（　　）。

A. 报表的标题　　B. 报表的汇总信息

C. 报表的说明　　D. 报表的分组信息

28. 如果主报表与子报表的数据源都是表对象，则它们之间必须已设置好（　　）。

A. 关联　　B. 主键　　C. 查询　　D. 以上都不对

29. 报表视图共有（　　）。

A. 1种　　B. 2种　　C. 3种　　D. 4种

30. 如果报表的数据源的数据被改变，那么再次打开报表时（　　）。

A. 出现一条数据已被更改的消息　　B. 什么也不会发生

C. 显示更新的数据　　D. 以上情况都可能发生

6.2.2 填空题

1. 报表的形式有4种，分别是纵栏式报表、表格式报表、图标报表和________。

2. 报表的记录源属性可以设置为________________________。

3. 要设计出带表格线的报表，需要向报表中添加______控件。

4. 在默认情况下，报表中的记录是按照________排列显示的。

5. Access的报表要实现分类汇总的操作，应通过设置__________对话框来实现。

6. ______是出现在另一个报表内部的报表，包含此报表的报表叫做________。

7. 使用________创建报表会提示用户输入相关的数据源、字段和报表版面格式等信息。

8. 创建子报表的方法有两种：在已建好的报表中添加“子窗体/子报表”控件，也可以将__________直接添加到其他报表中。

9. 如果报表的数据量大，而需要快速地查看报表设计的结构、版面设置、字体颜色、字体大小等，应该使用________视图。

10. 按文本型字段分组时，可将“分组形式”属性设置为________或________。

6.2.3 判断题

1. 报表设计时，如果要在报表的最后一页的主体内容之后输出规定的内容，则需要设置的是页面页脚。

2. 用户可以自定义报表格式方案，添加到“自动套用格式”列表中。

3. 既可以使用文本框控件，也可以使用标签控件作为报表设计中的计算型控件。

4. 在纵栏式报表中可以嵌套子报表，前提是报表的“记录源”中必须有作为外键的字段。

5. 报表的“记录源”属性必须指定为表对象。

6. 通过双击“报表选定器”能打开报表的“属性”对话框，双击“节选定器”能打开报表节的“属性”对话框。

7. 纵栏式报表左侧显示字段名称，右侧显示字段值，并且一页可以显示多条记录。

8. 可以在报表设计视图下修改数据库中的数据。

9. 报表中用于统计数据的节是组页眉/页脚节，还有页面页眉/页脚节、报表页眉/页脚节。

10. 报表的属性类别中没有“事件”类属性。

6.3 自测习题参考答案

6.3.1 选择题

题号	1	2	3	4	5	6	7	8	9	10
答案	A	C	B	B	B	B	D	B	A	D
题号	11	12	13	14	15	16	17	18	19	20
答案	B	C	A	B	C	B	C	C	D	B
题号	21	22	23	24	25	26	27	28	29	30
答案	D	A	C	B	D	D	D	A	C	C

6.3.2 填空题

1. 标签报表
2. 表、查询或 SQL 语句
3. 直线
4. 自然顺序（或原表、查询中记录顺序）
5. 排序与分组
6. 子报表，父报表（或主报表）
7. 报表向导
8. 现有的报表
9. 版面预览
10. 每一个值，前缀字符

6.3.3 判断题

题号	1	2	3	4	5	6	7	8	9	10
答案	×	√	×	√	×	√	×	×	×	×

第7章 宏的建立和使用

7.1 习题解析

7.1.1 选择题

1. 关于宏，以下描述错误的是（　　）。

A. 宏是能被自动执行的某种操作或操作的集合

B. 构成宏的基本操作也叫宏命令

C. 运行宏的条件是有触发宏的事件发生

D. 如果宏与窗体连接，则宏是它所连接的窗体中的一个对象

【答案】D

【解析】宏是能被自动执行的操作或操作的集合，这些基本操作也叫宏命令。通常要让宏运行需有触发宏的事件发生，例如单击某个对象，打开某个对象等，所以备选答案A、B、C的叙述都是正确的。但是宏是Access数据库的对象之一，而不是它所连接的窗体中的一个对象。在Access数据库中，宏对象与窗体对象的关系是并列的关系。所以当把某个窗体对象移出所在的数据库时，与该窗体连接的宏对象并不会自动随窗体一起被移出。因此本题正确答案为D。

2. 如果要对窗体上数据集的记录排序，应使用的宏命令是（　　）。

A. ApplyFilter　　B. FindRecord　　C. SetValue　　D. ShowAllRecords

【答案】A

【解析】4个备选答案中除了ApplyFilter，其他3个宏命令均不具备排序的功能，因此本题正确答案为A。而使用ApplyFilter操作可以对表、窗体或报表应用筛选、查询或SQL WHERE子句，以便限制或排序表的记录、窗体或报表的基础表或基础查询中的记录。使用ApplyFilter对窗体上的记录进行排序时，应先在窗体的基础表上创建能够进行排序的查询，然后将宏命令ApplyFilter的操作参数“筛选名称”设置为所建的查询。

3. 关于宏命令MsgBox，以下描述错误的是（　　）。

A. 可以在消息框给出提示或警告

B. 可以设置在显示消息框的同时扬声器发出嘟嘟声

C. 可以设置消息框中显示的按钮的数目

D. 可以设置消息框中显示的图标的类型

【答案】C

【解析】宏命令 MsgBox 的作用是通过消息框给出提示。消息框中只有一个“确定”按钮，不能通过设置参数改变消息框中显示的按钮的数目。因此本题正确答案为 C。

4. 默认情况下，关于宏命令 FindRecord 的查找条件（　　）。

A. 只能针对 1 个字段设置　　B. 可以针对 2 个字段设置

C. 可以针对 3 个字段设置　　D. 可以针对 4 个字段设置

【答案】A

【解析】宏命令 FindRecord 等同于单击“编辑”菜单上的“查找”，其参数“只搜索当前字段”的默认设置为“是”，搜索范围是每条记录的当前字段；如果设置为“否”，则搜索每条记录的所有字段。但不能针对多个字段设置组合条件。因此本题正确答案为 A。

5. 以下不可以用来创建宏的方法是（　　）。

A. 在数据库设计窗口的宏面板上单击“新建”按钮

B. 选择“文件”→“新建”命令

C. 在窗体的设计视图中右键单击控件，在快捷菜单中选择“事件发生器”命令

D. 选择“插入”→“宏”命令

【答案】B

【解析】4 个备选答案中 A、C 和 D 均可以用来在数据库中创建宏对象，而答案 B 的作用是创建新的数据库，因此正确答案为 B。

6. 在创建条件宏时，如果条件用“...”表示，说明（　　）。

A. 与上一行的条件相反　　B. 无条件执行同行设置的宏命令

C. 与上一行的条件相同　　D. 从不执行同行设置的宏命令

【答案】C

【解析】在创建条件宏时，如果条件与上一行相同，为了简化操作，条件可以用“...”表示。如果条件为空，则表示无条件执行同行设置的宏命令。因此正确答案为 C。

7. 宏命令 Close 不可以关闭（　　）。

A. 表　　B. 窗体　　C. 数据库　　D. 所有宏

【答案】D

【解析】宏命令 Close 可以关闭打开的所有数据库对象，包括表、查询、窗体、报表、宏、数据访问页和模块，但一次只能关闭一个指定的对象。如果宏命令 Close 的参数“对象类型”和“对象名称”为空，并且当前窗口是数据库窗口，则将关闭数据库窗口，其结果是关闭了当前数据库。因此本题正确答案为 D。

8. 引用宏组“打开”中的宏“打开学生管理窗体”，正确的引用形式为（　　）。

A. 打开->打开学生管理窗体　　B. 打开. 打开学生管理窗体

C. 打开！打开学生管理窗体　　D. 打开学生管理窗体. 打开

【答案】B

【解析】引用宏组中的宏时应该使用的格式为：宏组名. 宏名。因此本题正确答案为 B。

9. 若用宏命令 SetValue 将窗体“系统登录”中的文本框“txt 口令”清空，该宏命令的“表达式”参数应为（　　）。

A. =""　　B. " "　　C. =0　　D. 0

【答案】B

【解析】应该用空串""使文本编辑框清空。这里宏命令 SetValue 的“表达式”参数要求不能在表达式前面使用等号“=”。因此本题正确答案为 B。

10. 有一个窗体“教师信息浏览”，其中，若要用宏命令 GoToControl 将焦点移到“教师编号”字段上，则该宏命令的参数“控件名称”应设置为（　　）。

A. [Forms]![教师信息浏览]![教师编号]　　B. [教师信息浏览]![教师编号]

C. [教师编号]![教师信息浏览]　　D. [教师编号]

【答案】D

【解析】在其他对象中引用窗体中的控件对象的完整格式为：[Forms]![窗体名称]![控件名称]，所以答案 B 和 C 是错误的。答案 A 虽然符合上述格式要求，但在使用 GoToControl 操作把焦点移到打开的窗体、窗体数据表、数据表或查询数据表中当前记录的指定字段或控件上时，参数“控件名称”只需输入字段名称或控件名称，而不必输入完整的标识符，所以答案 A 也是错误的。因此本题正确答案为 D。

7.1.2　填空题

1. 使用________创建宏对象。创建宏时宏窗口中必有________列。

【答案】宏窗口，操作

【解析】设计宏对象的窗口是宏窗口。设计宏时除了“操作”列必填外，其他列均可以为空。

2. 在设计宏时，应该先选择具体的宏命令，再设置其________。

【答案】操作参数

【解析】大多数宏命令除了要告知做什么，还要告知操作的具体信息。

3. 若要在宏中打开某个窗体，应该使用的宏命令是________。

【答案】OpenForm

【解析】使用宏命令 OpenForm 可以打开某个指定的窗体。

4. 如果要调出宏窗口中的“宏名”列，应该使用的菜单命令是________。

【答案】“视图”→“宏名”

【解析】在使用宏窗口设计宏时，为了简化窗口和便于查看，默认情况下“宏名”列和“条件”列不显示，需要时可通过“视图”菜单将其显示出来。

5. 若在宏的条件表达式中引用窗体上控件的值，应该使用的语法是________。

【答案】[Forms]![窗体名称]![控件名称]

【解析】Access 使用固定的格式引用窗体对象中的控件。如果格式错误或引用的对象名称有误，都会发生引用错误。

7.2　自 测 习 题

7.2.1　选择题

1. 如果需要限制宏中的某些宏命令的执行时机，可以在设计宏时（　　）。

A. 填写注释　　B. 设置操作参数
C. 设置宏条件　　D. 为相关的宏命令设置宏名

2. 打开已建查询的宏命令是（　　）。

A. OpenForm　　B. RunSQL　　C. OpenQuery　　D. B 和 C 都对

3. 以下关于宏命令 Quit 的描述中，正确的是（　　）。

A. 其作用是关闭并退出当前数据库
B. 保存所有的修改后退出当前数据库
C. 如果参数“选项”被设置成“退出”，则退出 Microsoft Access
D. 可以设置不保存即退出 Microsoft Access

4. 宏命令 SetValue 不可以设置（　　）。

A. 字段的值　　B. 窗体上控件的属性
C. 报表上控件的属性　　D. 当前系统时间

5. 使用宏组的目的是（　　）。

A. 方便对包含大量操作的宏的管理
B. 方便对多个宏进行组织和管理
C. 方便对功能复杂的宏的管理
D. 有利于节省程序的存储空间

6. 在某窗体上有一个命令按钮，要求单击此按钮后预览某个指定的报表，需要执行的宏命令是（　　）。

A. OpenForm　　B. OpenView　　C. OpenReport　　D. OpenTable

7. 某个窗体上有一个按钮，已经设置了单击该按钮后执行某个宏，则以下的叙述中正确的是（　　）。

A. 该宏是这个窗体中的对象
B. 该窗体是这个宏中的对象
C. 如果在数据库窗口中运行这个宏，则该窗体会自动打开
D. 如果仅将该窗体移到另一个数据库中，则单击该按钮时系统将报错

8. 在一个宏操作序列中，如果有些宏命令的条件列设置有条件，而另一些宏命令的条件列为空，则（　　）。

A. 无条件执行条件列为空的那些宏命令
B. 只执行条件列设置有条件的那些宏命令
C. 无条件执行所有的宏命令
D. 条件为空表示与其上一行的条件相同

9. 有某个窗体，窗体上有一个按钮，要求单击该按钮后执行某个宏使窗体的背景色变为红色，则设计该宏时应该选择的宏命令是（　　）。

A. Hourglass　　B. RepaintObject　　C. SetBack　　D. SetValue

10. 以下叙述正确的是（　　）。

A. 可以将 VBA 程序转换为数据库中的宏对象
B. 可以将宏对象转换为 VBA 程序
C. 不能在 VBA 程序中执行宏
D. 以上都是错误的

11. 在运行宏的过程中，宏不能修改的是（　　）。

A. 表　　B. 数据库　　C. 窗体　　D. 宏本身

12. 以下关于宏命令 Close 的叙述中，正确的是（　　）。

A. 只能关闭窗体和报表

B. 不能关闭模块

C. 除了不能关闭宏对象，可以关闭其他 6 种数据库对象

D. 可以关闭表、查询、窗体、报表、宏、模块和数据访问页

13. 某窗体上有一个按钮，要求单击该按钮后打开应用程序 Microsoft Word，则设计该宏时应该选择的宏命令是（　　）。

A. RunApp　　B. RunCommand　　C. RunMacro　　D. RunCode

14. 图 7.1 所示为新建的一个宏组，以下叙述错误的是（　　）。

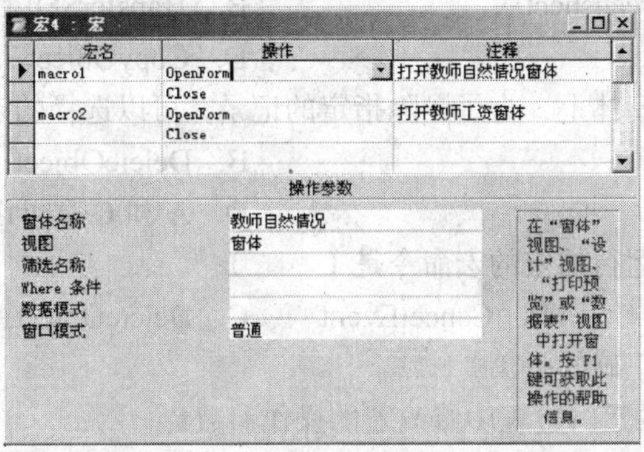

图 7.1　新建宏组

A. 该宏组由 macro1 和 macro2 两个宏组成

B. 宏 macor1 由两个操作步骤（打开窗体、关闭对象）组成

C. 宏 macro1 中 OpenForm 命令打开的是教师自然情况窗体

D. 宏 macro2 中 Close 命令关闭了教师自然情况和教师工资两个窗体

15. 在宏中引用窗体 F1 中文本框 TEXT1 的值，其完整的语法格式是（　　）。

A. [forms]![F1]![TEXT1]

B. [TEXT1]

C. [froms]![F1]![TEXT1]

D. [F1]![TEXT1]

16. 如果要在某个已经打开的窗体上的某个字段上用宏命令 FindRecord 进行查找定位，首先应该进行的操作是（　　）。

A. 用宏命令 SetValue 设置查询条件

B. 用宏命令 GoToControl 将焦点移到指定的字段或控件上

C. 用宏命令 GoToPage 将焦点移到窗体指定页的第一个控件上

D. 用宏命令 GoToRecord 将首记录设置为当前记录

17. 以下关于宏的叙述中，错误的是（　　）。

A. 宏是 Microsoft Access 的数据库对象之一

B. 可以设置使宏在打开数据库时自动被执行

C. 可以将宏对象转换为 VBA 程序

D. 宏比 VBA 程序更易于维护

18. 有一个登录窗体 Form1，窗体上有一个用于输入密码的文本框 Text1 和一个验证按钮 Command1，已经设置单击该按钮后执行宏 Macro1。以下能够正确运行宏 Macro1 的操作是（ ）。

A. 双击数据库窗口中的宏 Macro1

B. 单击登录窗体中的验证按钮 Command1

C. 在文本框 Text1 中输入密码后按<Enter>键

D. 在 VBA 程序 Module1 中运行宏 Macro1

19. 有一个宏，其作用是将指定的 Excel 工作表中的数据导入到当前数据库。设计该宏时应该选择的宏命令是（ ）。

A. TransferSpreadsheet　　B. TransferSQLDatabase

C. TransferText　　D. CopyObject

20. 在一个打开的窗体上，为了删除指定的记录，可以选择的宏命令是（ ）。

A. OpenQuery　　B. DeleteObject

C. RunSQL　　D. A 和 C 都可以

21. 终止当前正在运行的宏的宏命令是（ ）。

A. StopMacro　　B. CancelEvent　　C. DeleteObject　　D. RunMacro

22. 以下叙述中，正确的是（ ）。

A. 可以在宏的运行过程中修改宏的操作参数

B. 宏和 VBA 一样都具有错误处理功能

C. 不可以在宏中调用另外的宏

D. 宏不支持嵌套的 If…Then 结构

23. 宏命令、宏和宏组的组成关系是（ ）。

A. 宏→宏命令→宏组　　B. 宏命令→宏→宏组

C. 宏命令→宏组→宏　　D. 宏组→宏命令→宏

24. 条件宏的条件项的返回值是（ ）。

A. “真”　　B. “假”　　C. “真”或“假”　　D. 没有返回值

25. 用于查找满足指定条件的第 1 条记录的宏命令是（ ）。

A. FindRecord　　B. GoToControl　　C. Requery　　D. FindNext

26. 以下关于宏命令的叙述中，正确的是（ ）。

A. RunMacro 不可以递归调用宏本身

B. RunApp 调用 Visual Basic 的 Function 过程

C. StopMacro 是终止当前所有运行的宏

D. RunCommand 是运行一个对当前视图适当的 Access 菜单命令

27. 如果不指定对象，宏命令 Close 将关闭（ ）。

A. 当前正在使用的表　　B. 当前活动窗口

C. 当前窗体　　D. 当前数据库

28. 自动宏 AutoExec 可以在打开数据库时自动被执行。如果不想在数据库打开时自动运行宏 AutoExec，正确的操作是（ ）。

A. 用<Enter>键打开数据库

B. 打开数据库时按住<Alt>键

C. 打开数据库时按住<Shift>键

D. 打开数据库时按住<Ctrl>键

29. 在宏的调试中，可配合使用设计器上的工具按钮是（　　）。

A. “条件”　　B. “单步”　　C. “调试”　　D. “运行”

30. 有一个窗体 Form1，其中有一个文本编辑框 Text1 和一个命令按钮 Command1。运行窗体后在文本编辑框中输入一串字符，单击命令按钮后该窗体的标题改变为文本编辑框中输入的字符串。则宏命令 SetValue 的参数设置是（　　）。

A. “项目”：[Forms]![Form1] ，“表达式”：[Forms]![Form1]![Text1]

B. “项目”：[Forms]![Form1].[Caption] ，“表达式”：[Forms]![Form1]![Text1]

C. “项目”：[Forms]![Form1].[Caption] ，“表达式”：[Forms]![Form1]![Command1]

D. “项目”：[Forms]![Form1]![Text1] ，“表达式”：[Forms]![Form1]![Command1]

7.2.2　填空题

1. Access 的自动运行宏的宏名是________。

2. 运行宏的条件是有触发宏的________发生，或在其他宏或 VBA 程序中调用该宏。

3. 在宏的设计窗口中“宏名”列、“条件”列和“注释”列都可以为空，只有“________”列必须填写。

4. 在窗体上进行筛选后恢复显示所有记录的宏命令是________。

5. 如果要建立一个宏，希望执行该宏后，首先打开一个表，然后打开一个窗体。则该宏的第一个宏命令是________，第二个宏命令是________。

6. 建立宏组的目的是方便对数据库中________对象的管理。

7. 使用宏命令________可以显示或隐藏内置工具栏或自定义工具栏。

8. 使用宏命令 ApplyFilter 可以对表、窗体或报表上的数据进行________、查询和排序。

9. 在某个宏中要引用报表 Report1 上的控件 Text1，正确的引用是________。

10. 应该使用________对象在 VBA 程序中调用宏。

7.2.3　判断题

1. 可以设置用菜单或工具栏按钮运行宏。

2. 为了使宏在打开数据库时自动运行，应该将宏命名为 auto。

3. 凡是可以用宏进行的处理也都可以用 VBA 程序处理。

4. 宏命令 OpenReport 的默认视图方式是打印预览。

5. 要在学生窗体上查询所有的“2009 年入学的男同学”，应该使用宏命令 FindRecord。

6. Access 的每个宏命令可以执行一个或多个操作。

7. 运行宏时，按照从上至下的顺序依次执行每个宏命令。

8. Access 无法做到使宏按照一定的时间间隔自动触发。

9. “宏名”列的作用是定义一个或一组宏操作的名字。

10. 和 VBA 程序相比，宏的操作更灵活。

7.3 自测习题参考答案

7.3.1 选择题

题号	1	2	3	4	5	6	7	8	9	10
答案	C	C	D	D	B	C	D	A	D	B
题号	11	12	13	14	15	16	17	18	19	20
答案	D	D	A	D	A	B	D	B	A	D
题号	21	22	23	24	25	26	27	28	29	30
答案	A	D	B	C	A	D	B	C	B	B

7.3.2 填空题

1. AutoExec
2. 事件
3. 操作
4. ShowAllRecords
5. OpenTable，OpenForm
6. 宏
7. ShowToolbar
8. 筛选
9. [Reports]![Report1]![Text1]
10. DoCmd

7.3.3 判断题

题号	1	2	3	4	5	6	7	8	9	10
答案	√	×	√	×	×	×	√	×	√	×

第8章 Access的语言工具VBA

8.1 习题解析

8.1.1 选择题

1. 在VBA中正确的日期表示形式是（　　）。

A. {2007-5-1}　　B. 2007/5/1　　C. “2007-5-1”　　D. #2007-5-1#

【答案】D

【解析】VBA的日期常量应该用定界符“#”括起来，年月日之间可以用“-”或“/”分隔。因此本题正确答案为D。

2. 设a=5，b=6，c=7，d=8，下列表达式的值是（　　）。

```
a<b and c>=d or 2<>d-6
```

A. 0　　B. −1　　C. FALSE　　D. TRUE

【答案】C

【解析】该表达式包含关系运算、算术运算和逻辑运算。按照优先级的排列，运算顺序是算术运算、关系运算、逻辑运算。其中逻辑运算符的优先级顺序是Not、And、Or。故本题按照以下顺序进行，本题正确答案为C。

① 进行算术运算，结果为：a<b and c>=d or 2<>2。

② 进行关系运算，结果为：TRUE and FALSE or FALSE。

③ 进行And运算，结果为：FALSE or FALSE。

④ 进行Or运算，结果为：FALSE。

3. 下列语句生成的对话框在标题栏中显示的信息是（　　）。

```
x=InputBox("计算机","等级考试", "0")
```

A. “计算机”　　B. “等级考试”　　C. x　　D. 0

【答案】B

【解析】InputBox函数的第2个参数决定生成的对话框的标题，本例中的第2个参数是“等级考试”，因此本题正确答案为B。

4. 执行语句：

```
Debug.Print Int(3.1415926*10000+0.5)/10000
```

后，在立即窗口上输出的结果是（　　）。

A. 3　　B. 14　　C. 3.142　　D. 3.1416

【答案】D

【解析】表达式的计算按照以下运算顺序进行，因此本题正确答案为 D。

① 进行乘法运算，结果为：Int（31415.926+0.5）/10000。

② 进行加法运算，结果为：Int（31416.426）/10000。

③ 进行函数运算，结果为：31416/10000。

④ 进行除法运算，结果为：3.1416。

5. 窗体上有一个命令按钮 command1，其 Click 事件过程如下：

```
Private Sub Command1_Click( )
  Dim x As Integer
  x=InputBox("请输入 x 的值")
  Select Case x
    Case 1,2,4,6
      Debug.Print "A"
     Case 5,7 To 9
      Debug.Print "B"
    Case Is=10
      Debug.Print "C"
    Case Else
      Debug.Print "D"
  End Select
End Sub
```

程序执行后单击命令按钮，在弹出的输入框中输入 8，则立即窗口上显示（　　）。

A. A　　B. B　　C. C　　D. D

【答案】B

【解析】本题考查的知识点是 Select Case 语句。本题程序中 Select Case 后判断的是数值表达式 x，这里变量 x 的值是 8，依次判断各个 Case 后的条件，恰好满足第 2 个 Case 后的条件，结果在立即窗口输出字母“B”。因此本题正确答案为 B。

6. 设有一个窗体，内有一个名称为 Command1 的命令按钮，该模块内还有一个函数过程：

```
Public Function f(x As Integer)As Integer
  Dim y As Integer
  x = 20
  y = 2
  f = x * y
End Function
Private Sub Command1_Click()
  Dim y As Integer
  Static x As Integer
  x = 10
  y=5
  y = f(x)
  Debug.Print x; y
End Sub
```

程序运行后，如果单击命令按钮，则在立即窗口上显示的内容是（　）。

A. 10 5　　B. 20 5　　C. 20 40　　D. 10 40

【答案】C

【解析】本题主要考查局部变量的使用和函数调用过程中的参数传递。参数传递的方式有传值和传址两种形式，其中默认的方式是传址。本题中 Click 事件和函数 f 都有变量 y，但都是各自的局部变量，只是同名而已。同样 Click 事件和函数 f 中的 x 也是局部变量（形式参数也属于局部变量），但此处的参数传递是传址，因此函数 f 对变量 x 的修改会带回到 Click 事件。在 Click 事件中，调用函数 f 的同时将参数 x 以传址的方式传给了函数 f。在函数 f 中 x 被重新赋值为 20，并与函数 f 的局部变量 y 相乘得结果 40，并通过函数 f 传回了 Click 事件。在 Click 事件中该结果被赋值给该事件的局部变量 y，所以调用的结果是 Click 事件中的局部变量 x 和 y 分别变成了 20 和 40。因此正确答案为 C。

7. 有一个过程定义：

```
Public Sub abc(a As integer, b As integer)
```

则该过程的正确调用形式为（　）。

A. Call abc(1,1.2)　　B. Call sub(1,1.2)

C. abc(1,1.2)　　D. sub 1,1.2

【答案】A

【解析】本题考查的知识点为过程调用。VBA 的过程调用有两种形式：

格式 1：call 过程名（[实参列表]）

格式 2：过程名　[实参列表]

调用时必须给出被调用的过程名。因此备选答案 B 和 D 都是错误的。另外如果采用格式 2，则实参不需要用括号括起，所以备选答案 C 也是错误的。因此本题正确答案为 A。

8. 有一个过程如下，执行该过程后立即窗口中显示（　）。

```
Private Sub a1()
 Dim i As Integer, j As Integer, t As Integer
 Dim a(4) As Integer, b(4) As Integer
 t = 2
 For i = 1 To 4
  a(i) = i Mod 4
  b(i) = i * i + i ^ t
 Next i
 Debug.Print a(t); b(t)
End Sub
```

A. 2　8　　B. 8　2　　C. 0　8　　D. 2　6

【答案】A

【解析】本题考查的知识点是循环语句和数组的使用。本题中有数组 a(4)和 b(4)，程序中的循环语句循环了 4 次，分别为两个数组的每个数组元素赋值。

第 1 次循环：a(1)=1，b(1)=2

第 2 次循环：a(2)=2，b(2)=8

第 3 次循环：a(3)=3，b(3)=18

第 4 次循环：a(4)=0，b(4)=32

最后在立即窗口中显示 a(2)和 b(2)的值是 2 和 8，因此本题正确答案为 A。

9. 关于 ADO 数据访问接口可以访问的数据源类型（　　）。

A. 只能是数据库　　B. 只能是电子邮件系统

C. 只能是文件系统　　D. 既可以是数据库也可以是非数据库

【答案】D

【解析】数据访问接口 ADO 可以访问各种支持 OLE-DB 的数据源，包括数据库和非数据库，如其他文件、电子邮件等数据源。因此本题正确答案为 D。

10. 在使用 ADO 访问数据源时，从数据源获得的数据以行的形式存放在（　）。

A. Command 对象　　B. Recordset 对象

C. Connection 对象　　D. Parameters 对象

【答案】B

【解析】数据访问接口 ADO 的各个对象各自负责不同的职能。Recordset 对象是最常用的 ADO 对象，从数据源获取的数据存放在 Recordset 对象中，并且所有 Recordset 对象均由记录（行）和字段（列）组成。因此本题正确答案为 B。

8.1.2 填空题

1. 如果希望使用变量来存放数据 1 234 567.123 456，应该将变量声明为________类型。

【答案】Double

【解析】VBA 中的整数可以根据数的取值范围选择用 Byte 型、Integer 型和 Long 型，小数可以根据数的取值范围和有效数字的位数选择用 Single 型和 Double 型。本题中的数据 1 234 567.123 456 是小数，应该在 Single 型和 Double 型中间选择。但该数的有效数字超过了 7 位，所以应该选择 Double 型。

2. Visual Basic 的基本控制结构有________、________和________。

【答案】顺序结构，选择结构（或分支结构），循环结构（或重复结构）

【解析】本题考查的知识点是面向过程程序设计中程序的 3 种基本结构。

3. 执行下列程序后立即窗口中的输出结果是________。

```
Private Sub a2()
  Dim i As Integer, j As Integer
  For i = 1 To 5
    For j = 1 To i
      If i Mod 2 = 0 Then
        Debug.Print "*";
      Else
        Debug.Print "#";
      End If
    Next j
     Debug.Print
    Next i
End Sub
```

【答案】#

```
**
###
****
#####
```

【解析】本题用循环嵌套在立即窗口中画出一个直角三角形。其中的偶数行为“*”，奇数行为“#”。

4. 下面的程序产生 100 个 0 ~ 99 的随机整数，并统计个位上的数字分别是 1，2，3，4，5，6，7，8，9，0 的数的个数。

```
Private Sub a3()
  Dim x(1 To 10) As Integer, a(1 To 100) As Integer
  Dim p As Integer, j As Integer
  For j = 1 To 100
     a(j) =________
     p = a(j) Mod 10
     If p = 0 Then p = 10
     ________
  Next j
  For j = 1 To 10
     Debug.Print x(j);
  Next j
End Sub
```

【答案】Int(Rnd * 100)，x(p) = x(p) + 1

【解析】本题考查的知识点有 3 个，循环、数组和 Rnd 函数。程序中数组 a 用来存放用 Rnd 函数生成的 100 个 0 ~ 99 的随机整数，所以第 1 个空应为“Int(Rnd * 100)”。然后用 Mod 运算计算 a 数组元素个位上的数字，结果存放在变量 p 中。数组 x 的 10 个数组元素 x(1)…x(10)分别用来存放数组 a 中个位数字是 1、2、3、…、9、0 的元素的个数。所以第 2 个空应为“x(p) = x(p) + 1”，这里 p 正好作为对应的数组元素的下标。例如：如果个位数字是 1，则 x(1)的值要加 1。

5. 在 VBA 中如果 ADO 的 Recordset 对象使用当前数据库的连接，则其 ActiveConnection 参数应写为________。

【答案】CurrentProject.AccessConnection

【解析】Access 的 VBA 程序大多数时候访问的就是当前数据库，这时 ADO 的 Recordset 对象就可以直接使用当前数据库的连接，请参考教材 242 页的程序。

8.1.3 编程题

1. 编写过程 p1：用 InputBox 函数输入一个华氏温度 F，计算并用消息框输出其对应的摄氏温度 C，C=5(F-32)/9。

【参考答案】

```
Public Sub p1()
  Dim f As Single, c As Single
  f = InputBox("请输入华氏温度:")
  c = 5 * (f - 32)/9
  MsgBox "摄氏温度为:" & c
End Sub
```

【解析】本题考查的知识点是输入函数 InputBox 和输出函数 MsgBox 的使用，以及表达式的正确书写。该过程运行时变量 f 保存已知的华氏温度，变量 c 保存计算的结果摄氏温度。其中变量 f 用 InputBox 函数由键盘输入，然后代入给定的计算公式计算得到结果 c，最后用

MsgBox 函数输出结果。注意表达式中的乘号“*”不可以省略。

2. 编写过程 p2：输入一个 3 位数，判断其是否是水仙花数。如：$371=3^3+7^3+1^3$。

【参考答案】

```
Public Sub p2()
    Dim x As Integer
    Dim g As Integer, s As Integer, b As Integer
    x = InputBox("请输入一个 3 位整数:")

    b = x\100
    s = (x - b * 100)\10
    g = (x - b * 100) Mod 10

    If x = b ^ 3 + s ^ 3 + g ^ 3 Then
      MsgBox x & "是水仙花数!", vbExclamation
    Else
      MsgBox x & "不是水仙花数!", vbCritical
    End If
End Sub
```

【解析】本题考查的知识点是顺序结构和选择结构的使用。难点是用运算符“\”和“Mod”将一个 3 位整数的百位、十位、个位分别取出。答案中首先输入的 3 位整数保存在变量 x 中，然后应用“\”和“Mod”运算分别取出 x 的百位 b、十位 s、个位 g，最后代入 If 语句的条件判断并输出结果。

3. 编写过程 p3：在立即窗口输出下面的图形。

```
1
22
333
4444
55555
```

【参考答案】

```
Public Sub p3()
    Dim i As Integer, j As Integer
    For i = 1 To 5
      For j = 1 To i
        Debug.Print i;
      Next j
      Debug.Print
    Next i
End Sub
```

【解析】本题考查的知识点是循环嵌套和 Debug 对象的 Print 方法。程序中用循环嵌套画出了三角形。i 控制的外循环用于控制输出的行数，j 控制的内循环用于打印每一行的具体数字。注意，Debug 对象的 Print 方法在使用时如果各项之间用“;”分隔，则不换行且采用紧凑格式输出；Print 后没有打印项目，则表示只换行。

4. 编写过程 p4：在立即窗口按每行 5 个打印 Fibonacci 数列的前 30 项。该数列的第 1 项为 0，第 2 项为 1，以后各项是其前面两项之和。

【参考答案】

```
Option Base 1
Public Sub p4()
    Dim i As Integer, f(30) As Long
    f(1) = 0: f(2) = 1
    Debug.Print f(1), f(2),
    For i = 3 To 30
      f(i) = f(i - 2) + f(i - 1)
      Debug.Print f(i),
      If i Mod 5 = 0 Then Debug.Print
    Next i
End Sub
```

【解析】本题考查的知识点是数组，难点是如何控制每行打印 5 个数组元素。程序中首先声明了有 30 个元素的 long 型数组，注意如果声明成 Integer 型，则在运行过程中会发生数据溢出。然后将数组的前两个元素赋值为 0 和 1。接下来的循环依次给数组的第 3 个 ~ 第 30 个元素赋值并输出。每行元素个数的控制由 If 语句完成，当元素的下标为 5 的倍数时换行。

5. 编写函数 f1 和 f2：给定一个一元二次方程的 3 个系数，分别返回它的两个实数解，并用一个过程调用这两个函数。

【参考答案】

```
Public Function f1(a As Single, b As Single, c As Single) as Single
   f1 = (-b + Sqr(b ^ 2 - 4 * a * c))/(2 * a)
End Function
Public Function f2(a As Single, b As Single, c As Single) as Single
   f2 = (-b - Sqr(b ^ 2 - 4 * a * c))/(2 * a)
End Function
Public Sub p5()
    Dim a As Single, b As Single, c As Single
    a = InputBox("a=")
    b = InputBox("b=")
    c = InputBox("c=")
    If b ^ 2 - 4 * a * c < 0 Or a = 0 Then
       Debug.Print "没有实数解!"
    Else
       Debug.Print "x1 ="; f1(a, b, c)
       Debug.Print "x2 ="; f2(a, b, c)
    End If
End Sub
```

【解析】本题考查的知识点是函数的定义和调用。函数 f1 和 f2 除了求解的公式略有不同，3 个 Single 型的参数分别代表一元二次方程各项的系数，最后返回的类型也是 Single 型。请注意函数调用的形式。

8.2 自 测 习 题

8.2.1 选择题

1. VBA 中用于定义符号常量的关键字是（　　）。

A. Dim　　B. Const　　C. Public　　D. Option

2. 下列逻辑表达式中，能正确表示条件“x 和 y 都是奇数”的是（　　）。

A. x Mod 2=0 And y Mod 2=0　　B. x Mod 2=0 Or y Mod 2=0

C. x Mod 2=1 Or y Mod 2=1　　D. x Mod 2=1 And y Mod 2=1

3. 要从字符串“首都经济贸易大学”中将“经济贸易”4 个字取出，正确的函数形式是（　　）。

A. Left（“首都经济贸易大学”，4）

B. Right（“首都经济贸易大学”，4）

C. InStr（“首都经济贸易大学”，“经济贸易”）

D. Mid（“首都经济贸易大学”，3，4）

4. 如果要求必须显式声明所有的变量，则应在模块的通用声明段写上语句（　　）。

A. Option Compare　　B. Option Base

C. Option Explicit　　D. 都不对

5. 要显示当前过程运行中所有变量和对象的取值，应使用的调试窗口是（　　）。

A. 立即窗口　　B. 本地窗口　　C. 监视窗口　　D. 调用堆栈

6. 在 VBA 中 Single 型数据所占的存储空间是（　　）。

A. 2 个字节　　B. 4 个字节　　C. 8 个字节　　D. 视数据的大小不定

7. 为了生成如图 8.1 所示的消息框，正确的函数形式是（　　）。

图 8.1 “系统提示”消息框

A. MsgBox “系统提示”，vbCritical + vbRetryCancel，“操作错误！请重试。”

B. MsgBox “操作错误！请重试。”，vbExclamation+ vbRetryCancel，“系统提示”

C. MsgBox “操作错误！请重试。”，vbCritical + vbRetryCancel，“系统提示”

D. MsgBox “操作错误！请重试。”，“系统提示”，vbCritical + vbRetryCancel

8. 模块是存储代码的容器，其中窗体就是一种（　　）。

A. 类模块　　B. 过程　　C. 函数　　D. 标准模块

9. 若要声明模块级的局部变量，以下叙述中正确的是（　　）。

A. 在过程内用 Dim 或 Private 声明

B. 在模块的通用声明段用 Dim 或 Private 声明

C. 在过程内用 Dim 或 Public 声明

D. 在模块的通用声明段用 Dim 或 Public 声明

10. 以下可以作为 VBA 的变量名的是（　　）。

A. x#1　　B. x[1]　　C. x_1　　D. x-1

11. 以下程序求“x ^ 2 + 5”的值，其中 x 的值由文本框 Text0 输入，运算的结果由文本框 Text3 输出。

```
Private Sub Command0_Click()
    Dim x As Integer
    Me.Text0= x
    Me.Text3 = x ^ 2 + 5
End Sub
```

上述程序中，错误的语句是（　　）。

A. Dim x As Intege　　B. Me.Text0= x　　C. Me.Text3 = x ^ 2 + 5　　D. 没有错误

12. 有一个窗体 Form1，其中有命令按钮 Command1，现要求单击该按钮用 VBA 程序打开已有的数据表“学生”，正确的命令是（　　）。

A. DoCmd.OpenTable 学生　　B. DoCmd.OpenTable "学生"
C. DoCmd.OpenForm 学生　　D. DoCmd.OpenForm "学生"

13. 窗体中有一个命令按钮 Command1 和一个文本框 Text1。其中 Command1 的 Click 事件过程如下。

```
Private Sub Command1_Click()
 Dim m As Single, n As Integer
 m = 2.54
 n = Len(Str(m) + Space(5))
 Me.Text1 = n
End Sub
```

窗体运行后，单击命令按钮 Command1，Text1 中显示的是（　　）。

A. 5　　B. 8　　C. 9　　D. 10

14. 以下程序计算 ADSL40 小时包月的上网费用。如果月上网总时长为 45 小时 15 分，应交上网费是（　　）。

```
Dim x As Single, y As Single
 x = InputBox("请输入上网的总时长（以小时为单位）:")
 If x < 40 Then
   y = 49.5
 Else
   y = 49.5 + (x - 40) * 0.05*60
 End If
 MsgBox "应交上网费:" & y & "元"
```

A. 64.95 元　　B. 65.25 元　　C. 65.5 元　　D. 70.25 元

15. 以下程序的输出结果是（　　）。

```
Dim s As String, x As String, y As String, z As String
 Dim i As Integer
 s = "ABBACDDCBA"
 For i = 6 To 2 Step -2
   x = Mid(s, i, i)
   y = Left(s, i)
   z = Right(s, i)
   z = x & y & z
 Next i
 MsgBox z
```

A. AABBAA　　B. ABAABB　　C. BBABBA　　D. AABAAB

16. 某窗体主体的 Click 事件过程如下，窗体运行后单击窗体主体，消息框中输出的结果是（　　）。

```
Private Sub 主体_Click()
 Dim i As Integer, a As Integer
 a = 1
 For i = 1 To 3
   Select Case i
   Case 1, 3
```

```
        a = a + 1
      Case 2, 4
        a = a + 2
      End Select
    Next i
    MsgBox a
End Sub
```

A. 3　　B. 4　　C. 5　　D. 6

17. 以下程序的输出结果是（　　）。

```
Dim i As Integer, j As Integer, k As Integer
  i = 1: k = 5: j = 1
  Do While i <= k * j
     i = i + 1
  Loop
  MsgBox i
```

A. 3　　B. 4　　C. 5　　D. 6

18. 窗体上有一个命令按钮 Command1，其 Click 事件过程如下。

```
Private Sub Command1_Click()
  Dim c As String, n As Integer
  c = "ABCDEF"
  For n = 1 To 5 Step 2
    Debug.Print _______
  Next n
End Sub
```

程序运行后，单击命令按钮，要求在立即窗口输出如下内容，则程序的空白处应填入（　　）。

```
F
DEF
BCDEF
```

A. left(c, n)　　B. Right(n, c)　　C. Right(c, n)　　D. mid(c,n,n)

19. 有如下程序。运行后在输入对话框中依次输入 1、2、3、4、5、6、7、8、9、0，则输出结果是（　　）。

```
Dim c As Integer, d As Integer
c = 4
d = InputBox("请输入一个整数")
Do While d > 0
    If d > c Then
      c = c + 1
    End If
    d = InputBox("请输入一个整数")
Loop
MsgBox c + d
```

A. 9　　B. 10　　C. 11　　D. 12

20. 窗体上有一个命令按钮 Command1，其 Click 事件过程如下。

```
Private Sub Command1_Click()
Dim i As Integer, j As Integer, k As Integer
Dim x As Integer
```

```
    For i = 1 To 4
     x = i
     For j = 1 To 3
       x = i + j
       For k = 1 To 2
         x = x + 6
       Next k
     Next j
    Next i
    MsgBox x
  End Sub
```

运行窗体后单击命令按钮，输出结果是（　　）。

A. 7　　B. 12　　C. 15　　D. 19

21. 在窗体上添加一个命令按钮 Command1，一个文本框 Text1，编写如下程序：

```
Function result(ByVal x As Integer) As Boolean
   If x Mod 2 = 0 Then
      result = True
   Else
      result = False
   End If
End Function
Private Sub Command1_Click()
  x = Val(InputBox("请输入一个整数"))
  If ________ Then
      Text1 = Str(x) & "是偶数."
  Else
      Text1 = Str(x) & "是奇数."
  End If
End Sub
```

程序运行后单击命令按钮，在输入对话框中输入 19，则在 Text1 中显示"19 是奇数"。那么程序的空白处应填写（　　）。

A. result(x)="偶数"　　B. result(x)= "奇数"

C. result(x)　　D. NOT result(x)

22. 有如下程序。

```
Dim a(5, 5),m as Integer,n as Integer
For m = 2 To 4
 For n = 4 To 5
   If m <> n Then
     a(m, n) = m * n
   Else
     a(m, n) = m + n
   End If
 Next n
Next m
MsgBox a(2, 3) + a(3, 4) + a(4, 5)
```

运行后的输出结果是（　　）。

A. 22　　B. 32　　C. 42　　D. 52

23. 默认情况下，语句 Dim a(10,10)的含义是（　　）。

A. 定义了有 100 个元素的 Integer 型数组
B. 定义了有 100 个元素的 Varient 型数组
C. 定义了有 121 个元素的 Integer 型数组
D. 定义了有 121 个元素的 Varient 型数组

24. 以下关于 VBA 过程和函数的叙述中，错误的是（　　）。
A. 可以将过程的返回值赋给变量
B. 宏对象经转换后自动成为模块中的一个过程
C. VBA 中除了内置函数，还可以自定义函数
D. 过程内用 Static 定义的变量是过程级静态局部变量

25. 如果在定义过程时使用了 Static 关键字，则表明（　　）。
A. 过程名是静态的
B. 形式参数是静态的
C. 过程中的局部变量是静态的
D. 过程的返回值是静态的

26. 有如下程序（其中 chr(13)表示换行）。以下关于程序功能的叙述中，正确的是（　　）。

```
Dim x As Integer, a As Integer, b As Integer, i As Integer
For i = 1 To 10
  x = InputBox("请输入一个整数：")
  If Int(x/2) = x/2 Then
     a = a + 1
  Else
     b = b + 1
  End If
Next i
MsgBox "a=" & a & Chr(13) & "b=" & b
```

A. 对输入的 10 个数求累加和
B. 对输入的 10 个数分别统计奇数和偶数的累加和
C. 对输入的 10 个数分别统计奇数和偶数的个数，其中奇数的个数保存在变量 a 中
D. 对输入的 10 个数分别统计奇数和偶数的个数，其中偶数的个数保存在变量 a 中

27. 有如下程序，运行该程序后从键盘接收 1 个有效的（≥0）数据。如果输入的数据无效，则要求重新输入，否则显示该数据的平方根。程序空白处应填写（　　）。

```
Dim s As Integer, i As Integer
Dim flag As Boolean, p As Integer
flag = True
Do While flag
    s = Val(InputBox("请输入："))
    If s < 0 Then
          MsgBox "输入无效！请重新输入。"
    Else
          MsgBox Sqr(s)
          ________
    End If
Loop
```

A. flag = True　　B. flag = False　　C. True = flag　　D. False = flag

28. 使用 Function 语句定义的函数过程，其返回值的类型（　　）。

A. 只能是符号常量

B. 可在调用时由运算过程决定

C. 是除数组之外的简单数据类型

D. 由函数定义时 As 子句声明

29. 有过程 p 和过程 s，运行过程 p 时调用过程 s。过程 p 的运行结果是（　　）。

```
Public Sub p()
Dim i As Integer
i = 3
Call s(i)
If i > 4 Then i = i ^ 2
MsgBox i
End Sub
Public Sub s(ByVal p As Integer)
  p = p * 2
End Sub
```

A. 3　　B. 4　　C. 5　　D. 6

30. 有一个窗体 Form1，要求该窗体只能运行 30s，时间一到则窗体将自动关闭。程序空白处应填写（　　）。

```
Private Sub Form_Load()
Me.TimerInterval = 1000
i = 0
End Sub
Private Sub Form_Timer()
______
If i = 30 Then
   DoCmd.Close
End If
End Sub
```

A. i = i + 1　　B. i = i − 1

C. i = i + 30　　D. i = i − 30

8.2.2 填空题

1. Byte 型数据的取值范围是________。

2. VBA 程序的运行机制是________。

3. 以下程序的运行结果为______。

```
a = "1" : b = "2"
a = Val(a) + Val(b)
b = Val("12")
If a <> b Then MsgBox a - b Else MsgBox b - a
```

4. 窗体中有一个命令按钮 Command1 和一个文本框 Text1。其中 Command1 的 Click 事件过程如下。

```
Private Sub Command1_Click()
  Dim i As Integer, s As String
  s = "首都经济贸易大学"
```

```
  For i = 1 To 5 Step 2
     Text1 = Text1 & Mid(s, i, 1)
  Next i
End Sub
```

窗体运行后，单击命令按钮 Command1，Text1 中显示的是________。

5. VBA 中，可以在模块的通用声明段用________语句使数组的下界从 1 开始。

6. 调试程序的方法有单步执行、设置________和设置监视表达式。

7. 设有如下程序。要使程序的输出结果 n 的值为 5，请将程序补充完整。

```
Dim x As Integer, n As Integer
x = 1
Do
  x = x + 3
  n = n + 1
Loop Until x = ______
MsgBox "n=" & n
```

8. 以下是一个竞赛评分程序。8 位评委，去掉一个最高分和一个最低分，计算平均分。请将程序补充完整。

```
Dim max As Integer, min As Integer
Dim i As Integer, x As Integer, s  As Integer
max = 0: min = 10
For i = 1 To 8
  x = Val(InputBox("请输入得分（0～10）："))
  If ______ Then max = x
  If x < min Then min = x
  s = s + x
Next i
s = ______
MsgBox "最后得分：" & s
```

9. 为了使窗体在打开 1 小时后能自动关闭，除了应该设置窗体的 TimerInterval 属性外，还应在窗体的________事件过程中填写程序。

10. ADO 是建立在________技术之上的高级编程接口，目的是简化操作。

8.2.3 判断题

1. VBA 程序不区分字母的大小写。
2. 如果未预先声明变量，则变量类型为 Varient 型。
3. 与 If 语句相同，Select Case 语句中每个 Case 后应是一个关系或逻辑表达式。
4. 全局变量的应用范围是整个应用程序。
5. 用 Static 声明的变量在每次调用其所在过程时都会被重新初始化。
6. 调用 VBA 的过程时，默认的参数传递方式是传值。
7. 在 Do…Loop While 语句中的循环体至少被执行 1 次。
8. Sub 子过程有返回值，而 Function 函数没有返回值。
9. 计算机可以自动识别程序中的逻辑错误。
10. 如果记录集为空，则 Recordset 对象的 BOF 属性和 EOF 属性均为 True。

8.3　自测习题参考答案

8.3.1　选择题

题号	1	2	3	4	5	6	7	8	9	10
答案	B	D	D	C	B	B	C	A	B	C
题号	11	12	13	14	15	16	17	18	19	20
答案	B	B	D	B	C	C	D	C	A	D
题号	21	22	23	24	25	26	27	28	29	30
答案	C	B	D	A	C	D	B	D	A	A

8.3.2　填空题

1. 0~255
2. 事件驱动
3. −9
4. 首经贸
5. Option Base 1
6. 断点
7. 16
8. x>max，（s-max-min）/6
9. Timer（或“计时器触发”事件）
10. OLE-DB

8.3.3　判断题

题号	1	2	3	4	5	6	7	8	9	10
答案	√	√	×	√	×	×	√	×	×	√

第9章 创建数据访问页

9.1 习题解析

9.1.1 选择题

1. 下列关于数据访问页的叙述中，错误的是（　　）。

   A. 数据访问页可以在 Web 页上直接链接数据库的数据

   B. 数据访问页允许显示但不能编辑数据库的数据

   C. 数据访问页和传统 Access 数据库应用分离开

   D. Access 将 DAP 存储在动态 HTML 文件中

【答案】B

【解析】数据访问页（DAP）是数据库的一种对象，是存储在 Access 数据库之外的 HTML 文件，是一种特殊的 Web 页，能以 Web 页形式在 Internet 上浏览、编辑和汇总数据库的数据。从以上分析可以看出，备选答案 B 的叙述是错误的，因此本题答案为 B。

2. 关于数据访问页的导航栏的控件及控件上所有按钮的一些说法，错误的是（　　）。

   A. 控件及控件上的按钮外观都是基于 HTML 样式来创建的

   B. 控件及控件上的按钮外观都是用<STYLE>标记来实现的

   C. 导航栏上的按钮是不能删除的

   D. 导航栏按钮上的图像可以被修改

【答案】C

【解析】数据访问页是一个 HTML 文件，主要由标题节、组页眉节和记录导航节组成。记录导航节专门用于放置记录导航工具栏，导航工具栏提供了用于浏览、筛选、排序记录等操作按钮。可以在记录导航节中增加或删除导航工具栏上的操作按钮。从以上分析可以看出，备选答案 C 的叙述是错误的，因此本题答案为 C。

3. 下列关于创建数据访问页的叙述中，错误的是（　　）。

   A. 数据访问页对象，它被存放在“页”容器中并维持与底层 HTML 文档的链接

   B. HTML 文档包含该页的 HTML 和 XML 代码

   C. 可使用数据访问页设计模式或向导来创建页面

   D. HTML 文档和数据库中的 DAP 对象合在一起存放

【答案】D

【解析】在 Access 中可使用数据访问页的设计视图或向导来创建数据访问页。数据访问页作为分离文件（.htm）单独存储在数据库外部，该 HTML 文档包含该数据访问页的 HTML 和 XML 代码，系统只是在数据库窗口添加一个访问该页的快捷方式。从以上分析可以看出，备选答案 D 的叙述是错误的，因此本题答案为 D。

4. 创建数据访问页最重要的是确定（　　）。

A. 字段　　B. 样式　　C. 记录　　D. 布局

【答案】A

【解析】无论是采用自动创建数据访问页，还是使用向导创建数据访问页，其中最重要的是确定字段及其个数。因此本题正确答案为 A。

5. 在数据访问页的 Office 电子表格中可以（　　）。

A. 输入原始数据　　B. 添加公式

C. 执行电子表格运算　　D. 以上都可以

【答案】D

【解析】Office 电子表格类似于 Microsoft Excel 工作表，用户可以在 Office 电子表格中输入原始数据、添加公式及执行电子表格运算等。在 Access 数据库中，用户可以在数据访问页中添加 Office 电子表格，在数据访问页中添加 Office 电子表格后，用户可以利用数据访问页的页视图或 Internet Explorer 查看和分析相关的数据，所以备选答案 A、B、C 都是正确的，因此本题正确答案为 D。

6. 在数据访问页中，应为所有将要排序、分组或筛选的字段建立（　　）。

A. 主关键字　　B. 索引　　C. 准则　　D. 条件表达式

【答案】B

【解析】主关键字用来确定表中记录的唯一性。索引可以加速对索引字段的查询，还可以加速排序、筛选及分组操作。因此本题正确答案为 B。

7. 利用“自动数据访问页”向导创建的数据访问页的格式是（　　）。

A. 标签式　　B. 表格式　　C. 纵栏式　　D. 图表式

【答案】C

【解析】“自动创建数据访问页”方式能够创建包含基础表、查询或视图中所有字段和记录的数据访问页，但只能创建纵栏式数据访问页。因此本题正确答案为 C。

8. 将 Access 数据库中的数据发布在 Internet 网络上可以通过（　　）。

A. 查询　　B. 窗体　　C. 表　　D. 数据访问页

【答案】D

【解析】数据访问页是一种特殊类型的 Web 页，用户可以在此 Web 页中对 Access 数据库中的数据进行链接、查看、修改，为通过网络进行数据发布提供了方便。因此本题正确答案为 D。

9. Access 通过数据访问页可以发布的数据（　　）。

A. 只能是数据库中不变的数据

B. 是数据库中静态的数据

C. 只能是数据库中变化的数据

D. 是数据库中保存的数据

【答案】D

【解析】数据访问页是用户通过 Internet 与 Access 数据库进行数据交互的数据库对象，可以用来发布数据库中保存的数据。因此本题正确答案为 D。

10. 在数据访问页的工具箱中，插入一段滚动文字应使用的工具图标是（ ）。

A. 　　B. 　　C. 　　D. 

【答案】B

【解析】在数据访问页的工具箱中增加了一些专用于网上浏览的工具，如绑定范围控件、滚动文字控件、绑定超级链接控件、图像超级链接控件。因此本题正确答案为 B。

9.1.2 填空题

1. 数据访问页是直接与________联系的 Web 页。

【答案】数据库中的数据

【解析】数据访问页是一种特殊的 Web 页，主要用于查看和操作来自局域网或 Internet 的数据，这些数据保存在 Access 数据库或 SQL Server 数据库中。

2. 创建数据访问页最简单的方法就是使用________。

【答案】自动创建数据页

【解析】创建数据访问页最快捷的方法就是使用系统提供的“自动创建数据访问页”。这种方式下用户不需要做任何设置，所有工作都由 Access 自动来完成。

3. ________中包含各种可以添加到数据访问页上的控件。

【答案】工具箱

【解析】在数据访问页的设计视图下，可以打开工具箱，工具箱中包含了文本框控件、绑定范围控件、滚动文字控件等多个工具按钮。用户可以从工具箱向数据访问页添加控件。

4. 在________中可以编辑已有的数据访问页。

【答案】数据访问页的设计视图

【解析】数据访问页的设计视图是创建与设计数据访问页的一个可视化的集成界面，在该界面下可以创建或修改数据访问页。

5. Access 将 DAP 存储在动态________文件中，使用的扩展名是________。

【答案】HTML，.htm

【解析】在 Access 中创建的数据访问页是一种特殊的 Web 页，是 HTML 文件，其扩展名为“.htm”。

9.2 自 测 习 题

9.2.1 选择题

1. 数据访问页是一种独立于 Access 数据库的文件，该文件的类型是（ ）。

A. TXT 文件　　B. HTML 文件　　C. MDB 文件　　D. DOC 文件

2. 数据访问页可以简单地认为就是一个（ ）。

A. 网页　　B. 数据库文件　　C. Word 文件　　D. 子表

3. 以下关于数据访问页调用方式的叙述中，正确的是（　　）。

A. 只能在 Access 数据库中打开数据访问页

B. 只能在 Internet Explorer 中打开数据访问页

C. 既可以在 Access 数据库中打开数据访问页，也可以在 Internet Explorer 中打开

D. 以上说法都不对

4. 以下描述错误的是（　　）。

A. 数据访问页是数据库对象，与其他数据库对象性质相同

B. Access 只能通过数据访问页发布静态数据

C. Access 可以通过数据访问页发布数据库中保存的数据

D. 可以通过 Internet Explorer 打开数据访问页

5. 以下关于数据访问页存储方式的叙述中，正确的是（　　）。

A. 数据访问页与其他 Access 对象一样，都存储在 Access 数据库文件中

B. 数据访问页是以一个独立的 Web 格式文件形式存储的

C. Access 数据库中保存的是数据访问页的快捷方式

D. 数据访问页的文件扩展名是.html

6. 当在 Access 中保存 Web 页时，Access 在数据库窗口中创建一个链接到 HTML 文件的（　　）。

A. 指针　　B. 字段　　C. 快捷方式　　D. 地址

7. 数据访问页中有两种常用的视图形式，分别是（　　）。

A. 设计视图与页面视图　　B. 设计视图与浏览视图

C. 设计视图与数据表视图　　D. 设计视图与数据访问页视图

8. 在 Access 中，可以通过多种方法创建数据访问页，其中最快捷的方法是（　　）。

A. 使用现有的网页　　B. 使用自动创建数据页

C. 使用数据页向导　　D. 使用设计视图

9. 利用“自动创建数据页”向导创建的数据访问页的格式是（　　）。

A. 标签式　　B. 表格式　　C. 纵栏式　　D. 图表式

10. 创建数据访问页不可以使用（　　）。

A. 自动数据访问页　　B. 浏览器

C. 数据访问页设计视图　　D. 数据访问页向导

11. 某记录源中不包括图片信息，若不需要对该记录源中字段的显示与否进行选择，则创建数据访问页时应选择的方法是（　　）。

A. 自动创建数据页　　B. 使用设计视图创建

C. 使用数据页向导创建　　D. 使用现有的网页创建

12. 使用向导创建数据访问页的操作包括：

① 选择字段

② 启动“数据页向导”

③ 确定排序顺序

④ 确定分组级别

正确的操作顺序是（　　）。

A. ①③②④　B. ①②③④　C. ②①④③　D. ②①③④

13. 在数据访问页中，对于不可更新的数据进行显示，应使用（　）。

A. 绑定 HTML 控件　B. 结合型文本框控件

C. 文本框控件　D. 计算型文本框控件

14. 在数据访问页中，不可以添加的控件是（　）。

A. 滚动文字　B. 超链接　C. 影片　D. 绑定文字

15. 向数据访问页中插入含有超级链接图像的控件名称是（　）。

A. 超链接　B. 图像超链接　C. 图像　D. 影片

16. 以下用来在数据访问页中创建图表的控件名称是（　）。

A. Office 电子表格　B. Office 透视表

C. 图像　D. Office 图表

17. 在数据访问页中，用来显示描述性文本信息的控件是（　）。

A. 标签　B. 命令按钮　C. 文本框　D. 滚动文字

18. 在 Access 中，数据访问页的浏览记录工具栏能够进行多种操作，下列选项中不属于浏览记录工具栏功能按钮的是（　）。

A. 保存记录　B. 添加记录　C. 按窗体筛选　D. 以升序排序

19. 数据访问页的“主题”是（　）。

A. 数据访问页的标题

B. 对数据访问页目的、内容和访问要求等的描述

C. 数据访问页的布局与外观的统一设计和颜色方案的集合

D. 以上都正确

20. 设置“数据访问页”主题，应进行的操作是（　）。

A. 在“页”对象下，选择菜单“格式”→“主题”命令

B. 在数据访问页的设计视图中，选择菜单“格式”→“主题”命令

C. 在数据访问页的页面视图中，选择菜单“格式”→“主题”命令

D. 在数据库窗口中，选择菜单“格式”→“主题”命令

21. 要为一个数据访问页提供字体、横线、背景图像以及其他元素的统一设计和颜色方案的集合，可以使用（　）。

A. 标签　B. 背景　C. 主题　D. 滚动文字

22. 以下不属于数据访问页的数据来源的是（　）。

A. Access 数据库　B. SQL 数据库　C. Word 表格　D. Excel 工作表

23. 为了便于创建一个具有专业水平的、设计精致的数据访问页，Access 提供了（　）。

A. 应用主题功能　B. 添加影片控件功能

C. 设置滚动文字功能　D. 设置背景功能

24. 数据访问页的滚动文字控件可以显示移动或滚动的文字，更改滚动文字移动的方向应修改的属性是（　）。

A. Loop　B. Behavior　C. Direction　D. Right

25. 在数据访问页的工具箱中，插入图像超级链接应使用的工具图标是（　）。

A. 　B. 　C. 　D. 

26. 在数据访问页的工具箱中，插入下拉列表应使用的工具图标是（　）。

A. 　　B. 　　C. 　　D. 

27. 打开页对象的文件属性可以选择的命令是（　　）。

A. 文件→页属性　　B. 工具→页属性

C. 插入→页属性　　D. 编辑→页属性

28. 使用向导创建数据访问页时，在确定分组级别步骤中，最多可设置的分组级别个数是（　　）。

A. 1　　B. 2　　C. 3　　D. 4

29. 以下叙述中，错误的是（　　）。

A. 数据访问页的页面视图用于查看数据访问页的效果

B. 在 Internet Explorer 的地址栏中输入数据访问页文件的路径可以将其打开

C. 不能使用"字段列表"将数据添加到数据访问页

D. 在使用自定义背景颜色之前必须删除已经应用的主题

30. 将 Access 数据库数据发布到 Internet 上，可以通过（　　）。

A. 查询　　B. 窗体　　C. DAP　　D. 报表

9.2.2 填空题

1. 在 Access 中可以使用________、________和________来创建数据访问页。

2. 根据数据访问页的作用，数据访问页可分为：交互式报表、________和________3 种类型。

3. 数据访问页与其他 Access 数据库对象不同，它是以一个________文件格式独立存储的，在 Access 数据库中保存的只是________。

4. 通过________可以修改由自动数据访问页和数据访问页向导创建的数据访问页。

5. 数据访问页除可以在 Access 数据库中打开外，还可以利用________打开。

6. 数据访问页的设计窗口由________、组页眉节和记录导航节组成。

7. 在数据访问页中可以添加 Office 组件，包括________、Office 图表和 Office 数据透视表控件等。

8. 在使用自定义背景颜色、图片或声音之前，必须删除已经应用的________。

9. 在数据访问页的设计视图中，可以使用________将表或查询中的数据添加到数据访问页上。

10. 如果想要创建比较复杂的数据访问页，并且在数据访问页中定义数据分组信息，应使用________方法。

9.2.3 判断题

1. Access 只支持将数据库中的数据通过静态 HTML 文件来发布。

2. 数据访问页的页面视图是查看所生成的数据访问页样式的一种视图方式。

3. 使用自动创建数据访问页，用户可以根据自己的需要选择一定的选项来创建 Web 页。

4. 命令按钮的应用很多，利用它可以对记录进行浏览和操作等。添加命令按钮一般都使用"命令按钮向导"。

5. 在数据访问页添加分组级别后，该数据访问页只能浏览数据源中的数据，不能编辑或删除数据。

6. 主题为数据访问页提供字体、横线、背景图像，以及声音、视频和颜色方案的集合。应用主题可以帮助用户创建具有专业水平的数据访问页。

7. 数据访问页的工具箱中增加了一些专用于网上浏览数据的工具，如展开/收缩、超链接和图像超链接等。

8. 超级链接控件可以选择链接到一个原有的 Web 页文件，或者链接到本数据库中的某个数据访问页，还可以链接到一个邮件地址。

9. 数据访问页的数据来源可以是非 Access 或 SQL Server 数据库中的数据透视表、电子表格。

10. 使用数据页向导创建数据访问页无法设置记录的排序。

9.3 自测习题参考答案

9.3.1 选择题

题号	1	2	3	4	5	6	7	8	9	10
答案	B	A	C	B	C	C	A	B	C	B
题号	11	12	13	14	15	16	17	18	19	20
答案	A	C	A	D	B	D	A	C	C	B
题号	21	22	23	24	25	26	27	28	29	30
答案	C	C	A	C	D	B	A	D	C	C

9.3.2 填空题

1. 自动创建数据访问页，数据页向导，设计视图
2. 数据输入，数据分析
3. HTML，快捷方式
4. 设计视图
5. I E（或 Internet Explorer）
6. 标题节
7. Office 电子表格
8. 主题
9. 字段列表
10. 数据页向导

9.3.3 判断题

题号	1	2	3	4	5	6	7	8	9	10
答案	×	√	×	√	√	×	√	√	√	×

第10章 数据库应用系统的创建方法

10.1 习题解析

10.1.1 选择题

1．在系统开发过程中，数据库设计所处的阶段是（　　）。

A．系统规划　　B．系统分析　　C．系统设计　　D．系统实施

【答案】C

【解析】数据库应用系统开发过程包括：系统规划、系统分析、系统设计、系统实施和系统运行与维护5个阶段。系统设计阶段主要解决目标系统“怎么做”的问题，其工作内容是总体设计和详细设计。其中详细设计包括：数据库设计、输入/输出设计、代码设计等。因此正确答案为C。

2．在系统开发过程中，测试所处的阶段是（　　）。

A．系统规划　　B．系统分析　　C．系统设计　　D．系统实施

【答案】D

【解析】系统实施阶段的主要工作包括：选择应用系统开发工具、实现应用系统、调试和测试系统等。因此正确答案为D。

3．打开窗体的操作是（　　）。

A．OpenForm　　B．OpenReport　　C．OpenTable　　D．OpenView

【答案】A

【解析】在题目给出的4个备选答案中，“OpenForm”是打开窗体，“OpenReport”是打开报表，“OpenTable”是打开数据表，“OpenView”是打开视图。因此正确答案为A。

4．在打开某窗体时自动将窗体最大化的程序代码是：DoCmd.Maximize。将此代码放在（　　）事件中，不能使窗体自动最大化。

A．调整大小　　B．加载　　C．打开　　D．获得焦点

【答案】D

【解析】“调整大小”是在打开窗体时发生的事件；“加载”是当窗体打开并且显示记录时发生的事件；“打开”是在打开窗体第一条记录尚未显示时发生的事件。这3种事件均是打开窗体时能够触发的事件，将最大化的程序代码放置此类事件中均可以在打开窗体时被执行。

“获得焦点”是当对象接收到焦点时发生的事件。因此本题答案为 D。

5. 创建系统的下拉式菜单，主要通过创建（　　）来实现。

A. 窗体　　B. 宏　　C. 菜单　　D. 切换面板

【答案】B

【解析】在 Access 中，创建下拉菜单的操作步骤是：首先根据系统功能为每个下拉菜单项创建宏组；然后将其组合到系统菜单宏中；最后执行“用宏创建菜单”命令。显然系统菜单的创建是通过宏来实现的，因此本题正确答案为 B。

6. 在打开数据库应用系统过程中，若终止自动运行的启动窗体，应按住（　　）键。

A. Ctrl　　B. Shift　　C. Alt　　D. Alt+Shift

【答案】B

【解析】如果在“选项”对话框的“显示窗体/页”中设置了某窗体，那么在打开数据库时，Access 将自动启动该窗体。如果在打开数据库时希望终止自动运行的窗体，应按住<Shift>键。因此本题正确答案为 B。

7. 启动切换面板管理器应选择的命令是（　　）。

A. “工具”→“数据库实用工具”→“切换面板管理器”

B. “工具”→“启动”→“切换面板管理器”

C. “工具”→“选项”→“切换面板管理器”

D. “工具”→“加载”→“切换面板管理器”

【答案】A

【解析】启动切换面板管理器应选择“工具”→“数据库实用工具”→“切换面板管理器”命令。因此本题正确答案为 A。

8. 若将“系统界面”窗体作为系统的启动窗体，应在（　　）对话框中进行设置。

A. 选项　　B. 启动　　C. 打开　　D. 设置

【答案】B

【解析】使用“启动”对话框中的选项可以控制 Access 数据库打开时的外观和行为。例如，打开时希望将“系统界面”窗体作为启动窗体，则应在“启动”对话框的“显示窗体/页”下拉列表框中指定该窗体。因此本题正确答案为 B。

9. 若不希望在打开数据库时出现数据库窗口，应将“启动”对话框中的（　　）复选框中的标记清除。

A. 显示数据库窗口　　B. 允许全部菜单

C. 显示状态栏　　D. 允许内置工具栏

【答案】A

【解析】在“启动”对话框中，“显示数据库窗口”选项用来控制打开数据库后是否显示数据库窗口，如果选中该复选框，则表示打开数据库时显示数据库窗口，否则不显示。因此若不希望出现数据库窗口，应清除该复选框中的标记。本题正确答案为 A。

10. 打开“启动”对话框应选择的命令是（　　）。

A. “工具”→“数据库实用工具”→“启动”

B. “工具”→“选项”→“启动”

C. “工具”→“加载”→“启动”

D. “工具”→“启动”

【答案】D

【解析】打开“启动”对话框，应选择“工具”→“启动”命令。因此本题答案为 D。

10.1.2　填空题

1. 结构化生命周期法将整个系统开发过程划分为系统规划、________、________、系统实施、系统运行与维护 5 个阶段。

【答案】系统分析，系统设计

【解析】结构化生命周期法将整个系统开发过程划分为系统规划、系统分析、系统设计、系统实施、系统运行与维护 5 个阶段。

2. 系统分析主要解决系统“________”。

【答案】做什么

【解析】系统分析阶段的主要工作包括：第一，对系统现状进行详细调查，了解其业务处理流程；第二，了解各业务环节对数据的处理方法，分析功能与数据间的关系，抽象出反映当前系统本质的逻辑模型；第三，从当前系统的逻辑模型导出目标系统的逻辑模型，该逻辑模型明确了目标系统需要“做什么”。因此系统分析主要解决系统“做什么”的问题。

3. 创建系统菜单应选择“工具”→________→“用宏创建菜单”命令。

【答案】宏

【解析】在 Access 中，创建系统菜单的操作步骤是：首先根据系统功能为每个下拉菜单项创建宏组；然后将其组合到系统菜单宏中；最后执行“工具”→“宏”→“用宏创建菜单”命令。

4. 若在系统启动窗体标题栏上显示“教学管理系统”，应在“启动”对话框的________文本框中输入“教学管理系统”。

【答案】应用程序标题

【解析】“启动”对话框包括：“应用程序标题”、“显示窗体/页”、“应用程序图标”、“显示数据库窗口”等选项。其中在“应用程序标题”文本框中输入的名称，可以显示在数据库应用系统的标题栏上。

5. 在打开数据库应用系统过程中按住________键，可以终止自动运行的启动窗体。

【答案】Shift

【解析】如果在“启动”对话框的“显示窗体/页”下拉列表框中择了某窗体，那么在打开数据库时，Access 将自动启动该窗体。如果在打开数据库时希望终止自动运行的启动窗体，应按住<Shift>键。

10.2　自 测 习 题

10.2.1　选择题

1. 在系统开发过程中，划分系统模块属于的开发阶段是（　　）。

A. 系统规划　　B. 系统分析　　C. 系统设计　　D. 系统实施

2. 在系统开发过程中，分析开发系统的必要性和可能性属于的开发阶段是（　　）。

A. 系统规划　　B. 系统分析　　C. 系统设计　　D. 系统实施

3. 以下关于切换面板的叙述中，错误的是（　）。

A. 切换面板页由切换面板项组成

B. 单击切换面板项可以打开指定的窗体

C. 默认的切换面板页是启动切换面板窗体时最先打开的切换面板页

D. 不能将默认的切换面板页上的切换面板项设置为打开切换面板页

4. 若“AddMenu”宏操作中“菜单名称”参数值为“图书管理(&B)”，其中“(&B)”表示（　）。

A. 按<&>+<B>组合键打开“图书管理”下拉菜单

B. 按<Alt>+<B>组合键打开“图书管理”下拉菜单

C. 按<Ctrl>+<B>组合键打开“图书管理”下拉菜单

D. 直接按<B>键打开“图书管理”下拉菜单

5. 设置 Access 数据库在打开时的外观和行为，应使用的对话框是（　）。

A. 选项　　B. 工具　　C. 编辑　　D. 启动

6. 创建下拉菜单的方法是：先为下拉菜单项创建宏组，然后将其组合到系统菜单宏中，最后执行（　）。

A. “工具”→ “用宏创建菜单”命令

B. “工具”→“宏”→“用宏创建菜单”命令

C. “工具”→“加载项”→“用宏创建菜单”命令

D. “工具”→“数据库实用工具”→“用宏创建菜单”命令

7. 以下不属于“利用宏创建系统菜单”方法的操作内容是（　）。

A. 为每个下拉菜单项创建宏组　　B. 为系统菜单创建宏组

C. 执行“用宏创建菜单”命令　　D. 创建主界面窗体

8. 显示数据库应用系统窗口状态栏，正确的操作是（　）。

A. 选中“启动”对话框中“显示状态栏”复选框，清除“选项”对话框中“视图”选项卡下“状态栏”复选框标记

B. 选中“启动”对话框中“显示状态栏”复选框，选中“选项”对话框中“视图”选项卡下“状态栏”复选框

C. 清除“启动”对话框中“显示状态栏”复选框标记，选中“选项”对话框中“视图”选项卡下“状态栏”复选框

D. 清除“启动”对话框中“显示状态栏”复选框标记，清除“选项”对话框中“视图”选项卡下“状态栏”复选框标记

9. 以下关于数据库应用系统的叙述中，错误的是（　）。

A. 数据库应用系统的开发是一项复杂的系统工程

B. 数据库应用系统功能是已建数据库对象的集合

C. 可以通过多页窗体控制执行数据库应用系统的功能

D. 可以通过切换面板管理器生成数据库应用系统菜单

10. “Addmenu”宏操作的功能是将自定义菜单替换窗体的（　）。

A. 内置宏命令　　B. 内置工具栏　　C. 内置菜单栏　　D. 内置快捷菜单

10.2.2　填空题

1. 系统设计阶段是根据目标系统的逻辑模型确定目标系统的物理模型，即解决目标系统“________”的问题。

2. 结构化生命周期法的基本思想是将整个系统开发过程分为系统规划、________、系统设计、系统实施、系统运行与维护 5 个阶段。

3. 打开数据库应用系统时按住<Shift>键，但未能终止自动运行的窗体。解决方法是：选中“________”对话框中的“________________”复选框。

4. 打开“切换面板管理器”的方法是：选择“工具”→“____________”→“切换面板管理器”命令。

5. 打开“启动”对话框的方法是：选择“________”→“启动”命令。

10.2.3　判断题

1. 只能使用切换面板创建数据库应用系统。

2. 主切换面板页窗体标题栏上显示的信息，是“启动”对话框中“应用程序标题”文本框内输入的字符。

3. 清除“启动”对话框中的“显示数据库窗口”复选框标记，可以在打开数据库时不显示数据库窗口。

4. 在数据库应用系统中，可以使用多页窗体实现系统功能选择。

5. 打开数据库时，按住<Shift>键可以终止自动运行的窗体。

10.3　自测习题参考答案

10.3.1　选择题

题号	1	2	3	4	5	6	7	8	9	10
答案	C	A	D	B	D	B	D	B	B	C

10.3.2　填空题

1. 怎么做
2. 系统分析
3. 启动，使用 Access 特殊键
4. 数据库实用工具
5. 工具

10.3.3　判断题

题号	1	2	3	4	5
答案	×	×	√	√	√

实验指导篇

对 Access 数据库的有效使用，不仅需要理解和掌握相关的基本概念、基本理论和基本操作，更重要的是能够综合运用相关知识开发具有一定功能的数据库应用系统。主教材每章均提供了针对性很强的实验，“实验指导篇”与主教材相辅相成，对每个实验从实验目的、实验重点、实验内容、实验方法、操作步骤等方面进行了阐述与解析，目的是使读者从每个实验中受到启发，掌握 Access 基本操作的步骤，掌握解决问题的基本思路和方法，以提高实验操作的应用能力和解决实际问题的能力。很多实验都有不同的解题思路和方法，由于篇幅有限，并未全部介绍。建议读者在本书提供的实验解析基础上，考虑更多的解答方法，以便获得更好的学习效果。

第 11 章 Access 基础实验

11.1 实验目的

1. 学习关系型数据库的基本概念
2. 熟悉和掌握数据库的设计方法

11.2 实验重点

1. 数据库设计方法
2. 数据库设计步骤

11.3 实验解析

【实验内容】某图书大厦日常管理工作及需求描述如下。

建立“图书销售管理”数据库的主要目的是通过对书籍销售信息进行录入、修改与管理，能够方便地查询雇员销售书籍的情况和书籍、客户、雇员的基本信息。因此“图书销售管理”数据库应具有如下功能。

（1）录入和维护书籍的基本信息。书籍信息包含书籍号、书籍名称、类别、定价、作者名、出版社编号和出版社名称。

（2）录入和维护订单的信息。订单信息包含客户号、书籍号、书籍名称、雇员号、单位名称、订购日期、数量、售出单价、出版社编号和出版社名称。

（3）录入和维护雇员的信息。雇员信息包括雇员号、姓名、性别、出生日期、年龄、职务、照片和简历。

（4）录入和维护客户的信息。客户信息包括客户号、单位名称、联系人、地址、邮政编码、电话号码和区号。

（5）能够按照各种方式方便地浏览销售信息。

（6）能够完成基本的统计分析功能，并能生成统计报表打印输出。

根据此描述，设计一个关系型“图书销售管理”数据库。

【实验方法】数据库设计是指对给定的应用环境，设计一个结构优化的数据库。根据本实验题目题意分析，要求设计一个关系型“图书销售管理”数据库。关系模型是当今最流行的数据库模型，其基本数据结构是二维表，一个关系数据库由若干相互关联的二维表组成。

一个结构优化的数据库设计是对数据进行有效管理的前提和产生正确信息的保证。数据库设计者经过多年的努力探索，运用软件工程的思想和方法，先后提出多种设计方法和规范，如：基于 3NF（第三范式）的设计方法、实体—联系（E-R）模型方法、语义对象模型方法、计算机辅助设计方法等。根据本实验所给资料分析，采用基于 3NF（第三范式）的设计方法较为方便，下面给出设计步骤。

【设计步骤】设计步骤如下。

1. 需求分析

确定建立数据库的目的，进而确定数据库中要保存哪些信息。

根据本实验题目题意分析可以确定，建立“图书销售管理”数据库的目的是解决书籍销售信息的组织和管理问题，主要应包括书籍、客户、雇员的基本信息情况以及雇员销售书籍的信息情况。

2. 确定所需表

在图书销售管理业务的描述中提到了书籍、客户、雇员以及订单等内容，遵从概念单一化“一事一地”原则，“图书销售管理”数据库至少应包括书籍、客户、雇员、订单 4 个表。

分析所给订单内容，其主关键字应为“雇员号+客户号+书籍号”，由于“订购日期”部分依赖于“雇员号+客户号”；“单位名称”部分依赖于“客户号”；“书名”、“数量”、“出版社编号”、“出版社名称”等图书信息部分依赖于“书籍号”，只有“数量”和“售出单价”完全依赖于主关键字“雇员号+客户号+书籍号”，不符合数据库设计的 2NF 规范化理论，因此应将其进行拆分，分为订单（客户号，雇员号，订购日期）、订单明细（客户号，雇员号，书籍号，数量，售出单价）、书籍（书籍号，书名，单位名称，出版社编号，出版社名称）和客户（客户号，单位名称）等表。而书籍表与客户表已有，所以“图书销售管理”数据库最后应包括书籍、客户、雇员、订单、订单明细 5 个表。

3. 确定所需字段

分析所给资料，雇员表中的“年龄”为“出生日期”的计算结果，客户表中的“区号”为“电话号码”的计算结果，不必存储在表内。因此根据上面的分析及所给资料，可将“图书销售管理”数据库中 5 张表的字段确定下来，如表 11-1 所示。

表 11-1　“图书销售管理”数据库表

雇　员	客　户	订　单	订 单 明 细	书　籍
雇员号	客户号	客户号	客户号	书籍号
姓名	单位名称	雇员号	雇员号	书籍名称
性别	联系人	订购日期	书籍号	类别
出生日期	地址		数量	定价
职务	邮政编码		售出单价	作者名
照片	电话号码			出版社编号
简历				出版社名称

4. 确定主关键字

关系型数据库管理系统能够迅速查找存储在多个独立表中的数据并组合这些信息。为使其有效工作，数据库中的每个表都必须有一个或一组字段可用以确定储存在表中的每个记录，即主关键字。

“图书销售管理”数据库的 5 个表中，书籍、客户、雇员都设计了主关键字，分别为“书籍号”、“客户号”和“雇员号”。订单表中主关键字应为组合字段“雇员号”+“客户号”，为了使表结构清晰，在此为订单表另外设计主关键字“订单号”；订单明细表主关键字应为组合字段“雇员号”+“客户号”+“书籍号”（“订单号”+“书籍号”），在此为其另外设计主关键字“订单明细号”。设计后的表结构如表 11-2 所示。

表 11-2　确定主关键字后的“图书销售管理”数据库表

雇　员	客　户	订　单	订单明细	书　籍
雇员号	客户号	订单号	订单明细号	书籍号
姓名	单位名称	客户号	订单号	书籍名称
性别	联系人	雇员号	书籍号	类别
出生日期	地址	订购日期	数量	定价
职务	邮政编码		售出单价	作者名
照片	电话号码			出版社编号
简历				出版社名称

5. 确定表间联系

确定表间联系的目的是使表的结构更加合理，确保其不仅存储了所需要的实体信息，并且反映出实体之间客观存在的关联。表与表之间的联系需要通过一个共同字段完成，因此为了确保两张表之间能够建立起联系，应确定其中一个表的主关键字在另外一个表中存在，称其为外关键字。图 11.1 所示为“图书销售管理”数据库中 5 个表之间的联系。

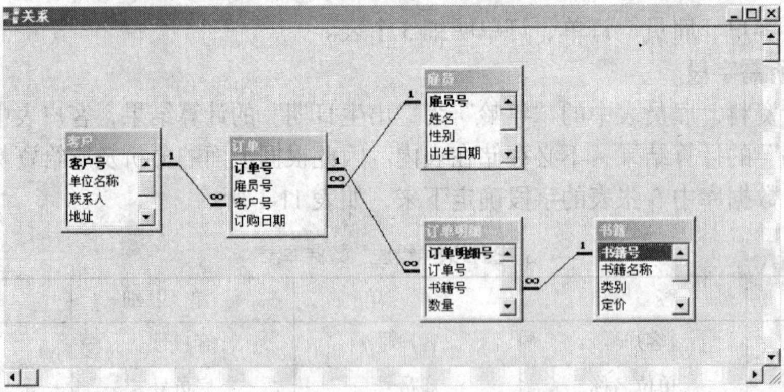

图 11.1　“图书销售管理”数据库中 5 个表之间的联系

第 12 章 创建和操作数据库实验

12.1 实验目的

1. 掌握 Access 的操作环境
2. 掌握数据库的创建方法
3. 理解数据库管理的意义，掌握数据库管理的方法
4. 了解数据库对象的基本操作

12.2 实验重点

1. 数据库的创建
2. 数据库的打开和关闭
3. 数据库的管理
4. 数据库对象的使用

12.3 实验解析

12.3.1 创建数据库

【实验内容】创建一个空数据库，数据库文件名是“book.mdb”。

【实验方法】创建数据库方法有两种，一是先建立一个空数据库，然后向其中添加表、查询、窗体和报表等对象，这是创建数据库最灵活的方法；二是使用“数据库向导”，利用系统提供的模板进行一次操作来选择数据库类型，并创建所需的表、窗体和报表，这是操作最简单的方法。无论哪一种方法，在创建数据库之后，都可以在任何时候修改或扩展数据库。创建数据库的结果是在磁盘上生成一个扩展名为.MDB 的数据库文件。

分析本实验需要创建一个空数据库，所以应选用第一种方法。创建的数据库文件保存在 D 盘中。

【操作步骤】操作步骤如下。

（1）打开“新建文件”任务窗格。单击菜单“文件”→“新建”；或单击“常用”工具栏上的新建按钮；或单击“任务窗格”上方的向下箭头按钮，从弹出的下拉菜单中选择“新建文件”选项，打开“新建文件”任务窗格，如图 12.1 所示。

（2）打开“文件新建数据库”任务窗格。单击“空数据库”选项，打开“文件新建数据库”对话框。

（3）确定保存位置和文件名。在该对话框的“保存位置”栏中找到 D 盘，并打开。在“文件名”文本框中输入“book.mdb”，如图 12.2 所示。单击“创建”按钮。

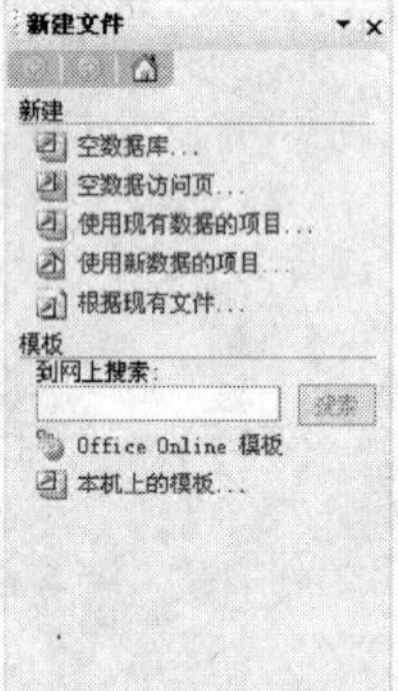

图 12.1　“新建文件”任务窗格

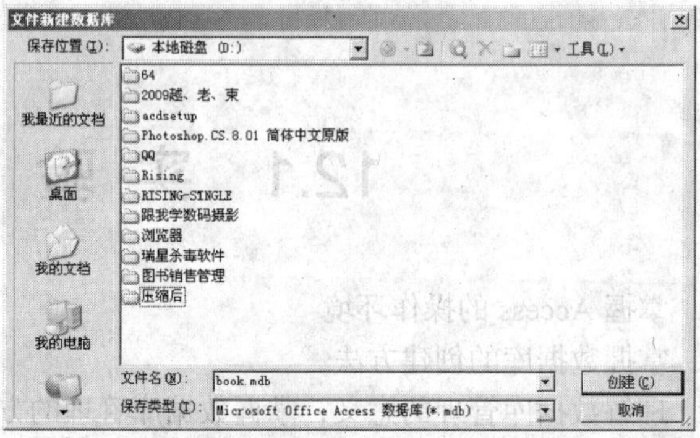

图 12.2　“文件新建数据库”对话框

至此，完成“book.mdb”空数据库的创建，同时出现“book.mdb”数据库窗口。

使用向导创建的数据库，其中没有任何数据库对象存在，可以根据需要在该数据库中创建所需的数据库对象。在创建数据库之前，最好先建立用于保存该数据库文件的文件夹，以便今后的管理。

12.3.2　使用“数据库向导”创建数据库

【实验内容】使用“数据库向导”创建一个名为“图书销售管理”的数据库，该数据库应包含实验 1 设计的“图书销售管理”数据库中的 5 个表。

【实验方法】创建数据库最简单的方法是使用“数据库向导”，利用系统提供的模板进行一次操作来选择数据库类型，并创建所需的表、窗体和报表。

本实验要求使用“数据库向导”创建一个名为“图书销售管理”的数据库，该数据库应包含实验 1 设计的“图书销售管理”数据库中的 5 个表。在实验 1 中设计的 5 个表分别是书籍、客户、雇员、订单和订单明细。对照 Access 提供的模板，可以发现其中“订单”模板与该数据库的结构非常相似，因此，选择“订单”模板作为该数据库的基础。创建的数据库文件保存在 D 盘上。

【操作步骤】操作步骤如下。

（1）选择模板。在图 12.1 所示的“新建文件”任务窗格中，单击“本机上的模板”选项，打开“模板”对话框，选中“订单”模板，如图 12.3 所示，然后单击“确定”按钮，屏幕上显示“文件新建数据库”对话框。

（2）确定保存位置和文件名。在该对话框的“保存位置”栏中找到 D 盘，并打开。在

“文件名”文本框中输入数据库名称“图书销售管理”，如图 12.4 所示。

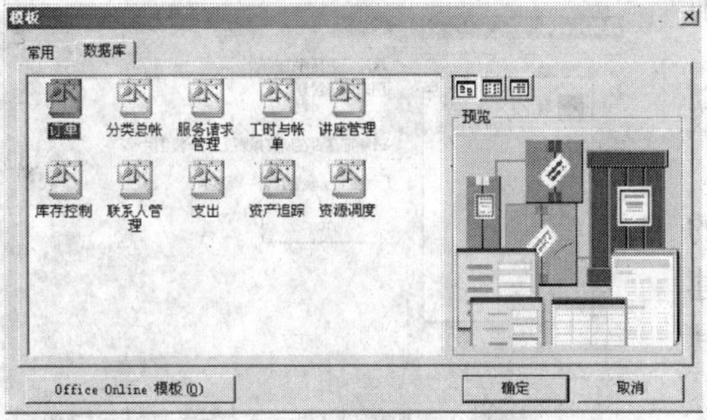

图 12.3 “模板”对话框

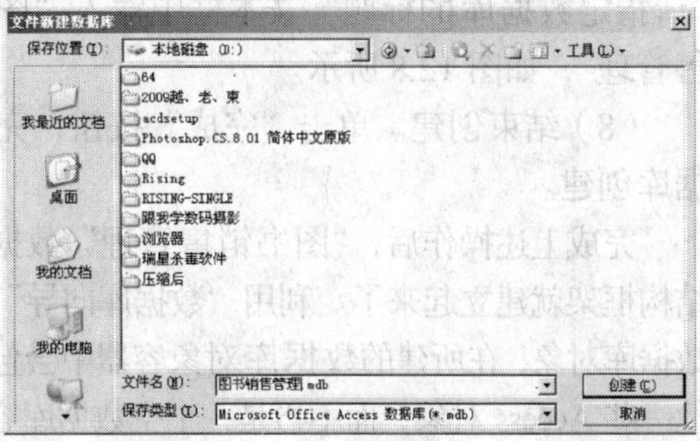

图 12.4 “文件新建数据库”对话框

（3）打开“数据库向导”。单击“创建”按钮，打开“数据库向导”第 1 个对话框，如图 12.5 所示。该对话框列出了“订单”数据库中将要包含的信息。这些信息是由模板本身确定的，不能改变，如果包含的信息不能完全满足要求，可以在使用向导创建数据库操作结束后，再对它进行修改。单击“下一步”按钮，打开“数据库向导”第 2 个对话框，如图 12.5 所示。在该对话框左边的列表框中列出了“订单”数据库包含的表。

（4）选择各表包含的字段。单击其中的某一个表，对话框右侧列表框内列出该表可包含的字段。这些字段分为两种，一种是表必须包含的字段，用黑体表示；另一种是表可选择的字段，用斜体表示。如果要将可选择的字段包含到表中，则选中它前面的复选框。

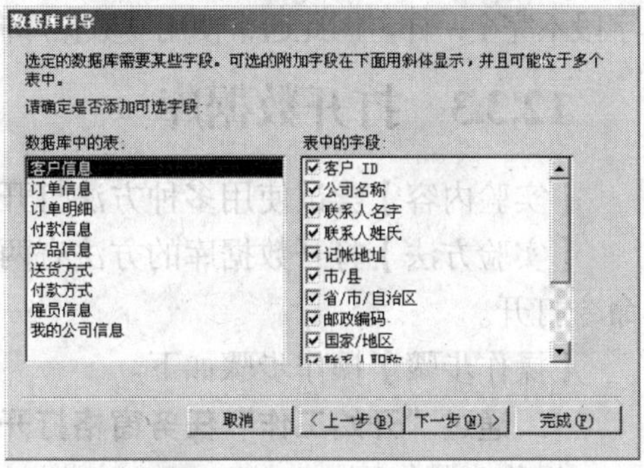

图 12.5 “数据库向导”第 2 个对话框

（5）选择屏幕显示的样式。单击“下一步”按钮，打开“数据库向导”第 3 个对话框。在该对话框中列出了向导提供的 10 种屏幕显示样式，如国际、宣纸、工业、标准、水墨画、沙岩、混合、石头、蓝图、远征等，可从中选择一种。本例选择“标准”样式，如图 12.6 所示。

（6）选择报表所用的样式。单击“下一步”按钮，打开“数据库向导”第 4 个对话框。在该对话框中列出了向导提供的 6 种报表打印样式，如大胆、正式、淡灰、组织、随意等，可从中选择一种。本例选择“正式”样式，如图 12.7 所示。

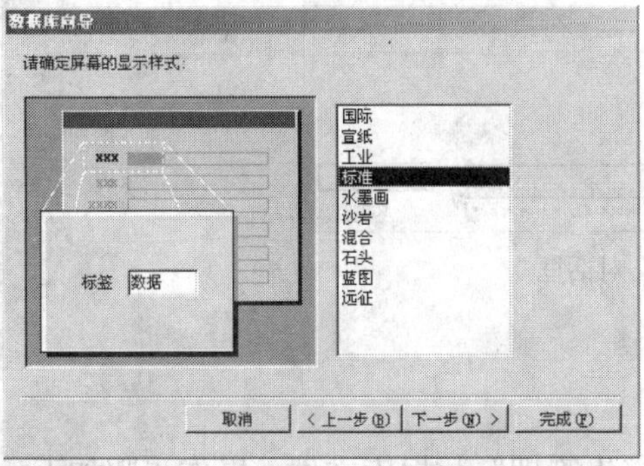

图 12.6 选择屏幕显示的样式

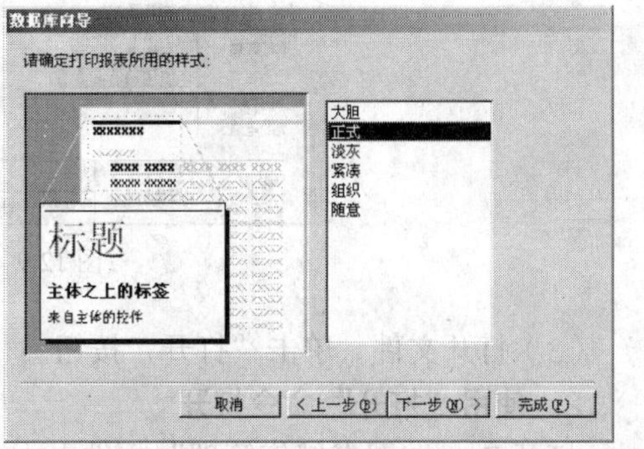

图 12.7 选择报表所用的样式

（7）指定数据库标题。单击“下一步”按钮，打开“数据库向导”最后一个对话框，在“请指定数据库的标题”文本框中输入“图书销售管理”，如图 12.8 所示。

（8）结束创建。单击“完成”按钮，完成数据库创建。

完成上述操作后，“图书销售管理”数据库的结构框架就建立起来了。利用“数据库向导”创建数据库对象，在所建的数据库对象容器中会包含其他一些 Access 对象，而不再是一个空数据库容器，包含的对象将有表、查询、窗体、报表、宏、模块等。但是，由于“数据库向导”创建的表可能与需要的表不完全相同，表中包含的字段可能与需要的字段不完全一样。因此通常使用“数据库向导”创建数据库后，还需要对其进行补充和修改。

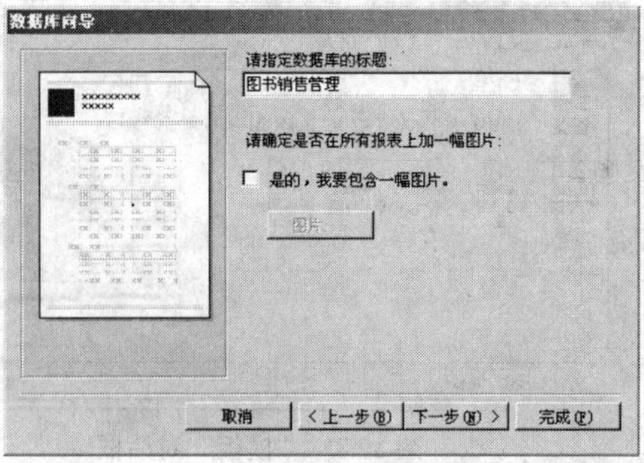

图 12.8　指定数据库标题

12.3.3　打开数据库

【实验内容】尝试使用多种方法打开“图书销售管理”数据库。

【实验方法】打开数据库的方法有两种，通过“开始工作”任务窗格打开和通过“打开”命令打开。

【操作步骤】操作步骤如下。

1．通过“开始工作”任务窗格打开

操作步骤如下。

（1）打开“打开”对话框。单击“开始工作”任务窗格中“其他”选项，弹出“打开”对话框。

（2）确定打开位置和文件名。在“打开”对话框的“查找范围”栏中找到保存数据库的文件夹，在“文件名”列表框中找到“图书销售管理”数据库文件并选择，如图 12.9 所示。

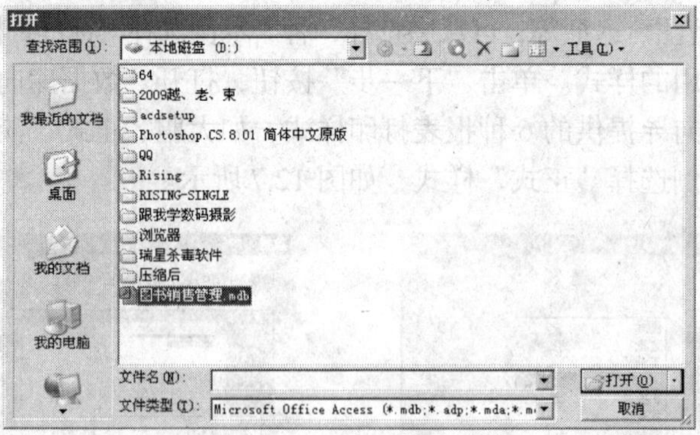

图 12.9　“打开”对话框

（3）打开文件。单击“打开”按钮。

2．使用“打开”命令打开

打开 D 盘“图书销售管理”文件夹中“图书销售管理”数据库文件。操作步骤如下。

（1）打开“打开”对话框。在“数据库”窗口中，单击菜单“文件”→“打开”，或单击工具栏上的“打开”按钮，弹出“打开”对话框。

（2）确定文件位置及文件名。在“打开”对话框的“查找范围”栏中找到保存该数据库文件的文件夹，从列表框中单击“图书销售管理”数据库文件名。

（3）打开文件。单击“打开”按钮。

12.3.4　对数据库进行压缩和修复

【实验内容】对所建“图书销售管理”数据库进行压缩和修复。

【实验方法】使用 Access 提供的压缩和修复数据库功能，可以释放碎片所占用的空间，可以修正数据库文件中的错误。基本方法是：在打开的数据库中，执行“压缩和修复数据库”命令。

【操作步骤】操作步骤如下。

（1）打开“图书销售管理”数据库。

（2）执行压缩和修复操作。单击菜单“工具”→“数据库实用工具”→“压缩和修复数据库”。

12.3.5　复制数据库对象

【实验内容】选择“图书销售管理”数据库中的某张表，为其创建一个副本。

【实验方法】为数据库对象创建副本，可以避免对对象进行操作时改变或破坏其中的数据。基本方法是：使用复制命令对选定的对象进行复制。

【操作步骤】本实验将为“雇员”表建立副本。操作步骤如下。

（1）选择要复制的表。在“数据库”窗口的“表”对象中，单击“雇员”表，如图 12.10 所示。

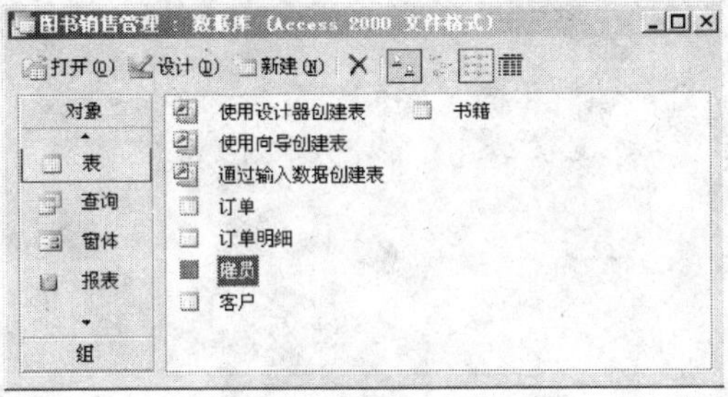

图 12.10　选中要复制的表

（2）创建副本。单击工具栏上的“复制”按钮，将其复制到 Office 剪贴板。如果要复制到当前数据库中，直接单击工具栏上的“粘贴”按钮；如果要将对象复制到其他 Access 数据库中，打开要粘贴到的另一个 Access 数据库，再单击工具栏上的“粘贴”按钮。执行粘贴命令后，屏幕上弹出“粘贴表方式”对话框。

（3）确定副本名称。在“表名称”文本框中输入表的名称，此处输入“雇员副本”，如图 12.11 所示，然后单击“确定”按钮。

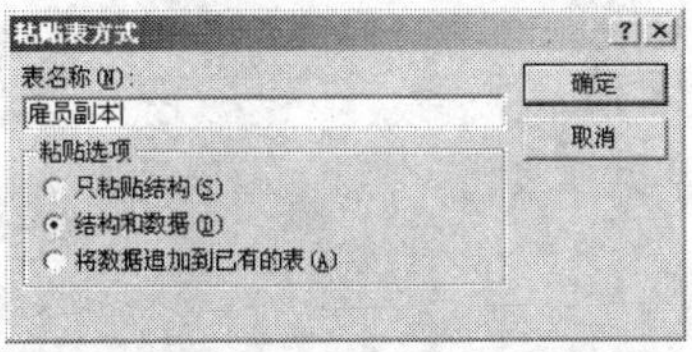

图 12.11　“粘贴表方式”对话框

注意 复制的对象不同，执行“粘贴”操作后屏幕弹出的粘贴对话框不同。

12.3.6 关闭数据库

【实验内容】尝试使用多种方法关闭“图书销售管理”数据库。

【实验方法】当完成数据库的操作后，需要将其关闭。关闭数据库常用方法有如下 3 种。

（1）单击“数据库”窗口右上角“关闭”按钮。

（2）双击“数据库”窗口左上角“控制”菜单图标。

（3）单击“数据库”窗口左上角“控制”菜单图标，从弹出快捷菜单中选择“关闭”命令。

第 13 章 表的建立和管理实验

13.1 实验目的

1. 掌握 Access 的操作环境
2. 掌握表的建立和维护方法
3. 掌握表中字段属性的设置和修改方法
4. 掌握表间关系的创建和编辑方法
5. 掌握表格式的设置和调整方法
6. 掌握表排序和筛选方法

13.2 实验重点

1. 表结构的建立
2. 表之间关系的理解与创建
3. 字段属性的设置
4. 查阅列表的创建及使用
5. 图片等特殊数据的输入
6. 数据维护及筛选操作

13.3 实验解析

本实验是以第 12 章实验所建“book.mdb”数据库为基础，内容及详细操作步骤如下。

13.3.1 建立表结构

【实验内容】用多种方法（如数据表视图、设计视图、向导、导入等）建立 5 个表，5 个表结构如表 13-1 ~ 表 13-5 所示。

表 13-1 雇员

字段名称	数据类型	字段大小	可否为空
雇员号	文本	10	No
姓名	文本	5	No
性别	文本	1	Yes
出生日期	日期/时间		Yes
职务	文本	10	Yes
照片	OLE 对象		Yes
简历	文本	30	Yes

表 13-2 客户

字段名称	数据类型	字段大小
客户号	文本	10
单位名称	文本	20
联系人	文本	5
地址	文本	20
邮政编码	数字	长整型
电话号码	文本	11

表 13-3 订单

字段名称	数据类型	字段大小
订单号	文本	10
客户号	文本	10
雇员号	文本	10
订购日期	日期/时间	

表 13-4 订单明细

字段名称	数据类型	字段大小
订单明细号	文本	10
订单号	文本	10
书籍号	文本	10
数量	数字	长整型
售出单价	数字	单精度型

表 13-5 书籍

字 段 名 称	数 据 类 型	字 段 大 小
书籍号	文本	10
书籍名称	文本	20
类别	文本	10
定价	数字	单精度型
作者名	文本	5
出版社编号	文本	10
出版社名称	文本	20

注：每个表中的第一个字段为主键。

【实验方法】建立表结构有 3 种常用方法，分别为数据表视图、设计视图和表向导。一般情况下，如果表中字段个数不多，且数据类型多数为“文本”型或“数字”型，可以选用数据表视图建立；如果字段个数较多，且数据类型多种多样，可以选用设计视图建立；如果表结构与模板中提供的表相似，最好选用向导建立。使用数据表视图或使用向导建立的表结构，可能不符合实际要求，需要修改。因此设计视图是正确建立表结构最基本的方法。

分析本实验需要建立的 5 个表，其中“书籍”、“订单”和“订单明细”3 个表只有“数字”和“文本”两种类型的字段，可以使用数据表视图或设计视图建立；“雇员”表字段包括文本、日期/时间、OLE 对象等多种类型，可以使用设计视图建立；Access 提供的模板中包含“客户”表，与本实验“客户”表相似，可以使用向导建立。基本方法是：在数据库窗口的“表”对象中，执行相应命令建立表结构，在设计视图中设置字段属性。下面将分别介绍“订单”表、“雇员”表和“客户”表的建立方法。

【操作步骤】操作步骤如下。

（1）在 Access 中，打开空数据库“book.mdb”。

以下为使用数据表视图创建“订单”表的步骤。

（2）打开数据表视图。在“数据库”窗口中，单击“表”对象，然后双击“通过输入数据创建表”选项打开数据表视图。

（3）输入字段名称。在空数据表中，双击“字段 1”，输入“订单号”，双击“字段 2”，输入“客户号”，双击“字段 3”，输入“雇员号”，双击“字段 4”，输入“订购日期”。结果如图 13.1 所示。

图 13.1　字段设置结果

（4）保存数据表。单击工具栏上的“保存”按钮，在弹出的“另存为”对话框的“表名称”文本框中输入“订单”，然后单击“确定”按钮。由于在上述操作中没有定义主键，因此屏幕上显示“Microsoft Office Access”创建主键提示框，如图 13.2 所示。单击“否”按钮。

图 13.2　“Microsoft Office Access”创建主键提示框

（5）修改字段属性。由于输入字段名称后并未输入具体数据，因此所有字段均为“文本”型，需要修改。单击“视图”按钮打开表设计视图。分别在“订单号”、“客户号”、“雇员号”的“字段大小”行中输入 10。将“订购日期”字段的“数据类型”改为“日期/时间”。

（6）定义主键。单击“订单号”字段行，然后单击工具栏上的“主键”按钮。设置结果如图 13.3 所示。

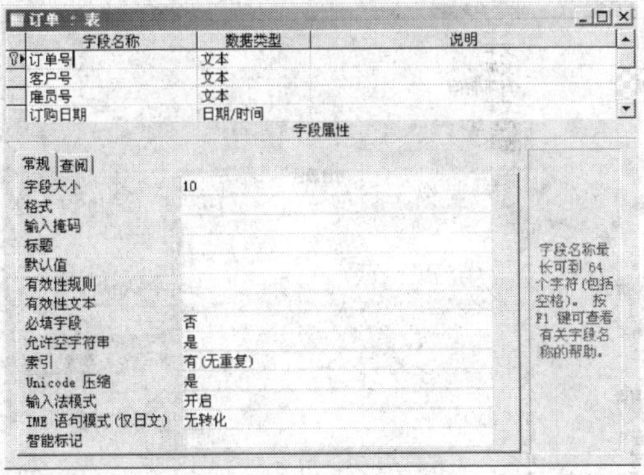

图 13.3　“订单”表设置结果

注意

在数据表视图中建立表结构，Access 一般根据输入的数据来确定字段的数据类型，如果输入的数据为数值，则相应的字段为“数字”型；如果输入的数据为字符或汉字，则相应的字段为“文本”型；如果不输入任何数据，Access 将字段定义为“文本”型。

以下为使用设计视图创建“雇员”表的步骤。

（7）打开表设计视图。在“数据库”窗口的“表”对象中，双击“使用设计器创建表”选项，打开表设计视图。

（8）定义字段。单击设计视图的第 1 行“字段名称”列，并在其中输入“雇员号”；单击“数据类型”列，并单击其右侧的向下箭头按钮，在下拉列表中选择“文本”数据类型。

（9）设置字段属性。在字段属性区的“字段大小”行中输入 10；在“必填字段”行选择“是”，结果如图 13.4 所示。

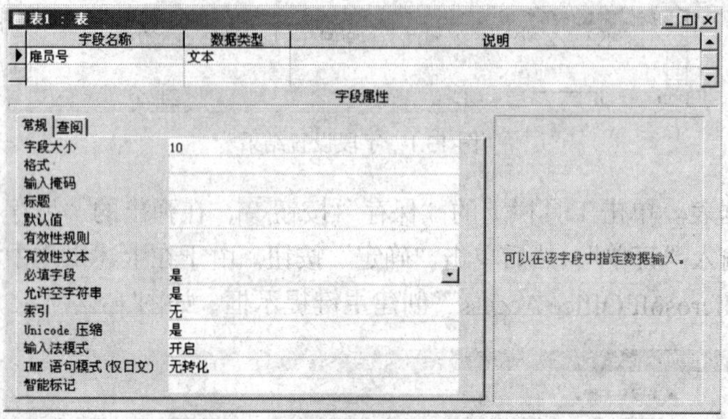

图 13.4　“雇员号”字段设置结果

（10）定义其他字段。单击设计视图第 2 行“字段名称”列，并在其中输入“姓名”；单击“数据类型”列，并单击右侧的向下箭头按钮，在下拉列表中选择“文本”数据类型。重复此步，按表 13-1 所列字段名称、数据类型、字段大小和可否为空，分别定义表中其他字段。

（11）定义主键。单击“雇员号”字段行，然后单击工具栏上的“主键”按钮，设置结果如图 13.5 所示。

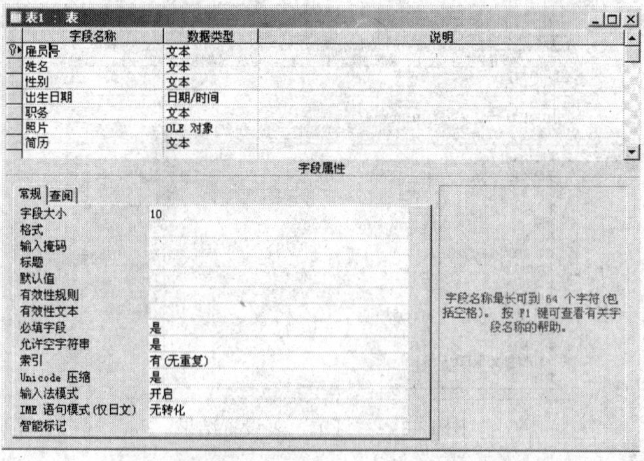

图 13.5　“雇员”表设置结果

（12）保存数据表。单击工具栏上的“保存”按钮，在弹出“另存为”对话框的“表名称”文本框中输入表名“雇员”；单击“确定”按钮。

以下为使用向导创建“客户”表的步骤。

（13）打开表向导。在“数据库”窗口的“表”对象中，双击“使用向导创建表”，打开表向导第 1 个对话框。

（14）选择客户表。在“示例表”列表框中选择“客户”，此时“示例字段”列表框中显示“客户”表包含的字段，如图 13.6 所示。

（15）选择所需字段。按照表 13-2 所列字段在“示例字段”列表框中进行选择，具体方法是分别双击“客户 ID”、“公司名称”、“联系人名字”、“记账地址”、“邮政编码”和“电话号码”，结果如图 13.7 所示。

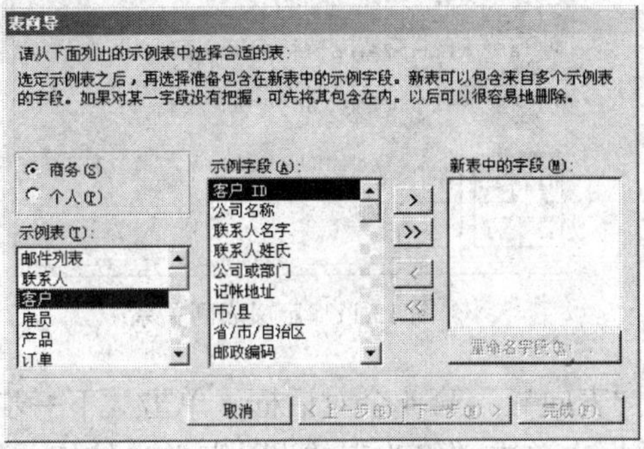

图 13.6　选择“客户”表

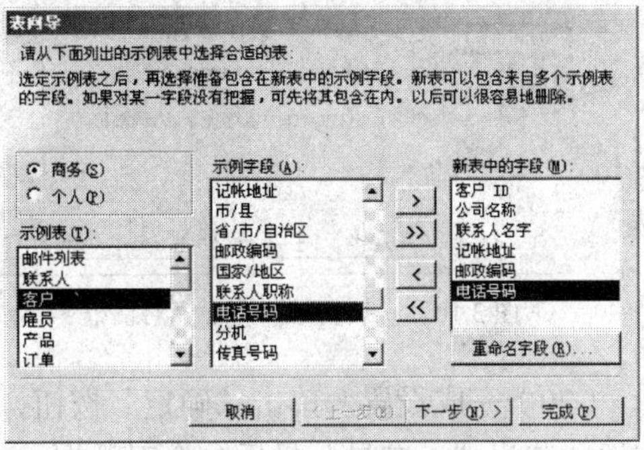

图 13.7　选择所需字段

（16）修改字段名称。按照表 13-2 所示字段名称进行修改。在“新表中的字段”列表框中选中“客户 ID”字段，然后单击“重命名字段”按钮，打开“重命名字段”对话框，在“重命名字段”文本框中输入“客户号”，单击“确定”按钮。使用相同方法，将“公司名称”改为“单位名称”，将“联系人名字”改为“联系人”，将“记账地址”改为“地址”。结果如图 13.8 所示。

（17）定义表名。单击“下一步”按钮，弹出“表向导”第 2 个对话框，在该对话框“请指定表的名称”文本框中输入“客户”作为表名，然后单击“不，让我自己设置主键”单选按钮，结果如图 13.9 所示。

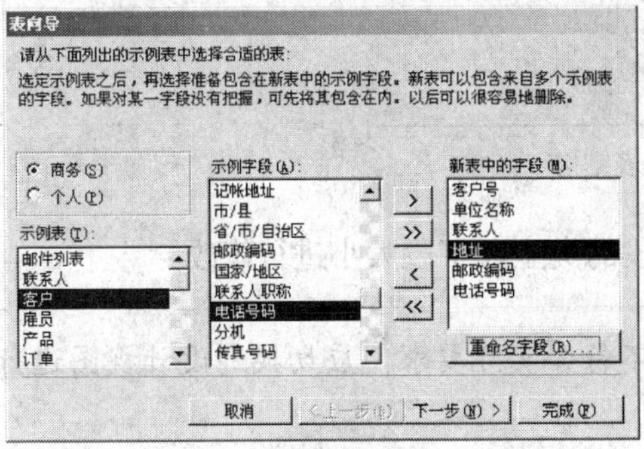

图 13.8　字段名称修改结果

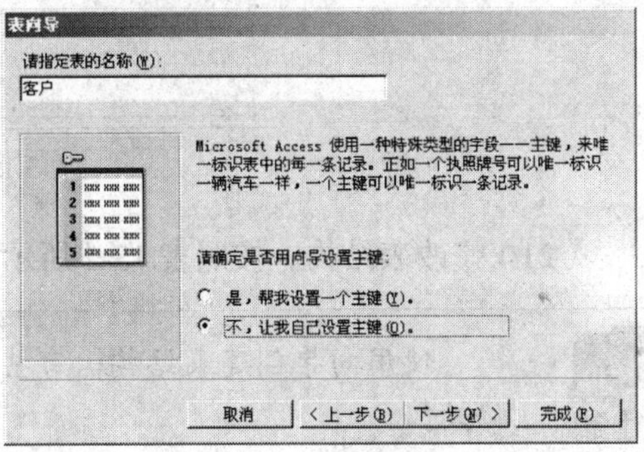

图 13.9　定义表名

（18）定义主键。单击“下一步”按钮，弹出“表向导”第 3 个对话框。在“请确定哪个字段将拥有对每个记录都是唯一的数据”下拉列表中，选择“客户号”作为主键；在“请指定主键字段的数据类型”选项组中单击“让 Microsoft Access 自动为新记录指定连续数字”单选按钮，结果如图 13.10 所示。

（19）定义表之间关系。单击“下一步”按钮，弹出“表向导”第 4 个对话框。在该对话框中与已建表建立关系。“客户”表与“订单”表之间存在一对多的关系，因此此处应在该对话框的列表框中选中第 1 行，然后单击“关系”按钮，并在弹出的“关系”对话框中选中““客户”表中的一个记录将与“订单”表中的多个记录匹配”单选按钮，结果如图 13.11 所示。

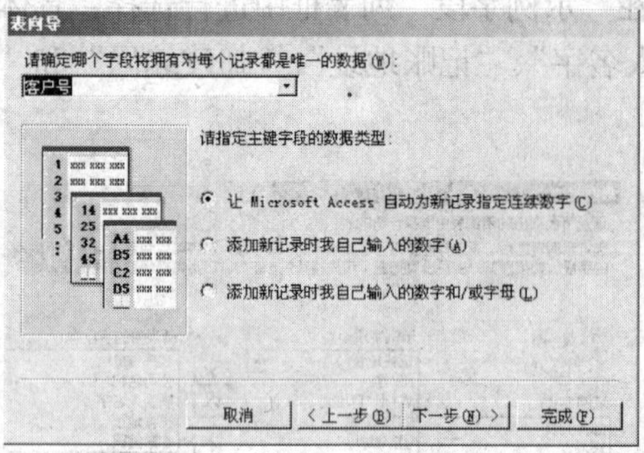

图 3.10　“表向导”第 3 个对话框

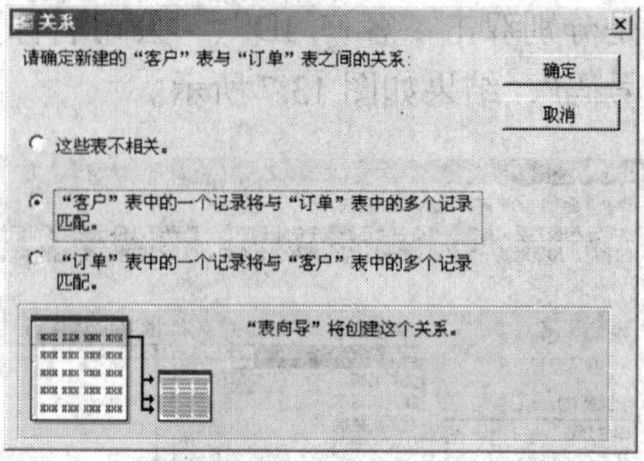

图 13.11　定义表间关系

（20）完成设置。单击“确定”按钮，返回到“表向导”第 4 个对话框。单击“下一步”按钮，弹出“表向导”最后一个对话框。在该对话框中单击“修改表的设计”单选按钮，然后单击“完成”按钮。

完成上述操作后，表向导开始创建“客户”表，并打开设计视图显示表结构，如图 13.12 所示。

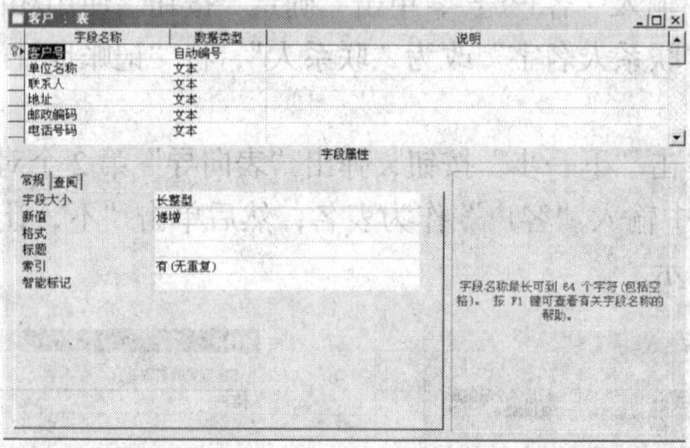

图 13.12　“客户”表结构

（21）修改表结构。按照表 13-2 所示中所列字段的类型和字段大小进行修改。

注意　使用向导创建表结构，有些字段可能不符合实际要求，应切换到设计视图进行修改。

13.3.2　定义表之间关系

【实验内容】定义 5 个表之间的关系。

【实验方法】建立表之间的关系，可以避免出现冗余的数据；可以确保一个表中的数据与另一个表中的数据相匹配；可以方便地查询不同表中的信息。定义方法是：打开“关系”窗口，并通过“显示表”对话框将表添加到窗口中，然后使用鼠标将一个表中的字段拖动至另一个表中与之建立关系的字段处放开；最后设置表之间参照完整性规则。

【操作步骤】操作步骤如下。

（1）打开“关系”窗口。单击工具栏上的“关系”按钮，打开“关系”窗口，结果如图 13.13 所示。

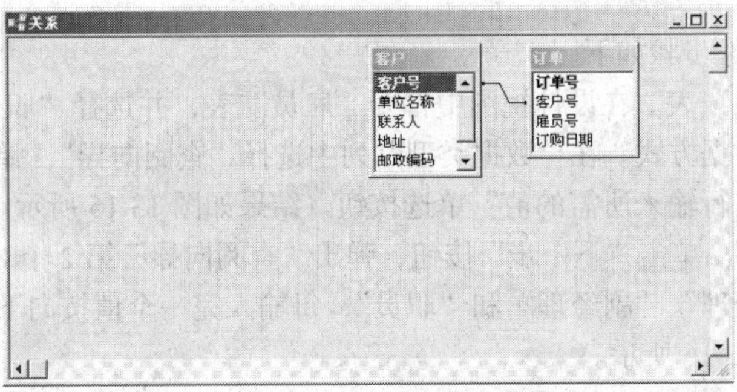

图 13.13　“关系”窗口

在建立“客户”表时，定义了“客户”表与“订单”表之间的关系，因此在打开的“关系”窗口中显示了两个表及其之间的关系。

（2）添加数据表。单击工具栏上的“显示表”按钮，在弹出的“显示表”对话框中，分别双击“雇员”表、“订单明细”表、“书籍”表等，单击“关闭”按钮。

（3）编辑关系。选定“订单明细”表中的“订单号”字段，然后将其拖动至“订单”表中的“订单号”字段上放开，此时弹出“编辑关系”对话框。在该对话框中选中“实施参照完整性”复选框，然后单击“创建”按钮。使用相同方法创建“订单明细”表与“书籍”表之间的关系、“订单”表与“雇员”表之间的关系，结果如图 13.14 所示。

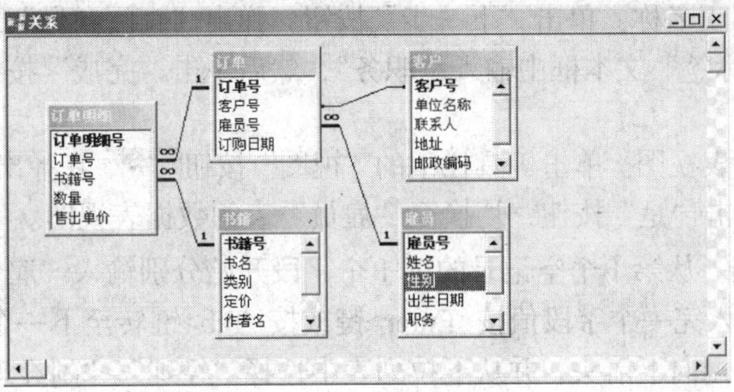

图 13.14　建立关系设置结果

注意　参照完整性是一套规则系统，能确保相关表中记录间的关系是有效关系，并且确保不会意外删除或更改相关的数据。因此建议在定义表间关系时选中“实施参照完整性”复选框。

（4）保存结果。单击“关闭”按钮，此时 Access 询问是否保存布局的更改，单击“是”按钮。

13.3.3　输入数据

【实验内容】向所建表中输入数据，数据可自行拟定（包括“雇员”表中的照片）。

【实验方法】本实验以“雇员”表为例，使用数据表视图输入数据。方法是：在数据表视图中打开“雇员”表，从第一个空记录的第一个字段开始分别输入相应值，每输入完一个字段值按<Enter>键或按<Tab>键转至下一个字段，输入完一条记录后，按<Enter>键或按<Tab>键转至下一条记录。为了方便、快速地输入数据，首先为“职务”字段创建查阅列表，然后再向表中输入数据。

【操作步骤】操作步骤如下。

（1）打开“雇员”表。在设计视图中打开“雇员”表，并选择“职务”字段。

（2）设置获取数据方式。在“数据类型”列中选择“查阅向导”，弹出“查阅向导”第 1 个对话框，单击“自行输入所需的值”单选按钮。结果如图 13.15 所示。

（3）输入所需值。单击“下一步”按钮，弹出“查阅向导”第 2 个对话框，在“第 1 列”每行中依次输入“经理”、“副经理”和“职员”，每输入完一个值按向下键或按<Tab>键转至下一行，结果如图 13.16 所示。

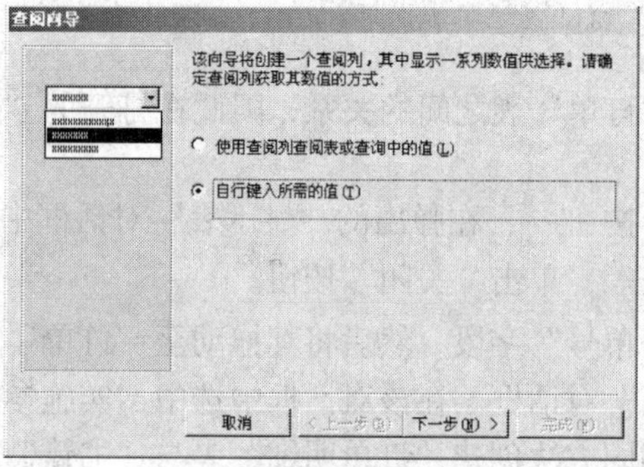

图 13.15　设置获取数据方式

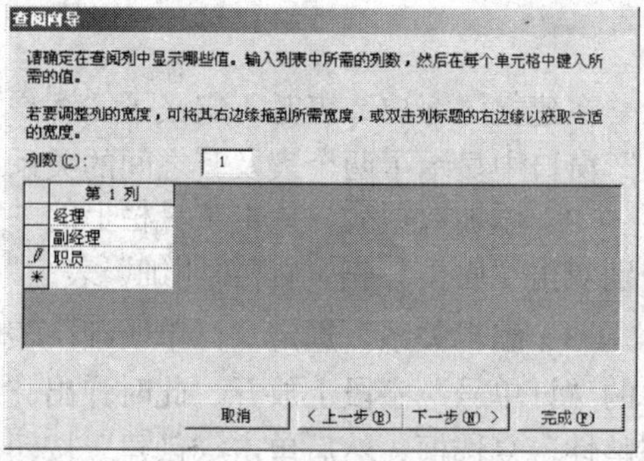

图 13.16　输入所需值

（4）指定查阅列表名称。单击“下一步”按钮，弹出“查阅向导”最后一个对话框，在“请为查阅列表指定标签”文本框中输入“职务”，然后单击“完成”按钮。此时完成了查阅列表的设置。

（5）切换至数据表视图。单击工具栏中的“视图”按钮，在弹出的“Microsoft Office Access”对话框中单击“是”按钮，切换至“雇员”表的数据表视图。

（6）输入字段值。从第 1 个空记录的第 1 个字段开始分别输入“雇员号”、“姓名”、“性别”等字段值，每输入完一个字段值按<Enter>键或按<Tab>键转至下一个字段。输入“职务”字段值时，单击其右侧向下箭头，并从下拉列表中选择“经理”、“副经理”或“职员”。输入“照片”时，将鼠标指针指向该记录的“照片”字段列，单击鼠标右键，从弹出的快捷菜单中选择“插入对象”命令，打开“Microsoft Office Access”对话框。单击“由文件创建”单选按钮；在“文件”文本框中输入照片文件所在路径及文件名（或单击“浏览”按钮，在弹出的“浏览”对话框中找到文件所在文件夹及文件名并选中，然后单击“确定”按钮），结果如图 13.17 所示。单击“确定”按钮。

（7）输入下一条记录。输入完每条记录的最后一个字段值后，按<Enter>键或按<Tab>键转至下一条记录，使用上述相同方法继续输入。

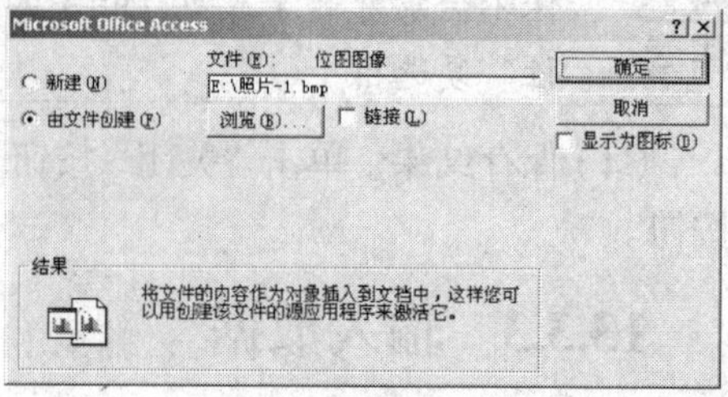

图 13.17　选择图片文件

注意　如果字段值取自于一组固定的数据，应在输入数据前为该字段创建查阅列表，以便提高数据的输入效率，确保数据正确输入。

13.3.4　设置字段属性

【实验内容】按以下要求，对相关表进行修改。

（1）将“客户”表中“邮政编码”字段的数据类型改为“文本”，字段大小属性改为 6。

（2）将“书籍”表中的“类别”字段的“默认值”属性设置为“计算机”。

（3）将“订单”表中“订购日期”字段的“格式”属性设置为“长日期”，并将其“输入掩码”设置为“长日期”。

（4）将“订单明细”表中“售出单价”字段的“有效性规则”设置为“>0”，并设置“有效性文本”为“请输入大于 0 的数据！”。

（5）为“雇员”表中“职务”字段创建查阅列表，列表中显示“经理”、“副经理”和“职员”。

【实验方法】字段属性是字段所具有的一组特征，使用它可以控制数据在字段中的存储、输入或显示方式。修改字段类型及设置字段属性的方法是：在设计视图中选中字段，在“字段属性”区中选择要设置的属性，输入属性值。若修改字段名称或类型，可以直接在字段名或数据类型列中重新输入或选择。

【操作步骤】操作步骤如下。

（1）修改并设置“客户”表中“邮政编码”字段属性。在设计视图中打开“客户”表，单击“邮政编码”数据类型列，单击右侧向下箭头，从弹出的下拉列表中选择“文本”；单击“字段属性”区中的“字段大小”属性行，输入数值 6，结果如图 13.18 所示。关闭并保存修改。

（2）设置“书籍”表中“类别”字段的属性。方法同上，设置结果如图 13.19 所示。

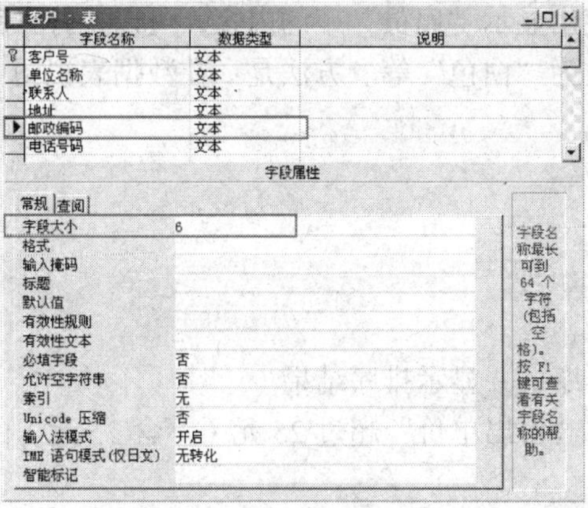

图 13.18　“字段大小”属性设置结果

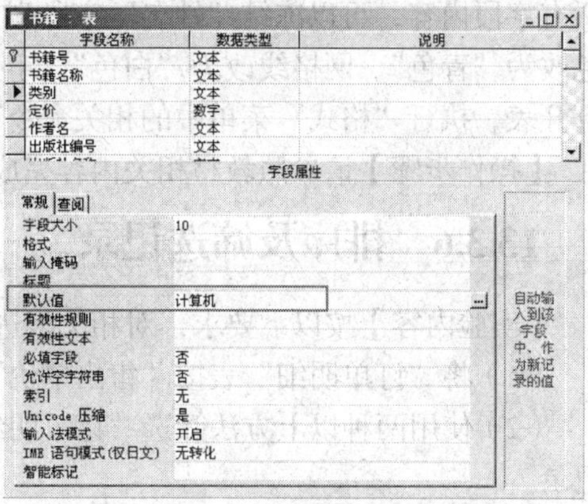

图 13.19　“默认值”属性设置结果

（3）设置“订单”表中“订购日期”字段属性。在设计视图中打开“订单”表，单击“订购日期”字段行任意位置，单击“字段属性”区中的“格式”属性行右侧向下箭头，并从弹出的下拉列表中选择“长日期”。单击“输入掩码”右侧“表达式生成器”按钮，从弹出的“输入掩码向导”对话框的“输入掩码”下拉列表中选择“长日期”，然后单击“完成”按钮，设置结果如图 13.20 所示。

（4）设置“订单明细”表中“售出单价”字段属性。方法同上，设置结果如图 13.21 所示。

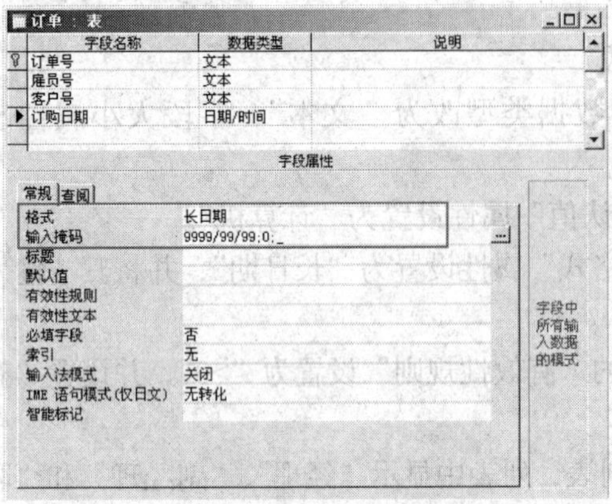

图 13.20　属性设置结果

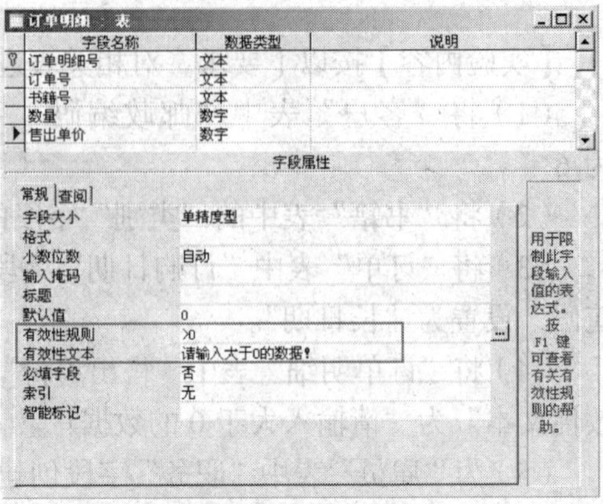

图 13.21　属性设置结果

（5）为“雇员”表中“职务”字段创建查阅列表。方法及结果参见 13.3.3 操作步骤中的（3）和（4），此处不再赘述。

注意　应使用设计视图设置字段属性。

13.3.5　设置表格式

【实验内容】自行设计 5 个表的格式，并进行相关设置。

【实验方法】分析 5 个表，并根据需要设置表的格式。比如，为了便于查看“雇员”表中所有字段内容，可以冻结“姓名”字段列；为了突出显示“雇员”中的内容，可以将背景颜色改为“青色”、网格线改为“白色”，字体颜色改为“白色”等。方法是：在数据表视图中打开表，执行“格式”菜单中的相关命令。

【操作步骤】请参照教材相关内容完成设置。

13.3.6　排序及筛选记录

【实验内容】按以下要求，对相关表进行操作。

（1）将“订单明细”表按“售出单价”降序排序，并显示排序结果。

（2）使用两种以上方法筛选“订单明细”表中“售出单价”超过 25 元（不含 25 元）的记录。

（3）使用 3 种以上方法筛选“书籍”表中某出版社（出版社名称自行拟定）的书籍记录。

（4）使用两种以上方法筛选“雇员”表中年龄大于等于 60 岁的雇员记录。

【实验方法】通常可以通过排序来整理表中数据。方法是：在数据表视图中执行“排序”命令。筛选记录有 4 种方法，分别是按选定内容筛选、按窗体筛选、按筛选目标筛选以及高级筛选。一般情况下，如果筛选等于一个字段的一个值，可以选用按选定内容筛选；如果筛选等于一个字段的两个以上值，可以选用按窗体筛选；如果筛选大于、大于等于、小于或小于等于某字段值，可以使用按筛选目标筛选；当筛选条件比较复杂时，可以使用高级筛选。

【操作步骤】操作步骤如下。

（1）对“订单明细”表排序。在数据表视图中打开“订单明细”表，单击“售出单价”字段列的任意行，单击工具栏中的“降序排序”按钮（或单击菜单“记录”→“排序”→“降序排序”命令）。

（2）筛选“订单明细”表中“售出单价”超过 25 元（不含 25 元）的记录。可以使用按筛选目标筛选和高级筛选两种方法。按筛选目标筛选的方法是：在数据表视图中打开“订单明细”表，右击“售出单价”字段列任意行，在弹出的快捷菜单的“筛选目标”行中输入“>25”，如图 13.22 所示。

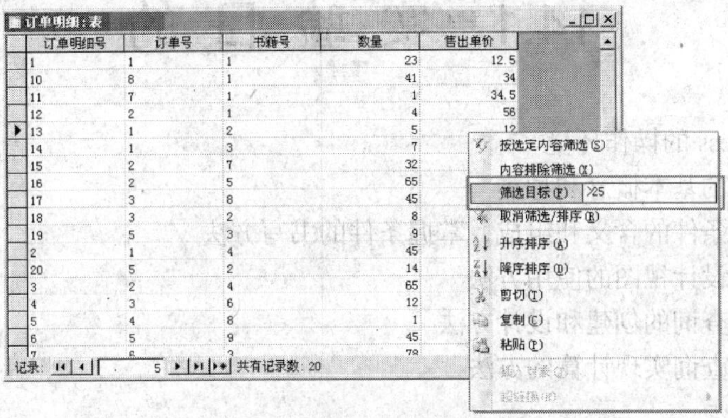

图 13.22　按筛选目标筛选结果

（3）筛选“书籍”表中“清华大学”出版社的书籍记录。上述 4 种方法均可以实现此类筛选，此处只介绍按选定内容筛选的方法。在数据表视图中打开“书籍”表，在“出版社名称”字段列找到“清华大学”字段值并选中，单击工具栏中的“按选定内容筛选”按钮。

（4）筛选“雇员”表中年龄大于等于 60 岁的记录。可以使用按筛选目标筛选和高级筛选两种方法。高级筛选的方法是：在数据表视图中打开“雇员”表，单击菜单“记录”→“筛选”→“高级筛选/排序”。

由于表中只有“出生日期”字段，因此需要根据出生日期计算年龄，并与 60 进行比较。计算公式及条件书写方法如下。

```
年龄：year(date())-year([出生日期])
条件：year(date())-year([出生日期])>60
```

在“筛选”窗口中拖动“出生日期”字段至“字段”行，在“条件”行中输入条件，结果如图 13.23 所示。

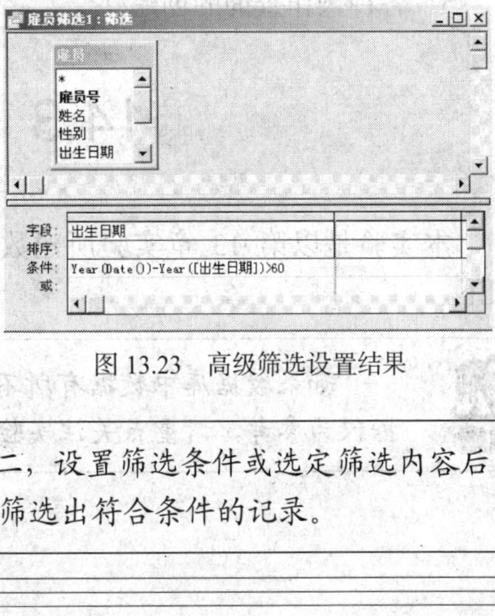

图 13.23　高级筛选设置结果

注意　第一，应使用数据表视图筛选记录；第二，设置筛选条件或选定筛选内容后，单击工具栏中的“应用筛选”按钮，即可筛选出符合条件的记录。

第14章 查询的创建和使用

14.1 实验目的

1. 掌握 Access 的操作环境
2. 了解查询的基本概念和种类
3. 理解查询条件的含义和组成，掌握条件的书写方法
4. 熟悉查询设计视图的使用方法
5. 掌握各种查询的创建和设计方法
6. 掌握使用查询实现计算的方法

14.2 实验重点

1. 选择查询的创建与设计
2. 查询中计算功能的使用
3. 交叉表查询的创建与设计
4. 参数查询的创建与设计
5. 各种操作查询的创建

14.3 实验解析

本实验是以第 13 章实验所建数据库中相关表为数据源，实验内容及详细操作步骤如下。

注意

如果数据库中数据有所不同，查询结果将会不同，因此以下实验的查询结果数据仅为参考，请重点关注实验方法和过程。

14.3.1　创建不带查询条件的选择查询

【实验内容】查找所有雇员的售书情况，并显示雇员号、姓名、书籍名称、订购日期、数量和售出单价、出版社名称和订单号，再将显示顺序设置为按数量从大到小顺序。查询名为“Q1”。

【实验分析】根据本实验题目题意分析，要求查找所有雇员签署的订单中的相关订购信息及书籍信息，并按数量排序，为不带查询条件的基于多表数据的选择查询。创建选择查询主要有两种方法：查询向导和设计视图。使用设计视图功能强大、丰富；查询向导操作简单、方便，但不能设置查询条件及排序。根据上述分析，本实验首先使用查询向导创建未排序的基本查询，然后再进入查询设计视图设置排序，下面介绍具体操作步骤。

【操作步骤】操作步骤如下。

（1）打开数据库“book.mdb”。单击开始菜单“开始”→“程序”→“Microsoft Office”→“Microsoft Office Access 2003”，打开数据库“book.mdb”。

（2）打开简单查询向导。在“数据库”窗口中，单击“查询”对象，然后双击“使用向导创建查询”选项，弹出“简单查询向导”第 1 个对话框。

（3）选择查询数据源。在该对话框中，单击“表/查询”下拉列表右侧的向下箭头按钮，并从列表中选择雇员表，然后分别双击“可用字段”列表框中的“雇员号”、“姓名”字段，将它们添加到“选定的字段”列表框中。再次单击“表/查询”下拉列表右侧的向下箭头按钮，并从列表中选择书籍表，双击“书籍名称”字段，将该字段添加到“选定的字段”列表框中。不断重复此步骤，将订购日期、数量、售出单价、出版社名称和订单号等字段依次添加到“选定的字段”列表框中。选择结果如图 14.1 所示。

（4）选择建立“明细”查询。单击“下一步”按钮，弹出“简单查询向导”第 2 个对话框。在这个对话框中需要确定是建立“明细”查询还是建立“汇总”查询，在此单击“明细”单选按钮，然后单击“下一步”按钮，弹出“简单查询向导”第 3 个对话框，如图 14.2 所示。

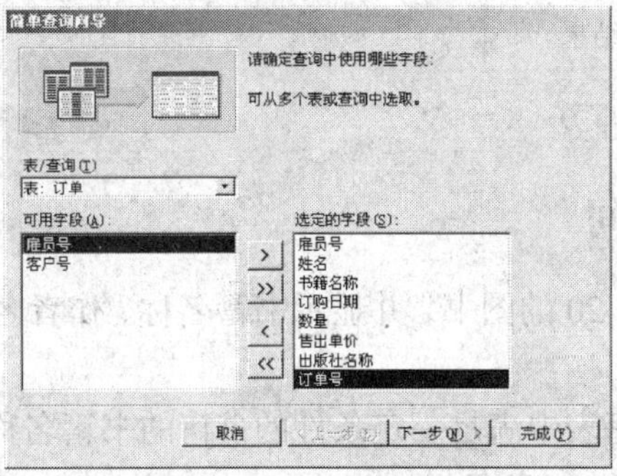

图 14.1　字段选定结果

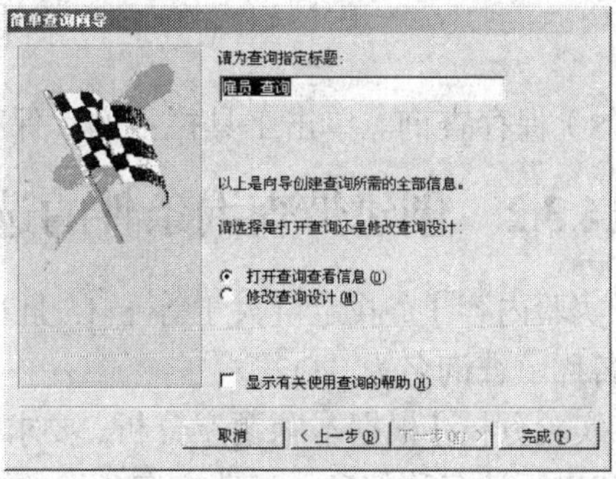

图 14.2　“简单查询向导”第 3 个对话框

（5）确定查询名称。在“请为查询指定标题”文本框中输入“Q1”，然后单击“修改查询设计”单选按钮。单击“完成”按钮，进入查询设计视图窗口，如图 14.3 所示。

（6）设置排序。单击“数量”字段列的排序单元格，右侧出现向下箭头按钮，选择“降序”方式，设置结果如图 14.4 所示。

（7）显示查询结果。单击菜单“视图”→“数据表视图”进入数据表视图模式，或者单击工具栏上的运行按钮观察查询结果，如图 14.5 所示。

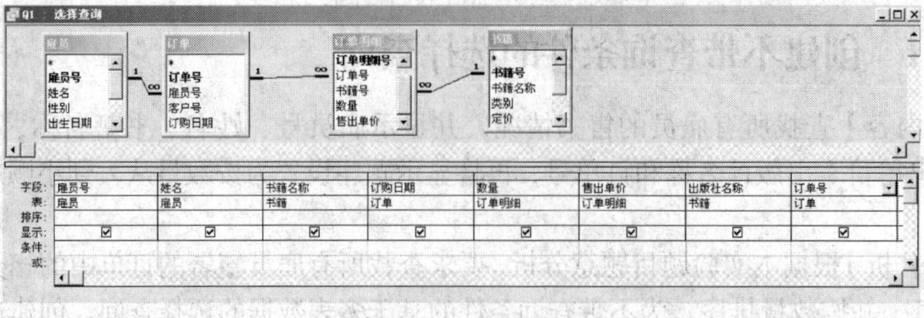

图 14.3　查询设计视图窗口

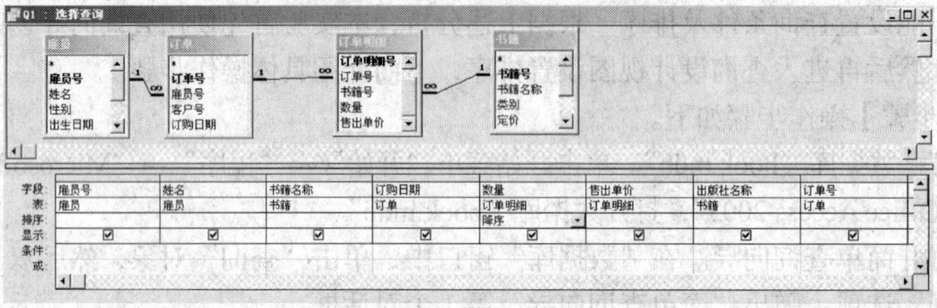

图 14.4　排序设置结果

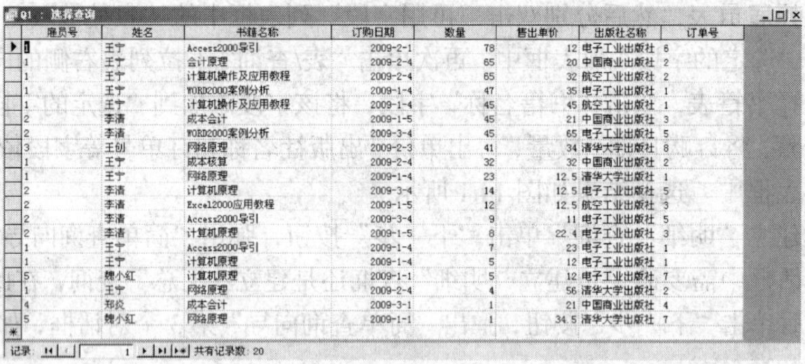

Q1 : 选择查询

雇员号	姓名	书籍名称	订购日期	数量	售出单价	出版社名称	订单号
1	王宁	Access2000导引	2009-2-1	78	12	电子工业出版社	6
1	王宁	会计原理	2009-2-4	65	20	中国商业出版社	2
1	王宁	计算机操作及应用教程	2009-2-4	65	32	航空工业出版社	2
1	王宁	WORD2000案例分析	2009-1-4	47	35	电子工业出版社	1
1	王宁	计算机操作及应用教程	2009-1-4	45	45	航空工业出版社	1
2	李清	成本会计	2009-1-5	45	21	中国商业出版社	3
2	李清	WORD2000案例分析	2009-3-4	45	65	电子工业出版社	5
3	王创	网络原理	2009-2-3	41	34	清华大学出版社	8
1	王宁	成本核算	2009-2-4	32	32	中国商业出版社	2
1	王宁	网络原理	2009-1-4	23	12.5	清华大学出版社	1
2	李清	计算机原理	2009-3-4	14	12.5	电子工业出版社	5
2	李清	Excel2000应用教程	2009-1-5	12	12.5	航空工业出版社	3
2	李清	Access2000导引	2009-3-4	9	11	电子工业出版社	5
2	李清	计算机原理	2009-1-5	8	22.4	电子工业出版社	3
1	王宁	Access2000导引	2009-1-4	7	23	电子工业出版社	1
1	王宁	计算机原理	2009-1-4	5	12	电子工业出版社	1
5	魏小红	计算机原理	2009-1-1	5	12	电子工业出版社	7
1	王宁	网络原理	2009-2-4	4	56	清华大学出版社	2
4	郑炎	成本会计	2009-3-1	1	21	中国商业出版社	4
5	魏小红	网络原理	2009-1-1	1	34.5	清华大学出版社	7

记录: 1 共有记录数: 20

图 14.5　查询结果

（8）保存查询。单击工具栏上的“保存”按钮。

14.3.2　创建带查询条件的选择查询

【实验内容】查找定价大于等于 15 且小于等于 20 的图书，并显示书籍名称、作者名和出版社名称。查询名为“Q2”。

【实验分析】根据本题题意分析，要求查找书籍表中满足一定条件的书籍的书籍名称、作者名和出版社名称信息，为带查询条件的选择查询。在查询设计视图中，既可以创建不带条件的查询，也可以创建带条件的查询，还可以对已建查询进行修改。下面使用查询设计视图完成本实验操作。

【操作步骤】操作步骤如下。

（1）在“数据库”窗口的“查询”对象中，双击“在设计视图中创建查询”选项，此时屏幕上显示“选择查询”设计视图，并显示一个“显示表”对话框，如图 14.6 所示。

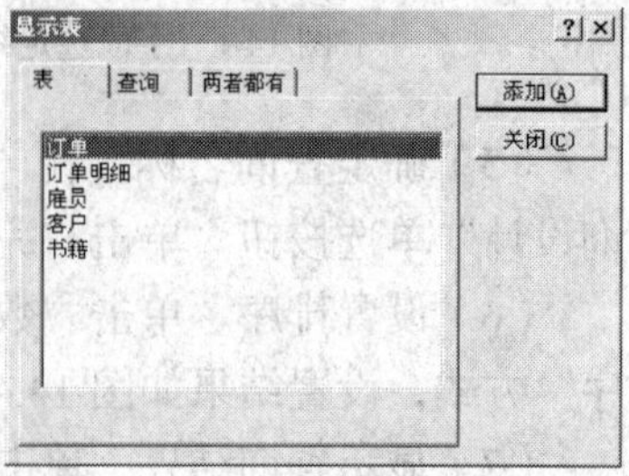

图 14.6　“显示表”窗口

（2）选择数据源。在该对话框的“表”选项卡中，双击“书籍”表，将其添加到查询设计视图窗口上半部分，然后单击“关闭”按钮，关闭“显示表”对话框。

（3）选择字段。依次双击“书籍名称”、“作者名”、“出版社名称”和“定价”字段，将他们分别添加到“字段”行上。

（4）设置查询条件。在“定价”字段列的“条件”单元格中输入条件：between 15 and 20。由于“定价”字段只作为条件，并不在查询结果中显示，因此取消“定价”字段“显示”行上的复选框，设置结果如图 14.7 所示。

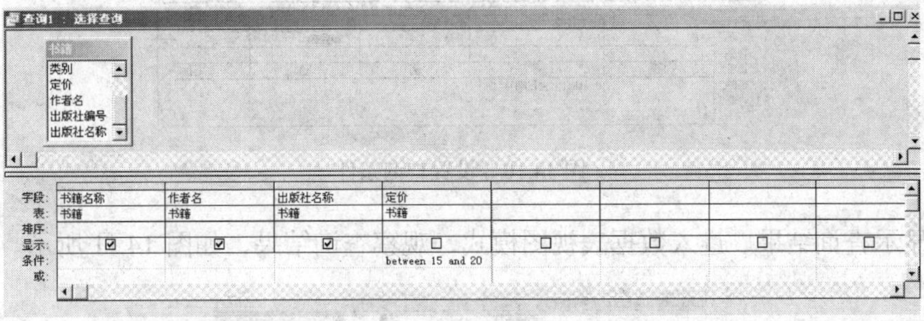

图 14.7　设置查询条件

（5）显示查询结果。进入数据表视图模式，观察查询结果，如图 14.8 所示。

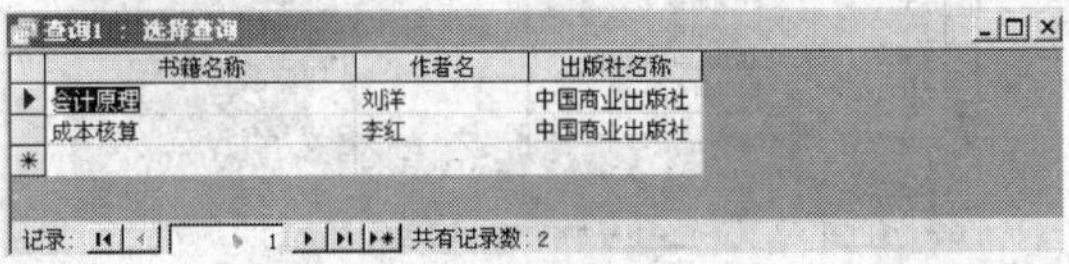

图 14.8　查询结果

（6）保存查询。保存所建查询，将其命名为“Q2”。

14.3.3　使用函数构造查询条件

【实验内容】查找 1 月出生的雇员，并显示姓名、书籍名称、数量。查询名为“Q3”。

【实验分析】根据本实验题目题意分析，要求查找 1 月出生雇员的姓名以及所签订单中含有的书籍的名称及数量，为带查询条件的基于多表的选择查询，其查询条件的构造方法不唯一，但使用 month 函数较为方便。

【操作步骤】操作步骤如下。

（1）使用查询向导或设计视图，构造不带查询条件的选择查询，查找所有的雇员售书情况，显示姓名、书籍名称、数量，设计结果如图 14.9 所示。

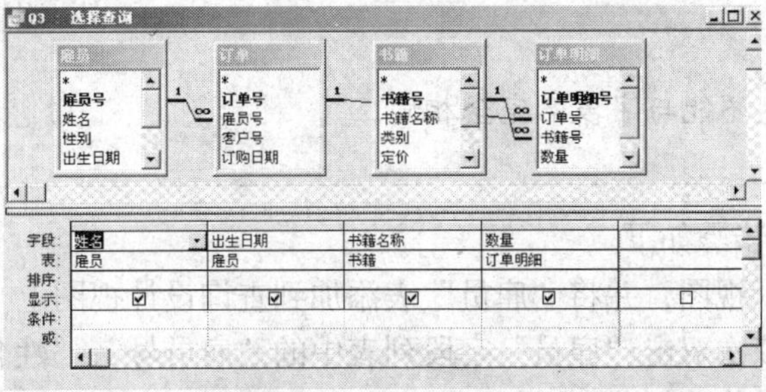

图 14.9　查询设计视图窗口

（2）设置查询条件。在“出生日期”字段列的“条件”单元格中输入条件：month（[出生日期]）=1。由于“出生日期”字段只作为条件，并不在查询结果中显示，因此取消“出生日期”字段“显示”行上的复选框。设置结果如图 14.10 所示。

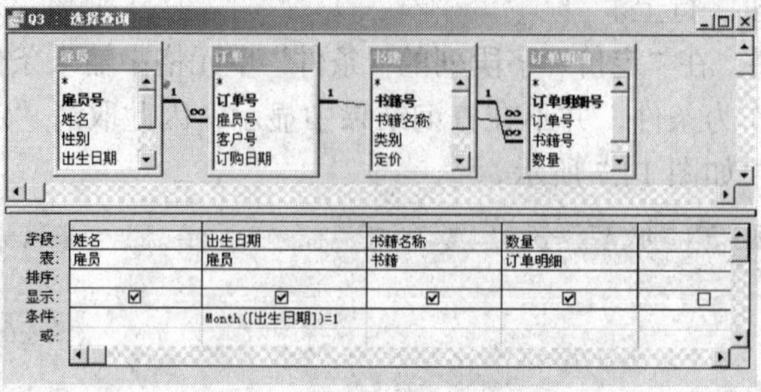

图 14.10　设置查询条件

（3）显示查询结果。进入数据表视图模式，观察查询结果，如图 14.11 所示。

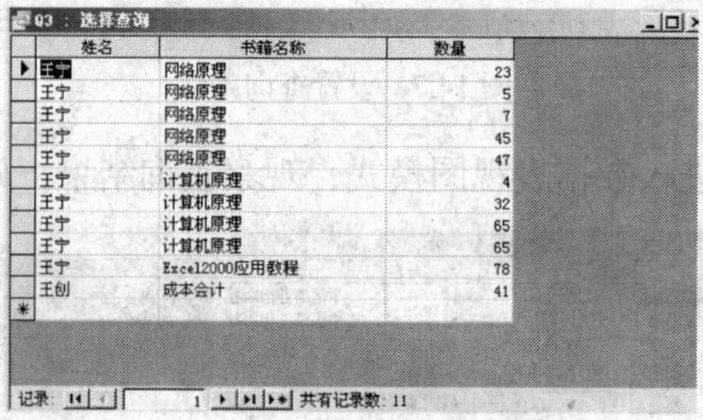

图 14.11　查询结果

（4）保存查询。

14.3.4　创建参数查询

【实验内容】按雇员号查找某个雇员，并显示雇员的姓名、性别、出生日期和职务。查询名为“Q4”。当运行该查询时，提示框中应显示“请输入雇员号：”。

【实验分析】参数查询利用对话框，提示输入参数，并检索符合所输入参数的记录。根据本实验题目题意分析，要求创建的是基于“书籍”表中字段信息的单参数查询。创建参数查询的方法与创建选择查询的方法一样，所不同的只是在“设计网格”中输入条件时，查询运行时出现的参数对话框中的提示文本要用方括号括起来。下面使用查询设计视图完成本实验操作。

注意　提示文本信息不能与字段名完全相同。

【操作步骤】操作步骤如下。

（1）打开查询设计视图，并将“雇员”表添加到查询设计视图上半部分的窗口中。

（2）选择字段。依次双击“雇员”字段列表中的“雇员号”、“姓名”、“性别”、“出生日期”和“职务”字段，将他们分别添加到字段行上。由于“雇员号”字段只作为条件，并不在查询结果中显示，因此取消“雇员号”字段“显示”行上的复选框。

（3）在“雇员号”字段列的“条件”单元格中输入“[请输入雇员号：]”，设置结果如图14.12 所示。

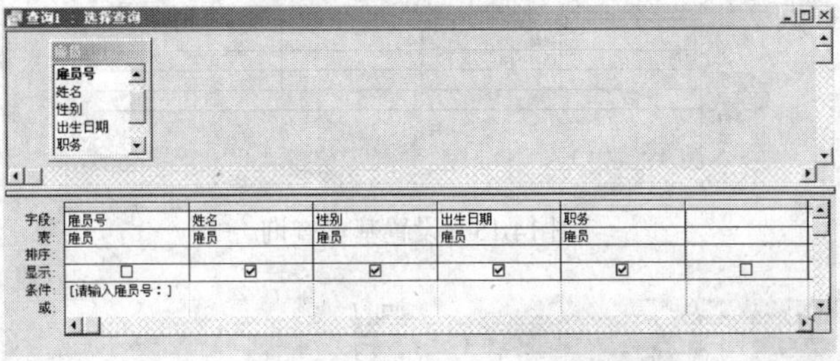

图 14.12　设置参数查询

（4）显示查询结果。单击菜单“视图”→“数据表视图”进入数据表视图模式，或者单击工具栏上的“运行”按钮，这时屏幕上显示“输入参数值”对话框，如图 14.13 所示。

（5）按照需要输入查询条件。如果在“请输入雇员号”文本框中输入雇员号“2”，然后单击“确定”按钮，查询结果如图 14.14 所示。

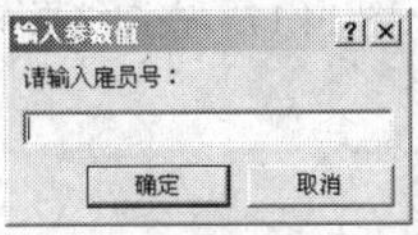

图 14.13　“输入参数值”对话框

图 14.14　查询结果

（6）保存查询。将查询保存为“Q4”。

14.3.5　创建使用总计函数进行统计的查询

【实验内容】统计每名雇员的售书总量，显示标题为“姓名”和“总数量”。查询名为“Q5”。

【实验分析】根据本实验题目题意分析，要求按每名雇员分组，分别统计售书数量之和，需要构造分组总计查询。在查询设计视图中，单击菜单“视图”→“总计”，或单击工具栏上的“总计”按钮，Access 将自动在“设计网格”中显示出总计行，按需要选择总计项，可对查询结果进行各种统计计算。本实验先要构造基本的选择查询，查询雇员所签订单中的售书数量信息（每名雇员可能签署多张订单，每张订单中又会售出多本书），然后再对查询结果按雇员姓名进行分组，对售书数量进行总计计算。

【操作步骤】操作步骤如下。

（1）使用查询向导或设计视图，构造基本的选择查询，查询雇员所签订单中的售书数量信息，设计结果如图 14.15 所示。

（2）显示“总计”行。单击菜单“视图”→“总计”，或单击工具栏上的“总计”按钮，Access 在“设计网格”中插入一个“总计”行。

（3）在“姓名”的“总计”行选择“分组”，在“数量”的“总计”行选择“总计”，同时按题意要求将字段名“数量”改为“总数量”，设置结果如图 14.16 所示。

（4）显示查询结果。进入数据表视图模式，观察查询结果，如图 14.17 所示。

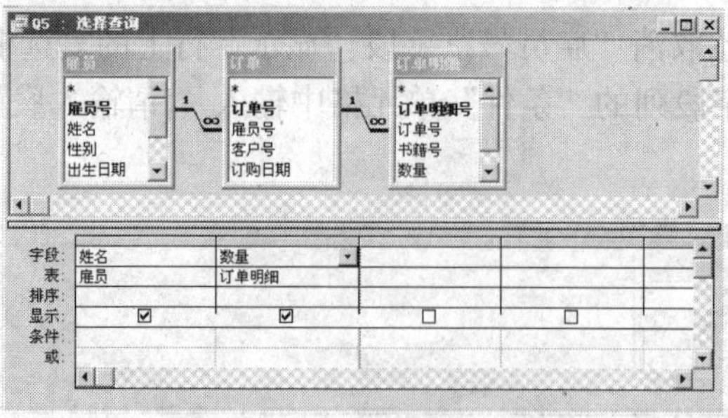

图 14.15 设置基本查询

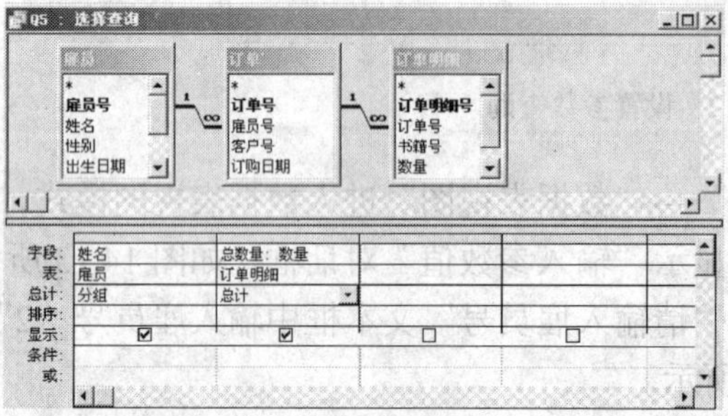

图 14.16 设置分组总计项

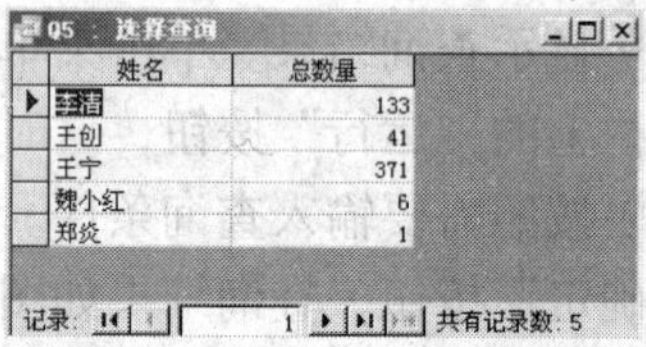

图 14.17 查询结果

（5）保存查询。

14.3.6 创建带子查询的查询

【实验内容】统计并显示该公司有销售业绩的雇员人数，显示标题为“有销售业绩的雇员人数”。查询名为“Q6”。

【实验分析】本实验查询为嵌套查询，解题方法有多种，这里给出两种方法。方法一：分两步完成实验。第一步查找有销售业绩的人员（订单数量大于 0），并建立一个查询；第二步再以所建查询为数据源统计人数。方法二：利用 SQL 作为子查询完成本实验。在此，方法二只给出设计视图。

【操作步骤】操作步骤如下。

以下为方法一的步骤。

（1）创建第 1 步查询并保存为“Q6-1”。查找订单数量大于 0 的雇员，设计结果如图 14.18 所示。

（2）显示查询结果。进入数据表视图模式，观察查询结果，如图 14.19 所示。

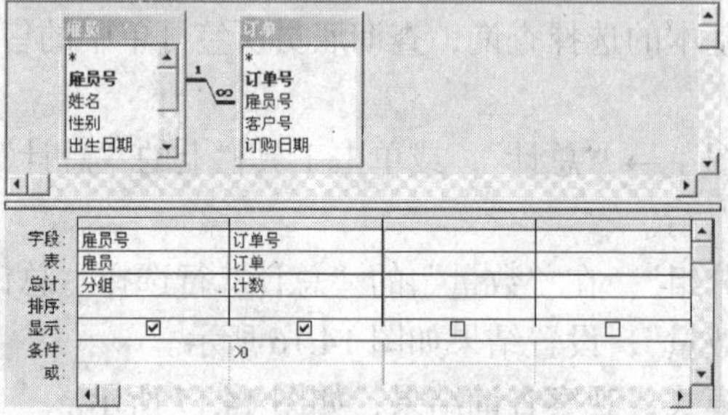

图 14.18 设置第 1 步查询

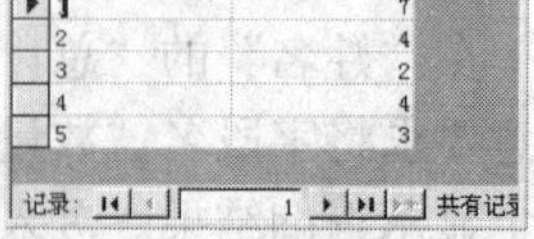

图 14.19 第 1 步查询结果

（3）创建第 2 步查询。以上面所建查询“Q6-1”为数据源，统计其记录个数（即有销售业绩的雇员人数），并修改标题为“有销售业绩的雇员人数”，设计结果如图 14.20 所示。

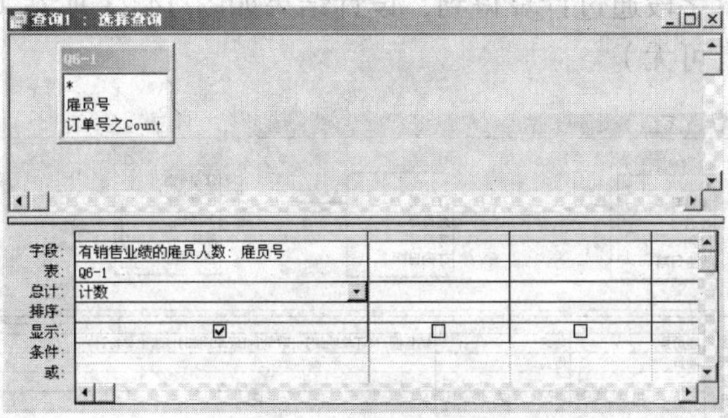

图 14.20　设置第 2 步查询

（4）显示查询结果。进入数据表视图模式，观察查询结果，如图 14.21 所示。

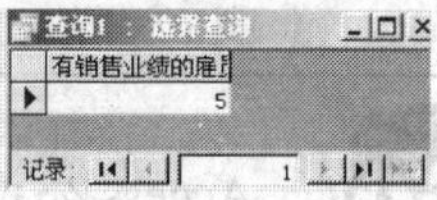

图 14.21　查询结果

（5）保存查询，命名为“Q6”。

以下为方法二的步骤。

在对 Access 表中的字段进行查询时，可以利用子查询的结果进行进一步查询，通过子查询作为查询的条件来测试某些结果的存在性。方法 2 即采用这种思想（其中的子查询为查找有订单的雇员），其设计视图如图 14.22 所示。

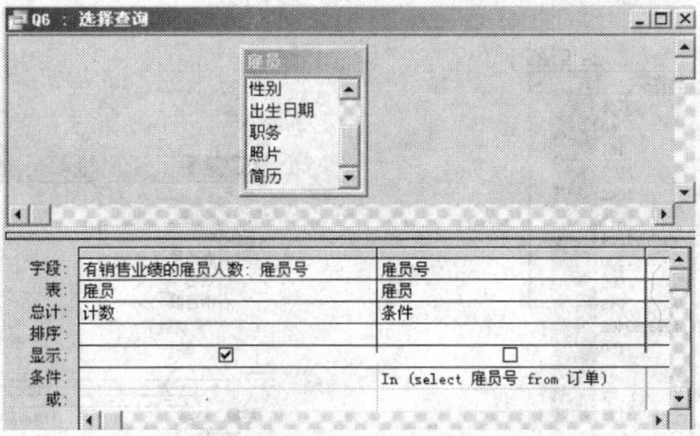

图 14.22　方法二设计视图

14.3.7　创建使用计算字段进行计算的查询

【实验内容】计算每名雇员的奖金，显示标题为“姓名”和“奖金”。查询名为“Q7”。

奖金 = 每名雇员的销售金额合计数×0.005

【实验分析】本实验计算较为复杂，解题方法不唯一，这里给出两种方法（方法一分步完成实验，在此详讲；方法二将方法一的多步骤合并一步完成，在此只给出设计视图）。

方法一：完成实验分为 3 步：第 1 步计算雇员在所有订单明细中的销售额，并建立一个查询；第 2 步以第 1 步所建查询为数据源，按雇员分组统计每名雇员的销售金额合计数，并建立查询；第 3 步以第 2 步所建查询为数据源，计算每名雇员奖金。

【操作步骤】操作步骤如下。

以下为方法一的步骤。

（1）创建第一步查询，计算雇员在所有订单明细中的销售额，并保存为“Q7-1”。由于销售额字段在所有表中均未出现，只在“订单明细”表中有“数量”信息及“售出单价”信息，因此需要添加计算字段通过计算得到，设计结果如图 14.23 所示（其中的销售额为计算字段，雇员号字段可有可无）。

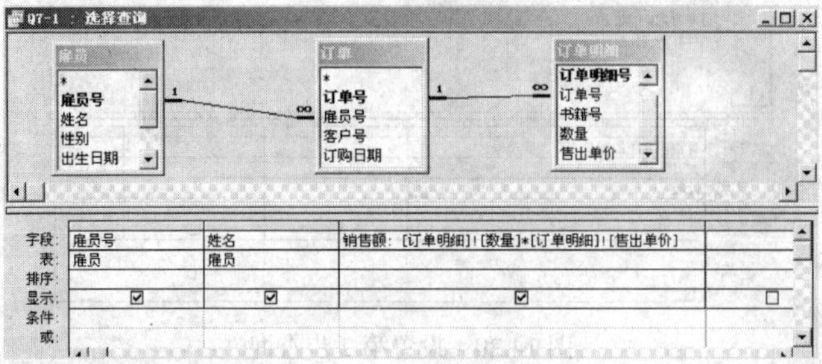

图 14.23　设置第一步查询

注意　Access 公式中表名和字段名要用方括号括起来，之间用“!”隔开。

（2）显示查询结果。进入数据表视图模式，观察查询结果，如图 14.24 所示。

（3）创建第 2 步查询，计算每名雇员奖金并保存为“Q7-2”。以上面所建查询“Q7-1”为数据源，按雇员姓名分组统计每名雇员的销售金额合计数。设计结果如图 14.25 所示。

Q7-1 : 选择查询

雇员号	姓名	销售额
1	王宁	287.5
1	王宁	60
1	王宁	161
1	王宁	2025
1	王宁	1645
1	王宁	224
1	王宁	1024
1	王宁	1300
1	王宁	2080
2	李清	945
2	李清	179.1999969482
2	李清	150
4	郑炎	21
2	李清	99
2	李清	175
2	李清	2925
1	王宁	936
5	魏小红	34.5
5	魏小红	60
3	王创	1394

记录: 1 共有记录数: 20

图 14.24　第 1 个查询结果

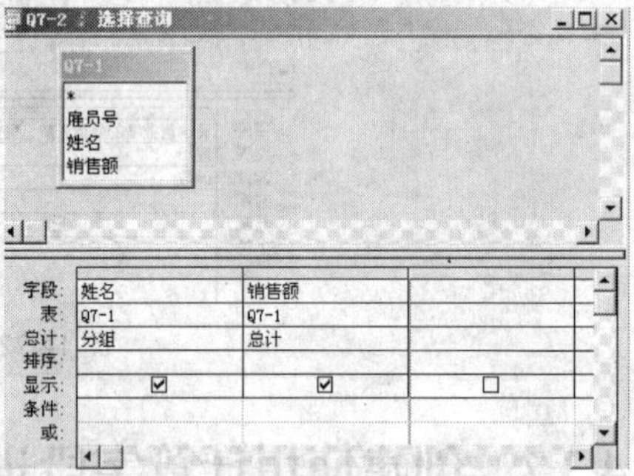

图 14.25　设置第 2 步查询

注意　前两步查询可以合并，即在添加计算字段计算销售额的同时，直接按每名雇员分组，分别统计销售额之和。设计视图如图 14.26 所示。

（4）显示查询结果。进入数据表视图模式，观察查询结果，如图 14.27 所示。

（5）创建第 3 步查询并保存为“Q7”。以上面所建查询“Q7-2”为数据源，计算每名雇员奖金。设计结果如图 14.28 所示。

（6）显示查询结果。进入数据表视图模式，观察最终查询结果，如图 14.29 所示。

以下为方法二的设计视图，如图 14.30 所示。

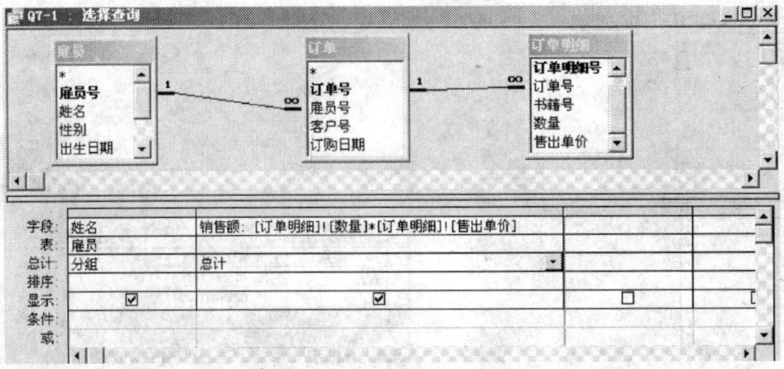

图 14.26　将前两步合并为一步的设计

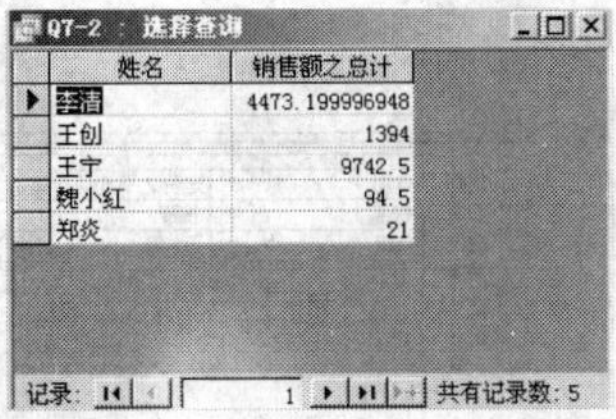

图 14.27　第 2 步查询结果

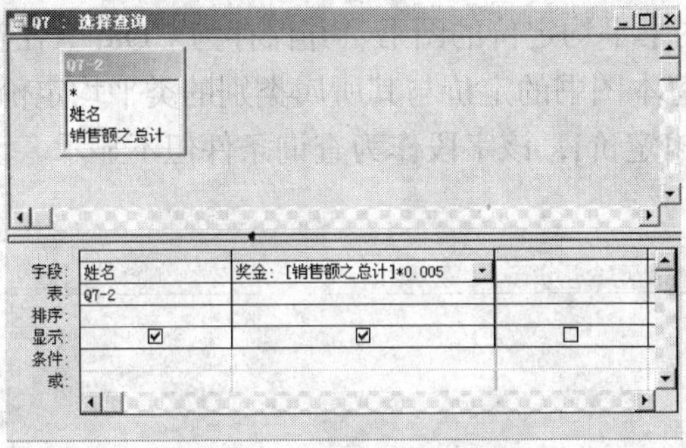

图 14.28　设置第 3 步查询

图 14.29　最终查询结果

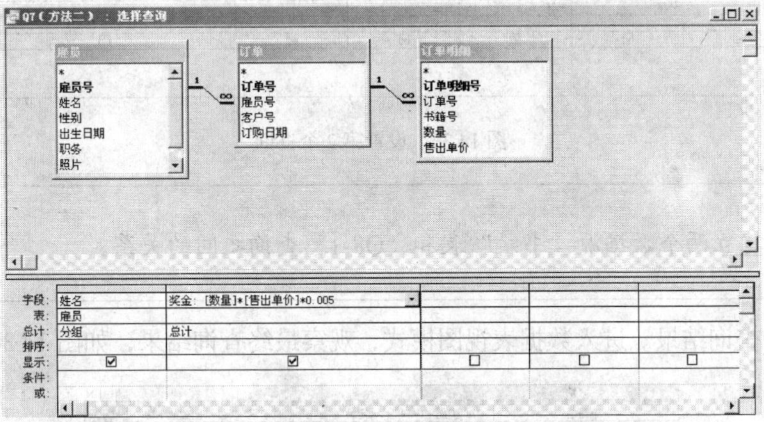

图 14.30　方法二设计视图

14.3.8　创建使用平均函数进行统计的查询

【实验内容】查找低于本类图书平均定价的图书，并显示书籍名称、类别、定价、作者名、出版社名称。查询名为“Q8”。

【实验分析】根据本实验题目题意分析，查询信息只涉及“书籍”一个表，但要找出符合要求的记录必须完成两项工作，一是以“书籍”表为数据源计算每类图书的平均定价，并建立一个查询；二是以所建查询及“书籍”表为数据源查找低于本类图书平均定价的图书。

【操作步骤】操作步骤如下。

（1）创建第 1 步查询，计算每类图书平均定价并保存为“Q8-1”。设计结果如图 14.31 所示。

（2）显示查询结果，如图 14.32 所示。

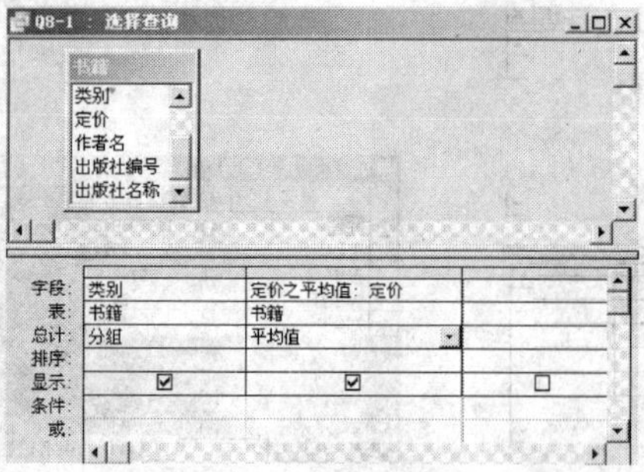

图 14.31　计算每类图书平均定价设计

图 14.32　查询结果

（3）创建第 2 步查询，查找低于本类图书平均定价的图书，并保存为“Q8”。在查询中添加一个计算字段，名为“差”，使其计算每本图书的定价与其所属类别的类平均定价的差，计算公式为：[Q8-1]![定价之平均值]-[书籍]![定价]，该字段作为查询条件但不显示。设计结果如图 14.33 所示。

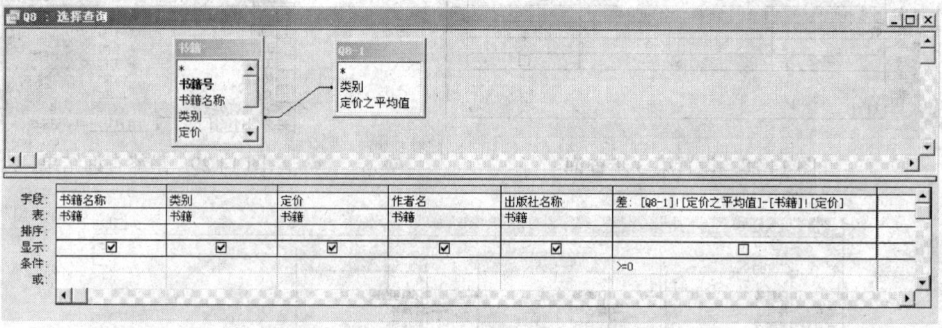

图 14.33　设置第 2 个查询

注意　需要建立两个数据源“书籍”表和“Q8-1”查询之间的关系。

（4）显示查询结果。进入数据表视图模式，观察最终查询结果，如图 14.34 所示。

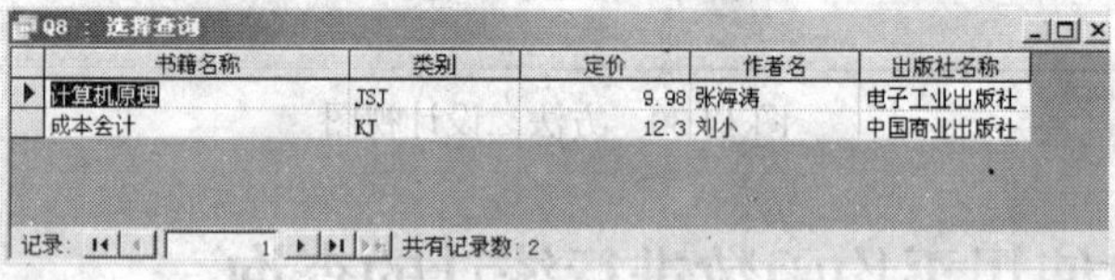

图 14.34　最终查询结果

14.3.9　创建交叉表查询

【实验内容】统计并显示每名雇员销售的各类图书的总金额，显示时行标题为“姓名”，列标题为“类别”。查询名为“Q9”。

【实验分析】根据本实验题目题意分析，要求创建交叉表查询。创建交叉表查询的要点主要是确定 3 种字段：行字段、列字段以及行列交叉处的字段，同时要为行列交叉处的字段指定一个总计项。

创建交叉表查询主要有两种方法：交叉表查询向导和设计视图。使用查询向导操作简单、方便，但其数据源必须来自于一个表或一个查询。本实验要求查询雇员所签订单中的图书类别及总金额（总金额=[订单明细]![数量]*[订单明细]![售出单价]）等信息，数据源来自多个表，如果用交叉表查询向导，需要先建立一个查询，然后再以此查询作为数据源，需要两步才能完成，而使用查询设计视图只需一步，比较方便。

在查询设计视图中，单击菜单“查询”→“交叉表查询”，Access 将自动在“设计网格”中显示出总计行和交叉表行，按需要设置选项，即可创建交叉表查询。

【操作步骤】操作步骤如下。

（1）构建基本的选择查询。设计结果如图 14.35 所示。

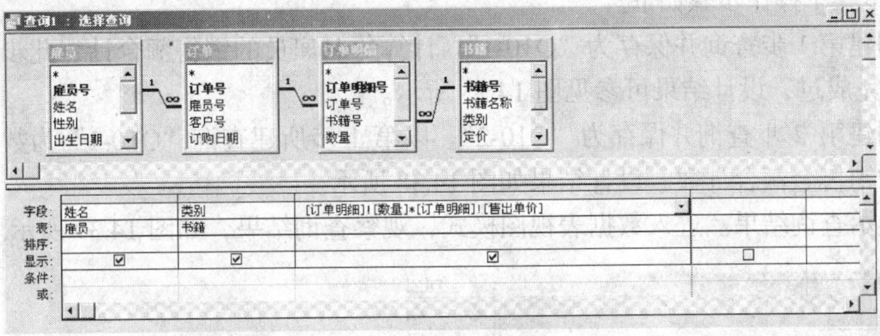

图 14.35　设置基本查询

（2）显示“总计”行。单击菜单“查询”→“交叉表查询”，或单击工具栏上的“查询类型”按钮右侧的向下箭头按钮，从下拉列表中选择“交叉表查询”选项，Access 在“设计网格”中插入一个“总计”行和交叉表行。

（3）设置各字段总计行、交叉表行选项以及显示标题。设置结果如图 14.36 所示。

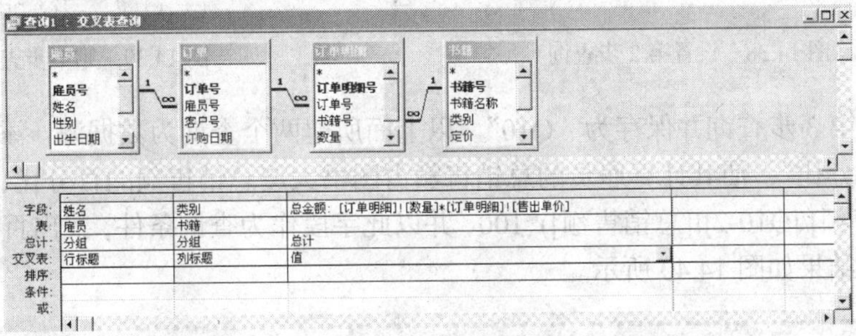

图 14.36　设置交叉表查询

（4）显示查询结果。进入数据表视图模式，观察查询结果，如图 14.37 所示。

（5）保存查询。将查询保存为“Q9”。

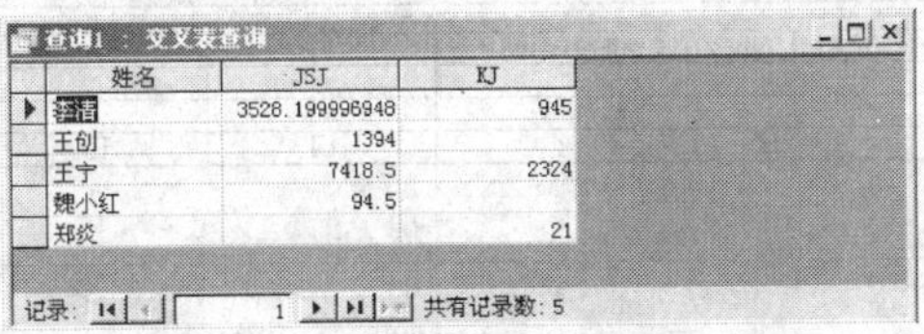

图 14.37　查询结果

14.3.10 创建带有复杂计算的查询

【实验内容】计算雇员的总销售额占图书大厦总销售额的百分比，并找出超过 20%的雇员，显示其姓名。查询名为“Q10”。

【实验分析】本实验内容比较复杂，解题方法不唯一，这里给出一种解题思路。完成实验分为 3 步：第 1 步按雇员分组统计销售额合计数（即计算每名雇员的总销售额），并建立一个查询；第 2 步计算所有雇员的销售金额合计数（即图书大厦总销售额），并建立查询；第 3 步以前两步所建查询为数据源，计算雇员的总销售额占图书大厦总销售额的百分比，并找出超过 20%的雇员。

【操作步骤】操作步骤如下。

（1）创建第 1 步查询并保存为“Q10-1”。计算每名雇员的销售额合计，此步查询在试验 14.3.7 中曾完成过，设计结果可参见图 14.25 所示。

（2）创建第 2 步查询并保存为“Q10-2”。以第 1 步所建查询“Q10-1”为数据源，计算所有雇员的销售金额合计数。设计结果如图 14.38 所示。

（3）显示查询结果。进入数据表视图模式，观察查询结果，如图 14.39 所示。

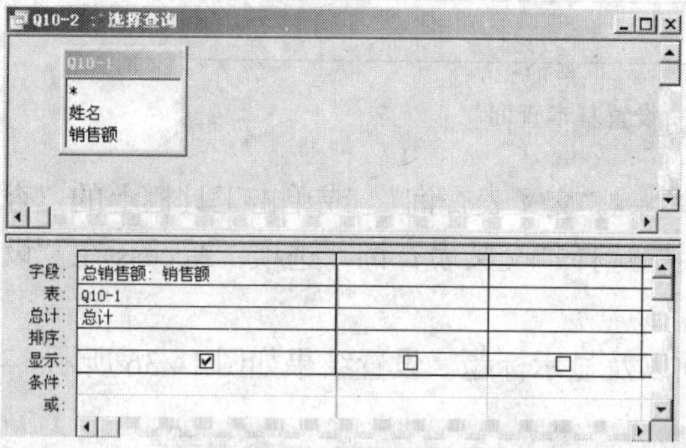

图 14.38 设置第 2 步查询

图 14.39 第 2 步查询结果

（4）创建第 3 步查询并保存为“Q10”。以上面所建两个查询为数据源，添加一个计算字段，名为“百分比”，使其计算雇员的总销售额占图书大厦总销售额的百分比，计算公式为：([Q10-1]![销售额]/[Q10-2]![总销售额])*100，并以此字段作为查询条件，找出百分比超过 20%的雇员。设计结果如图 14.40 所示。

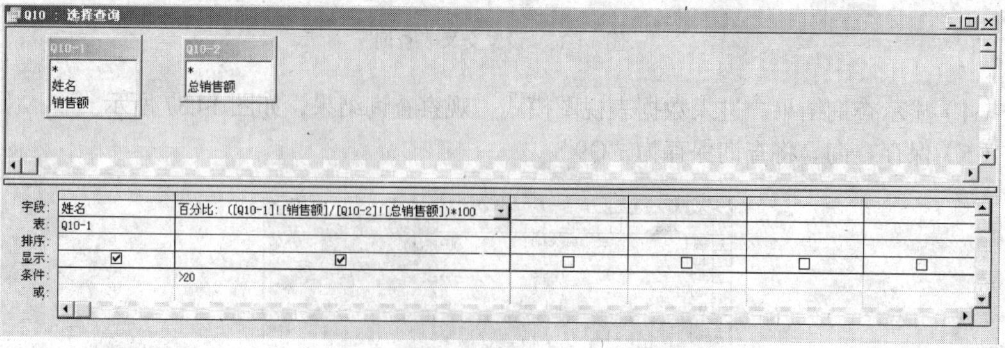

图 14.40 设置第 3 步查询

（5）显示查询结果。进入数据表视图模式，观察最终查询结果，如图 14.41 所示。

图 14.41　最终查询结果

14.3.11　创建生成表查询

【实验内容】计算“计算机”类每本图书的销售额，并将计算结果放入新表中，表中字段名包括“类别”、“书籍名称”和“销售额”，表名为“销售额”。查询名为“Q11”。

【实验分析】生成表查询是利用一个或多个表中的全部或部分数据创建新表。根据本实验题目题意分析，要求创建生成表查询。创建生成表查询方法如下：首先构建基本的选择查询，然后在查询设计视图中，单击菜单“查询”→“生成表查询”，在弹出的对话框中按需要设置选项即可。生成表查询构建完成后，一般应在查询的数据表视图模式下进行预览，满意后再运行查询。

【操作步骤】操作步骤如下。

（1）使用设计视图，构建查找“计算机”类每本图书的销售额的查询。设计结果如图 14.42 所示。

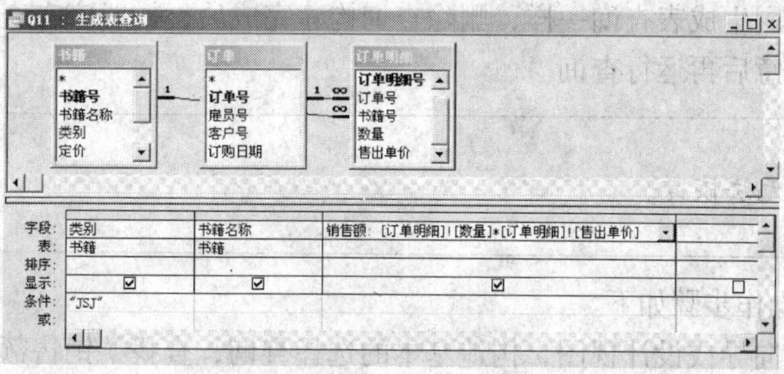

图 14.42　设置基本查询

（2）打开“生成表”对话框。单击菜单“查询”→“生成表查询”，或单击工具栏上的“查询类型”按钮右侧的向下箭头按钮，从下拉列表中选择“生成表查询”选项，弹出“生成表”对话框。

（3）确定表名称。在“表名称”文本框中输入要创建的表名称“销售额”，如图 14.43 所示。然后单击“确定”按钮。

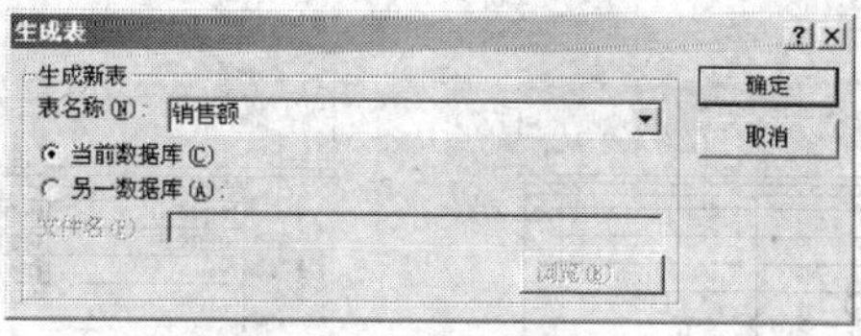

图 14.43　“生成表”对话框

（4）预览查询结果。进入数据表视图模式，预览查询结果，如图 14.44 所示。

（5）运行查询。在设计视图中，单击菜单“查询”→“运行”，或单击工具栏上“运行”按钮，弹出一个生成表提示框，单击“是”按钮，将生成新表。

（6）保存查询。

Q11 ：生成表查询

类别	书籍名称	销售额
JSJ	网络原理	287.5
JSJ	网络原理	1394
JSJ	网络原理	34.5
JSJ	网络原理	224
JSJ	计算机原理	60
JSJ	计算机原理	60
JSJ	计算机原理	179.1999969482
JSJ	计算机原理	175
JSJ	Access2000导引	936
JSJ	Access2000导引	161
JSJ	Access2000导引	99
JSJ	计算机操作及应用教程	2025
JSJ	计算机操作及应用教程	2080
JSJ	Excel2000应用教程	150
JSJ	WORD2000案例分析	2925
JSJ	WORD2000案例分析	1645

记录：1 共有记录数：16

图 14.44　预览查询结果

14.3.12　创建删除查询

【实验内容】删除上题所建“销售额”表中销售额小于 1000 元的记录。查询名为“Q12”。

【实验分析】根据本实验题目题意分析，要求创建删除查询。在查询设计视图中，执行菜单“查询”→“删除查询”，Access 将自动在“设计网格”中显示出一个“删除”行，按需要进行设置即可。同生成表查询一样，删除查询构建完成后，一般应在查询的数据表视图模式下进行预览，满意后再运行查询。

注意　删除操作无法恢复。

【操作步骤】操作步骤如下。

（1）使用查询向导或设计视图，构造基本的选择查询，查找“销售额”表中销售额小于 1000 元的记录。设计结果如图 14.45 所示。

（2）显示“删除”行。单击菜单“查询”→“删除查询”，或单击工具栏上的“查询类型”按钮右侧的向下箭头按钮，从下拉列表中选择“删除查询”选项，这时“设计网格”中显示一个“删除”行。

（3）设置删除参数。按需要进行设置，如图 14.46 所示。

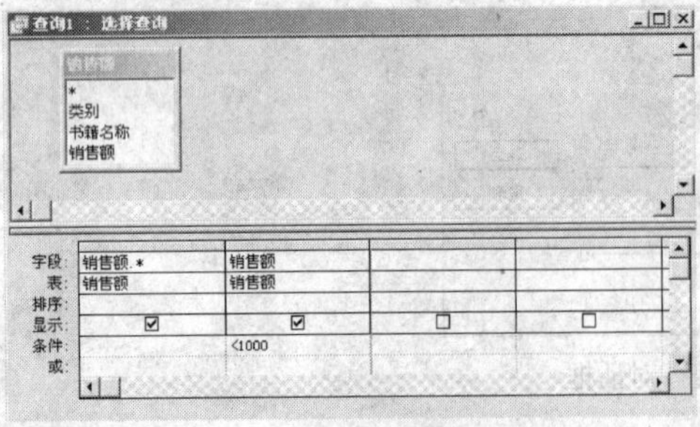

图 14.45　设置基本查询

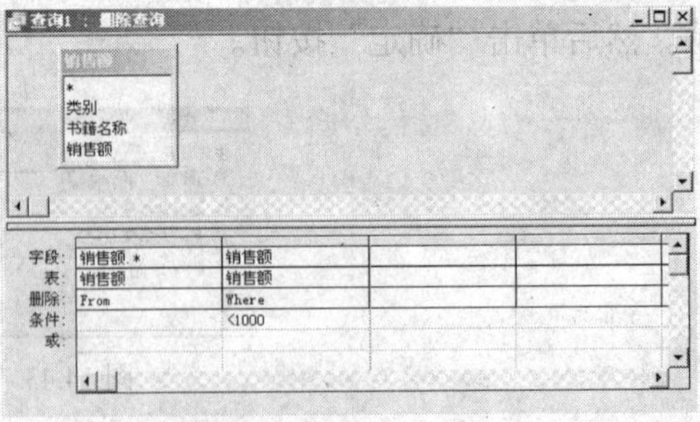

图 14.46　设置删除查询

（4）预览查询结果。进入数据表视图模式，预览查询结果，如图 14.47 所示。

（5）运行查询。在设计视图中，单击菜单“查询”→“运行”，或单击工具栏上“运行”按钮，弹出一个删除提示框，单击“是”按钮，将删除查询。

（6）保存查询。

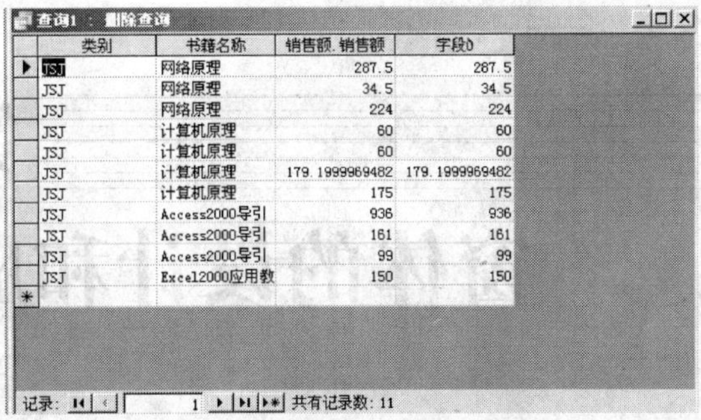

图 14.47　预览查询结果

14.3.13　创建更新查询

【实验内容】将“客户”表中“经济贸易大学”的单位名称改为“首都经济贸易大学”。查询名为“Q13”。

【实验分析】更新查询可以对一个或多个表中的一组记录进行更新操作。根据本实验题目题意分析，要求创建更新查询。生成表查询、删除查询、更新查询和追加查询均属于 Access 的操作查询，操作方法及步骤基本一样。本实验不再详述，下面给出设计视图，如图 14.48 所示。

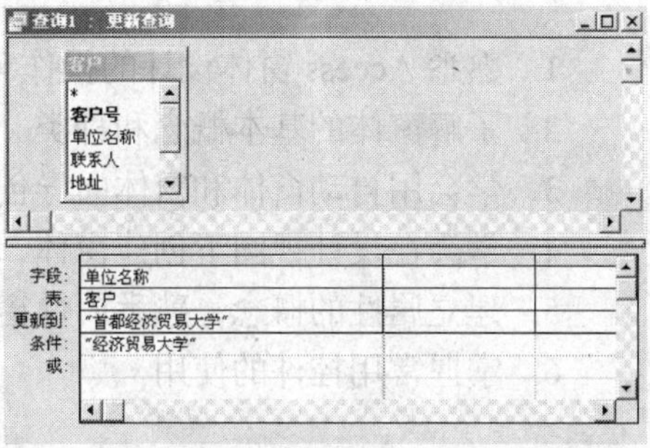

图 14.48　设置更新查询

14.3.14　创建追加查询

【实验内容】计算非“计算机”类每本书的销售额，并将它们添加到已建的“销售额”表中。查询名为“Q14”。

【实验分析】追加查询能够将一个或多个表中的数据添加到另一个表中。根据本实验题目题意分析，要求创建追加查询。创建追加查询的操作方法及步骤与创建生成表查询基本一样。本实验不再详述，下面给出设计视图，如图 14.49 所示。

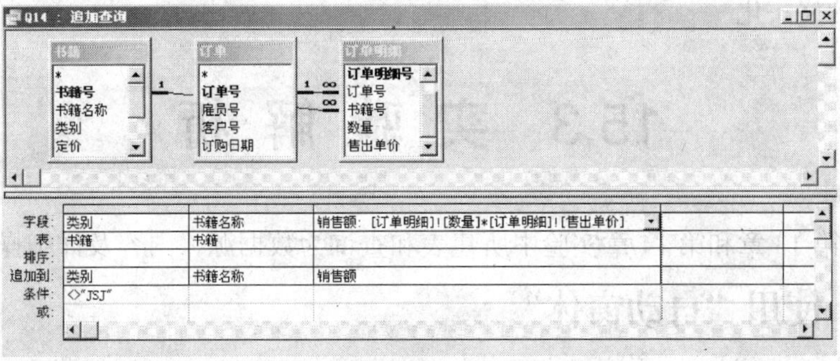

图 14.49　设置追加查询

第 15 章 窗体的设计和应用实验

15.1 实验目的

1. 熟悉 Access 窗体设计的操作环境
2. 了解窗体的基本概念和种类
3. 学会用自动窗体和窗体向导创建窗体
4. 学会在设计视图下创建窗体，熟悉窗体设计视图的使用
5. 建立属性的概念，熟悉属性窗口
6. 掌握常用控件的使用

15.2 实验重点

1. 窗体的创建
2. 认识窗体的组成、结构和类型
3. 工具箱和控件的使用
4. 窗体和控件属性的设置
5. 字段列表的使用
6. 窗体的格式化

15.3 实验解析

本实验以第 13 章和第 14 章实验中所建表和查询为数据源，内容及详细操作步骤如下。

15.3.1 使用“自动窗体”

【实验内容】

（1）用“自动窗体”基于“订单”表创建窗体，保存为“F1”。

（2）用“自动窗体”基于“订单明细”表创建窗体，保存为“F2”。

（3）用“自动窗体”基于“客户”表创建窗体，在窗体设计视图中删除子窗体，保存为“F3”。

【实验方法】Access 提供的“自动窗体”功能是创建具有数据维护功能窗体最快捷的方法，它可以快速创建基于选定表或查询中所有字段及记录的窗体，其窗体布局结构简单。基本方法是：在“表”对象下，选择作为窗体数据源的表，然后执行“插入”菜单的“自动窗体”命令。

注意　如果使用查询作为窗体数据源，应在数据库窗口的“查询”对象下选择相应的查询。

【操作步骤】操作步骤如下。

1. 创建“F1”窗体

（1）选择“订单”表。在“数据库”窗口中，单击“表”对象，选中“订单”表。

（2）执行“自动窗体”命令。单击菜单“插入”→“自动窗体”，或单击工具栏中“新对象”按钮右侧的向下箭头，从弹出的下拉列表中选择“自动窗体”选项。

（3）保存窗体。单击工具栏上的“保存”按钮，在弹出的“另存为”对话框的“窗体名称”文本框中输入“F1”，然后单击“确定”按钮，结果如图 15.1 所示。

注意　对于建立了一对多关系的一方表，使用“自动窗体”创建窗体时，将自动创建主/子窗体。

2. 创建“F2”窗体

（1）选择“订单明细”表。在“数据库”窗口的“表”对象下，选中“订单明细”表。

（2）执行“自动窗体”命令。单击菜单“插入”→“自动窗体”，从弹出的下拉列表中选择“自动窗体”选项。

（3）保存窗体。单击工具栏上的“保存”按钮，在弹出的“另存为”对话框的“窗体名称”文本框中输入“F2”，然后单击“确定”按钮，结果如图 15.2 所示。

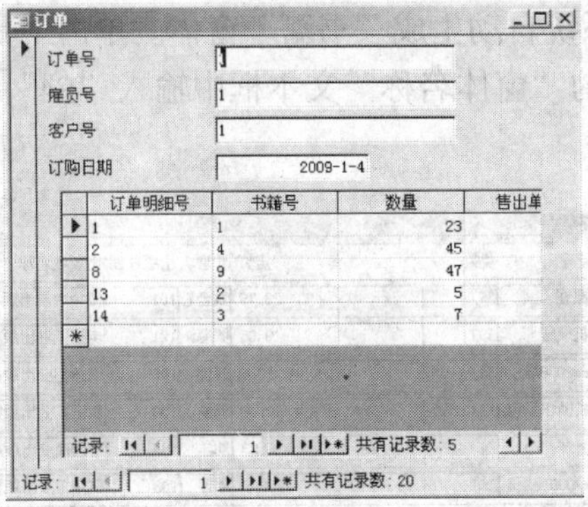

图 15.1　F1 窗体

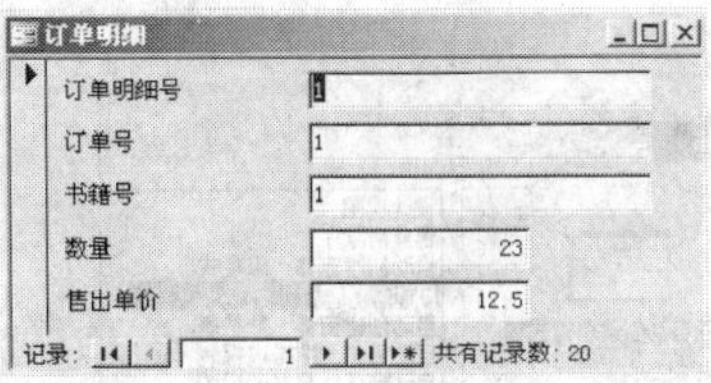

图 15.2　F2 窗体

3. 创建“F3”窗体

（1）选择“客户”表。在“数据库”窗口的“表”对象下，选中“客户”表。

（2）执行“自动窗体”命令。单击菜单“插入”→“自动窗体”，从弹出的下拉列表中选择“自动窗体”选项。

（3）切换到窗体的设计视图。单击窗体设计工具栏上的“视图”按钮或选择“视图”菜单下的“设计视图”，切换到窗体的设计视图。

（4）删除子窗体。单击“订单”表子窗体的框架，按＜Delete＞键删除子窗体，调整窗体的大小。

（5）保存窗体。单击工具栏上的“保存”按钮，在弹出的“另存为”对话框的“窗体名称”文本框中输入“F3”，然后单击“确定”按钮，结果如图 15.3 所示。

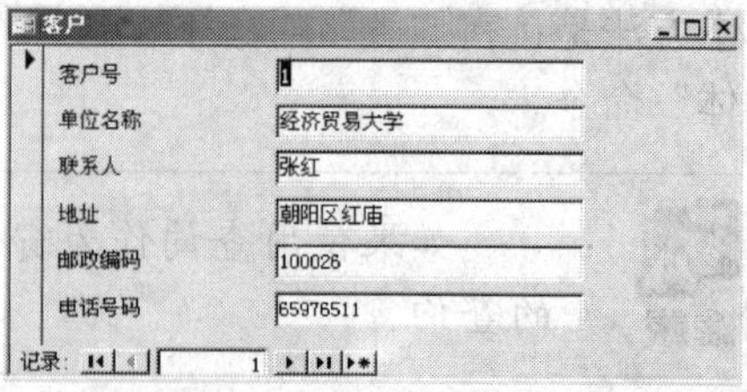

图 15.3　F3 窗体

15.3.2　使用“自动创建窗体”

【实验内容】

（1）以“书籍”表为数据源，用“自动创建窗体”向导创建表格式窗体，保存为“F4”。

（2）以“雇员”表为数据源，用“自动创建窗体”向导创建纵栏式窗体，用命令按钮代替记录导航条的功能，命令按钮上显示图片，保存为“F5”。

【实验方法】使用“自动创建窗体”向导，可以创建 3 种形式的具有数据编辑功能的窗体，包括纵栏式窗体、表格式窗体和数据表窗体。这 3 种窗体显示记录的形式不同，但创建过程是完全相同的，打开“新建窗体”对话框，然后选择自动创建窗体的形式及数据的来源。

【操作步骤】操作步骤如下。

1．创建“F4”窗体

（1）打开“新建窗体”对话框。在“数据库”窗口的“窗体”对象下，单击窗口工具栏“新建”按钮，打开“新建窗体”对话框。

（2）选择创建方法及数据源。在“新建窗体”对话框的列表中选择“自动创建窗体：表格式”，在“请选择该对象数据的来源表或查询:”下拉列表中选择“书籍”表，如图 15.4 所示。

（3）生成并保存窗体。单击“确定”按钮，系统自动生成“书籍”窗体。单击工具栏上的“保存”按钮，在弹出的“另存为”对话框的“窗体名称”文本框中输入“F4”，然后单击“确定”按钮，结果如图 15.5 所示。

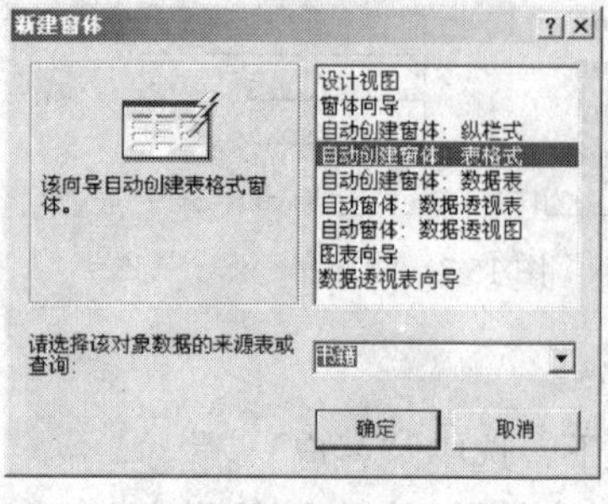

图 15.4　“新建窗体”对话框

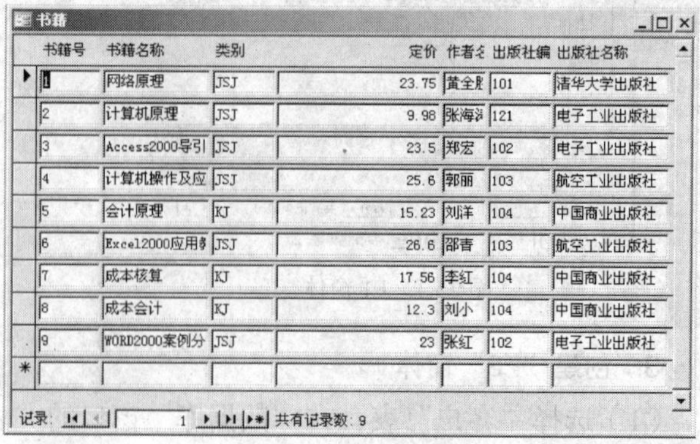

图 15.5　“F4”窗体

2. 创建“F5”窗体

（1）打开“新建窗体”对话框。

（2）选择创建方法及数据源。在“新建窗体”对话框的列表中选择“自动创建窗体：纵栏式”，在“请选择该对象数据的来源表或查询：”下拉列表中选择“雇员”表，然后单击“确定”按钮，系统自动生成“雇员”窗体。

（3）调整窗体页眉/页脚及大小。单击窗体设计工具栏上的“视图”按钮或单击菜单“视图”菜单下的“设计视图”，切换到窗体的设计视图。单击菜单“视图”→“窗体页眉/页脚”，将隐藏的“窗体页眉”和“窗体页脚”节显示出来。并适当调整窗体页眉/页脚的大小，使之实用、美观，如图 15.6 所示。

（4）设置窗体属性。在“属性”对话框的左上对象下拉列表框中选择“窗体”，在“格式”选项卡下将“导航按钮”属性设为“否”，如图 15.7 所示。

注意

单击窗体设计工具栏上的“属性”按钮或在窗体空白位置单击鼠标右键并从弹出的快捷菜单中选择“属性”，可打开/关闭窗体的属性对话框。

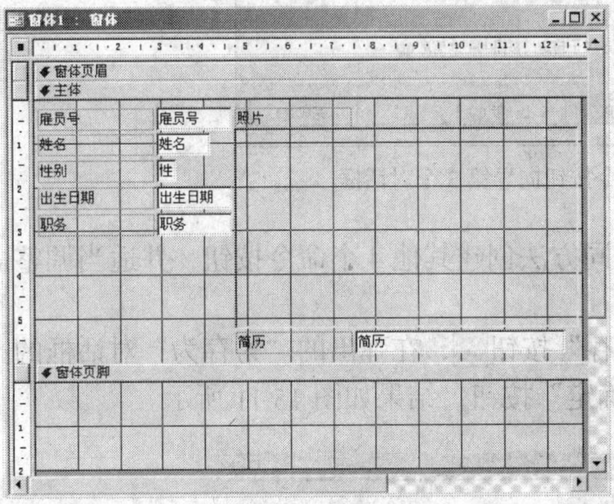

图 15.6　显示“窗体页眉/页脚”节的窗体设计视图

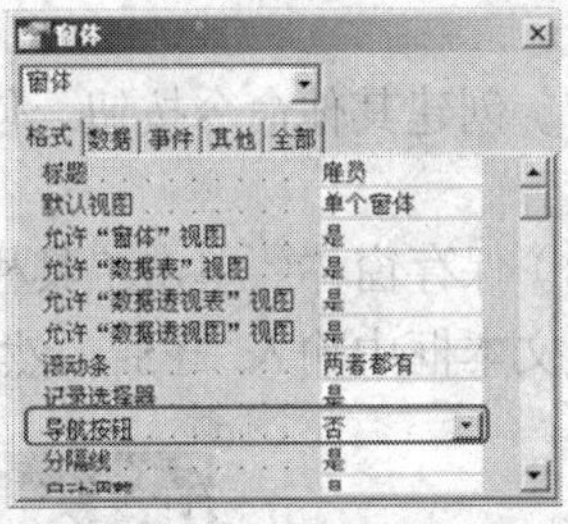

图 15.7　窗体属性对话框

（5）创建“浏览下一条记录”命令按钮。在确保选中工具箱中“控件向导”按钮的前提下，单击工具箱中的“命令按钮”控件，单击窗体页脚适当位置，此时弹出“命令按钮向导”第 1 个对话框，在“类别”列表框中选择“记录导航”，在“操作”列表框中选择该类别下的“转至下一项记录”，如图 15.8 所示。单击“下一步”按钮，弹出“命令按钮向导”第 2 个对话框。在该对话框中指定命令按钮上显示的内容。单击对话框中的“图片”单选按钮，并在其右侧的列表框中任选一项。向导左侧是图片的预览，如图 15.9 所示。

注意

单击工具栏上的“工具箱”按钮或在窗体空白位置单击鼠标右键并从弹出的快捷菜单中选择“工具箱”，可以打开/关闭工具箱。

（6）为命令按钮命名。单击“下一步”按钮，弹出“命令按钮向导”最后一个对话框。在该对话框中指定命令按钮的名称，该名称用来标识命令按钮，这里使用默认值，如图 15.10 所示。单击“完成”按钮。

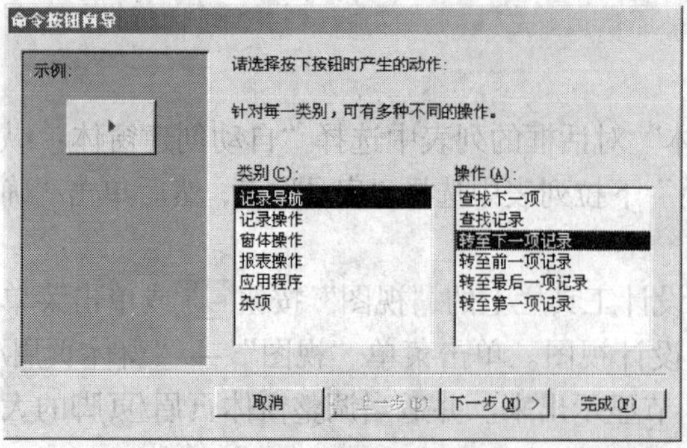

图 15.8　命令按钮向导第 1 个对话框

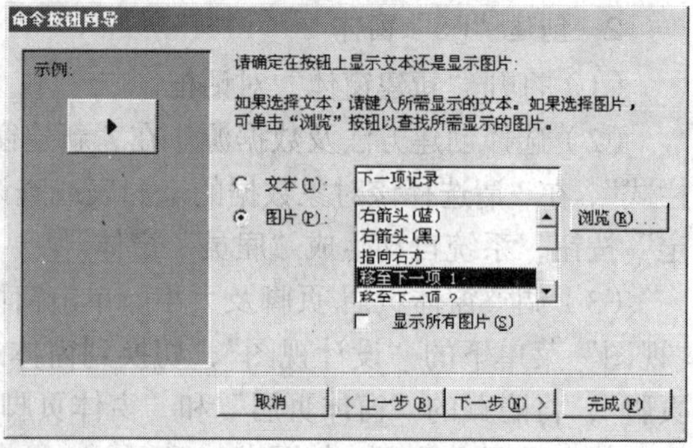

图 15.9　命令按钮向导第 2 个对话框

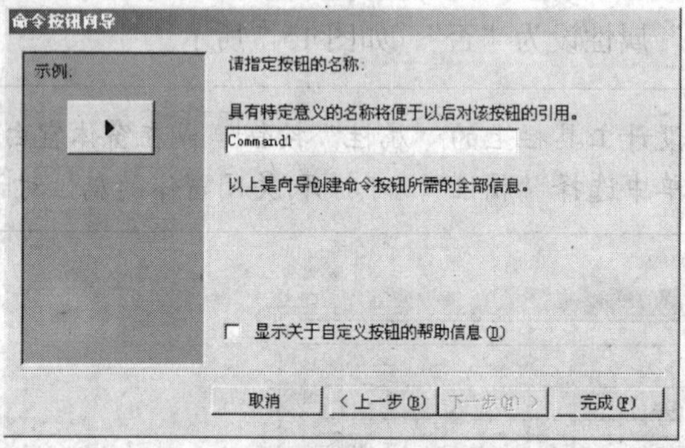

图 15.10　命令按钮向导第 3 个对话框

（7）创建其他命令按钮。使用上述相同方法创建其他 4 个命令按钮，并适当调整命令按钮的位置。

（8）保存窗体。单击工具栏上的“保存”按钮，在弹出的“另存为”对话框的“窗体名称”文本框中输入“F5”，然后单击“确定”按钮。结果如图 15.11 所示。

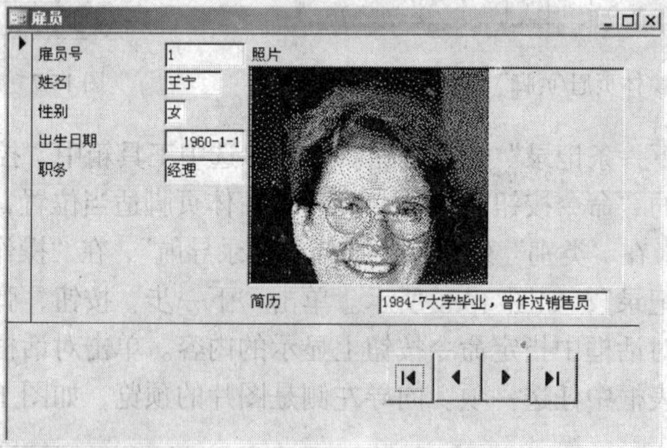

图 15.11　F5 窗体

注意　设置窗体属性时，可先从“属性”对话框的对象下拉列表中选定“窗体”对象，然后进行设置；也可单击窗体选定器，然后直接在“属性”对话框设置窗体属性。

15.3.3　使用图表向导创建窗体

【实验内容】以“Q9”查询为数据源，用“图表向导”选择适当的图表创建一个图表窗体，显示每个雇员销售各类图书的总金额。窗体名为“F6”。

【实验方法】使用“图表向导”可以创建图表窗体。基本方法是：在“新建窗体”对话框中选择“图表向导”及数据来源，然后可以按照向导指示完成设置。

【操作步骤】操作步骤如下。

（1）打开“新建窗体”对话框。

（2）选择数据源。在“新建窗体”对话框的列表中选择“图表向导”，在“请选择该对象数据的来源表或查询：”下拉列表中选择“Q9”查询，然后单击“确定”按钮。

（3）选择字段。在弹出的“图表向导”第 1 个对话框的“可用字段”列表框中，分别双击“姓名”、“JSJ”和“KJ”字段，将其添加到“用于图表的字段”列表中，如图 15.12 所示。

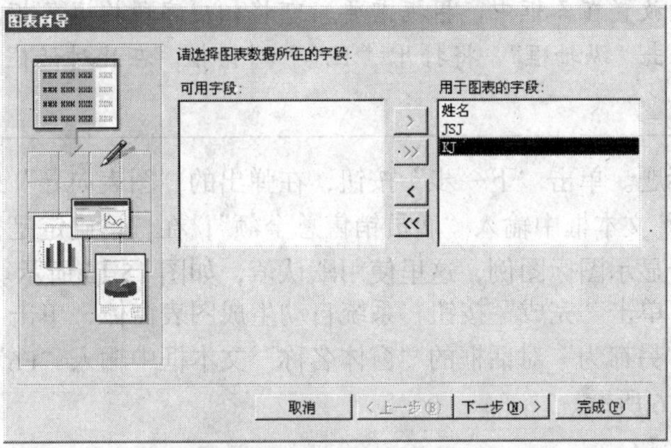

图 15.12　图表向导第 1 个对话框

（4）选择图表类型。单击“下一步”按钮，在弹出的“图表向导”第 2 个对话框中选择一种图表类型。这里使用默认值，如图 15.13 所示。

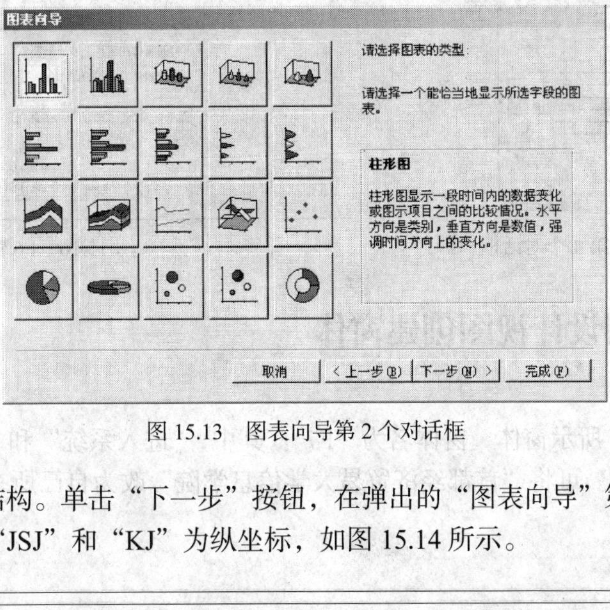

图 15.13　图表向导第 2 个对话框

（5）设置图表结构。单击“下一步”按钮，在弹出的“图表向导”第 3 个对话框中，设“姓名”为横坐标，“JSJ”和“KJ”为纵坐标，如图 15.14 所示。

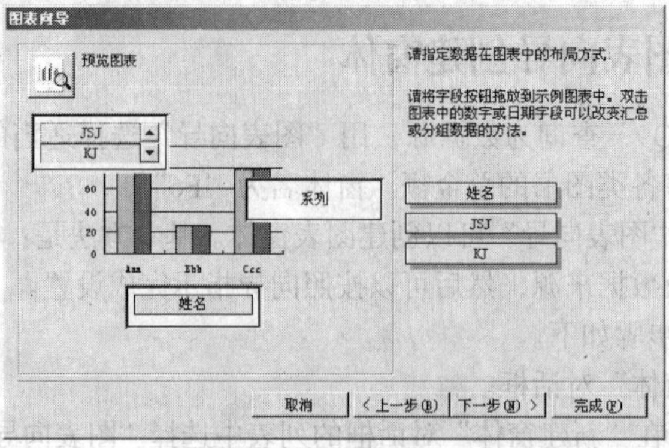

图 15.14　图表向导第 3 个对话框

注意　在图 15.14 中，坐标图下方为横轴框，右侧为系列框，上方为纵轴框。向导已将默认字段放置在各框中，根据需要，可将相应字段拖离各框，或可将其他字段拖进各框。双击“纵轴框”，将打开“汇总”对话框，在此对话框中可以改变对数据的汇总方式。

（6）设置图表标题。单击“下一步”按钮，在弹出的“图表向导”最后一个对话框中的“请指定图表的标题”文本框中输入“雇员销售总金额”；在“请确定是否显示图表的图例”选项组中，指定是否显示图标图例，这里使用默认值，如图 15.15 所示。

（7）保存窗体。单击“完成”按钮，系统自动生成图表窗体，单击工具栏上的“保存”按钮，在弹出的“另存为”对话框的“窗体名称”文本框中输入“F6”，然后单击“确定”按钮，结果如图 15.16 所示。

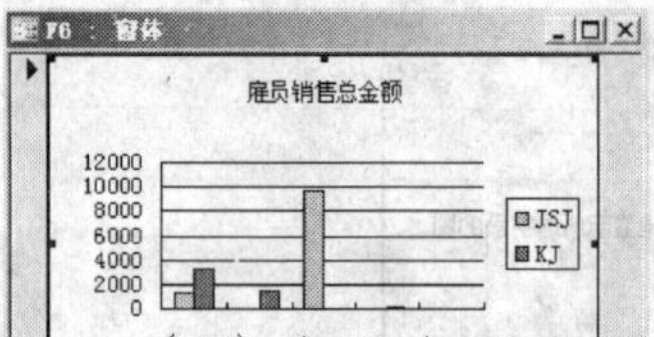

图 15.15　图表向导第 4 个对话框

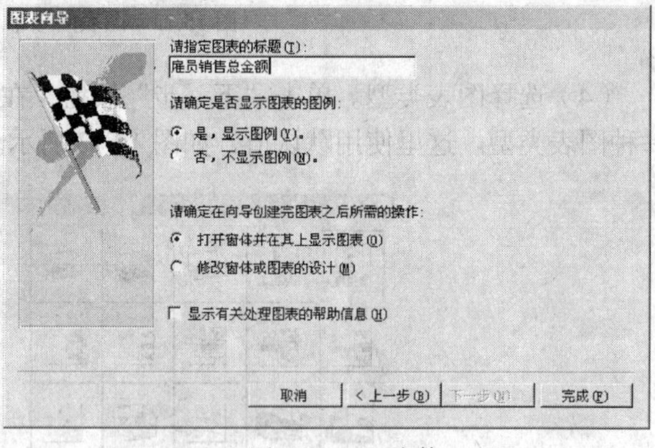

图 15.16　F6 窗体

15.3.4　使用设计视图创建窗体

【实验内容】

1. 创建图 15.17 所示窗体，窗体名为“F7”。其中，“进入系统”和“退出系统”两个命令按钮暂无任何功能。可将“首都经济贸易大学信息学院”改为自己所在院系名。

图 15.17 “图书销售管理系统开始界面”窗体

2. 以“Q1”查询为数据源，创建图 15.18 所示窗体，保存为“F8”。其中，销售金额=数量×单价。“销售金额”标签上显示文字为红色、加粗，“退出”按钮显示文字为蓝色、倾斜、加粗。

3. 创建图 15.19 所示的窗体，保存为“F9”。窗体功能为选中某一单选项，可打开查询实验中所建的相应查询。

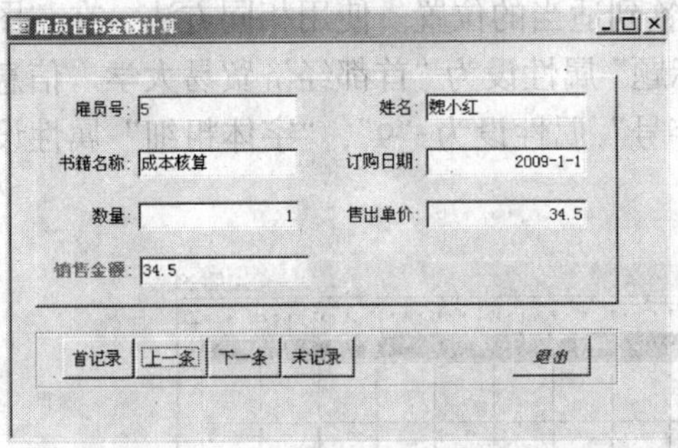

图 15.18 “雇员售书金额计算”窗体

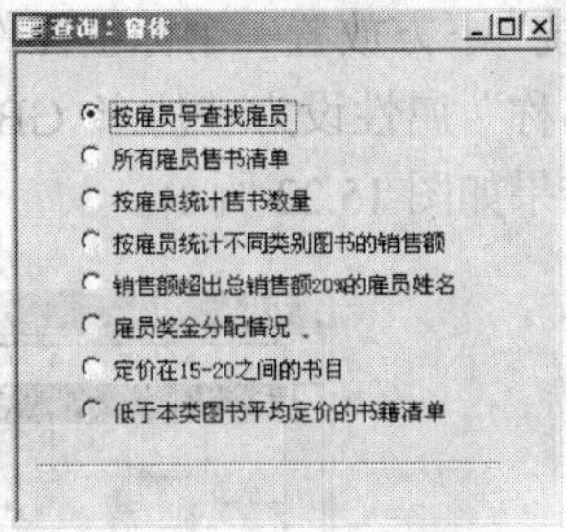

图 15.19 查询窗体

【实验方法】在设计视图下创建窗体，用户可以使用“工具箱”或“字段列表”将所需控件或字段添加到窗体上合适的位置，然后通过“属性”窗口设置它们的“格式”等相关属性，直到达到满意的效果。

【操作步骤】操作步骤如下。

1. 创建“F7”窗体

（1）打开设计视图。在“数据库”窗口的“窗体”对象下，双击“在设计视图中创建窗体”，打开窗体的设计视图。

（2）设置窗体属性。在“属性”对话框左上对象下拉列表中选择“窗体”，在“格式”选项卡下，将“记录选择器”属性、“导航按钮”属性和“分隔线”属性均设为“否”，“标题”属性设为“图书销售管理系统开始界面”，如图 15.20 所示。

（3）在窗体上添加图片。在确保选中工具箱中“控件向导”按钮的前提下，单击工具箱中的“图像”控件，单击窗体主体节适当位置，弹出“插入图片”对话框，选取所需图片，结果如图 15.21 所示。

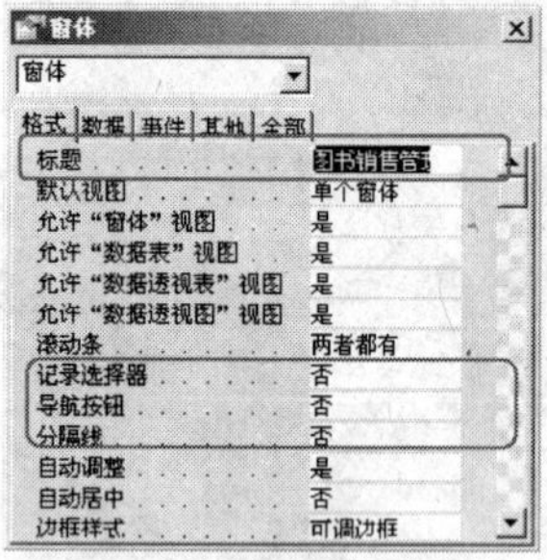

图 15.20 窗体属性对话框

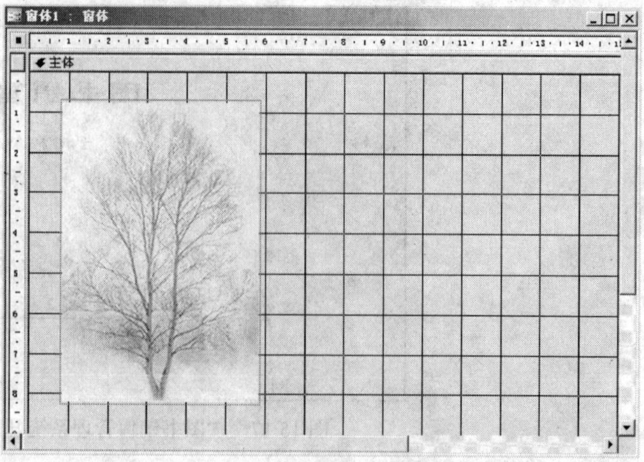

图 15.21 添加图像控件后的窗体设计视图

（4）设置窗体上的显示文本。单击工具箱中的“标签”控件，单击窗体主体节适当位置，添加一个“标签”控件，并在框中输入文字“图书销售管理系统”。选中所添加标签，单击工具栏上“属性”按钮打开“属性”对话框，在“格式”选项卡下，将“字体名称”属性设为“隶书”，“字号”属性设为“26”，“字体粗细”属性设为“加粗”。调整“标签”控件的大小到能够完全显示标题的内容，移动标签到适当的位置。使用相同方法，在“图书销售管理系统”下方放置一个标签控件，并将“标题”属性设为“首都经济贸易大学　信息学院”，“字体名称”属性设为“仿宋_GB2312”，“字号”属性设为“9”，“字体粗细”属性设为“正常”，结果如图 15.22 所示。

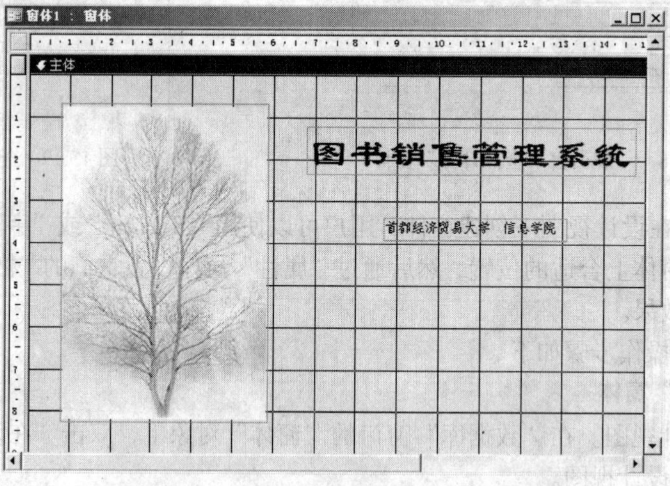

图 15.22 添加标签控件后的窗体设计视图

（5）添加命令按钮。单击工具箱中的“命令按钮”控件，单击窗体主体节适当位置，添加一个命令按钮。选中所添加命令按钮，然后打开“属性”对话框，在“格式”选项卡下，将“标题”属性设为“进入系统”。使用相同方法创建“退出系统”按钮，移动命令按钮到适当的位置，如图 15.23 所示。

（6）保存窗体。单击工具栏上的“保存”按钮，在弹出的“另存为”对话框的“窗体名称”文本框中输入“F7”，然后单击“确定”按钮。窗体视图显示结果如图 15.17 所示。

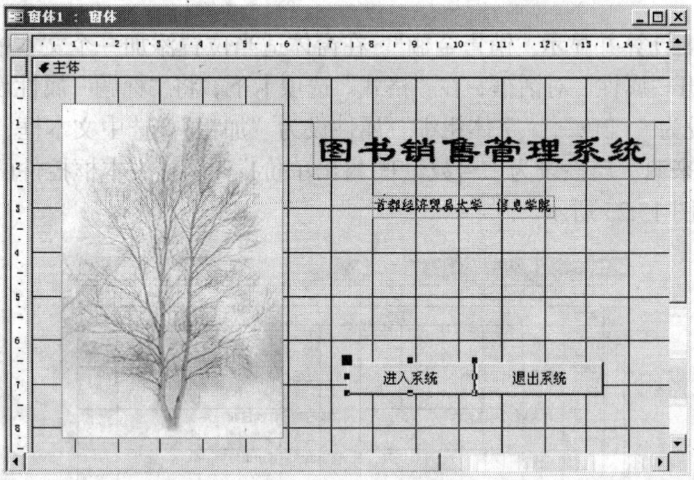

图 15.23　添加命令按钮后的窗体设计视图

注意

移动控件可使用鼠标拖动的方法。精确定位可以在控件选中状态下，按住<Ctrl>键，然后按下键盘上的方向键移动控件。对齐窗体中的多个控件可使用“格式”菜单。

2. 创建“F8”窗体

（1）打开窗体设计视图。

（2）设置窗体属性。在“属性”对话框左上对象下拉列表中选择“窗体”，在“格式”选项卡下，将“记录选择器”属性、“导航按钮”属性和“分隔线”属性均设为“否”，“标题”属性设为“雇员售书金额计算”；在“数据”选项卡下，将“记录源”属性设为“Q1”。

（3）在窗体上添加字段。在弹出的“Q1”字段列表中，按住<Ctrl>键不放，用鼠标依次选中雇员号、姓名、书籍名称、订购日期、数量和售出单价字段，然后将它们拖曳到窗体中合适的位置松开，并使用“格式”菜单下的“对齐”命令，分别调整各字段的位置，如图 15.24 所示。

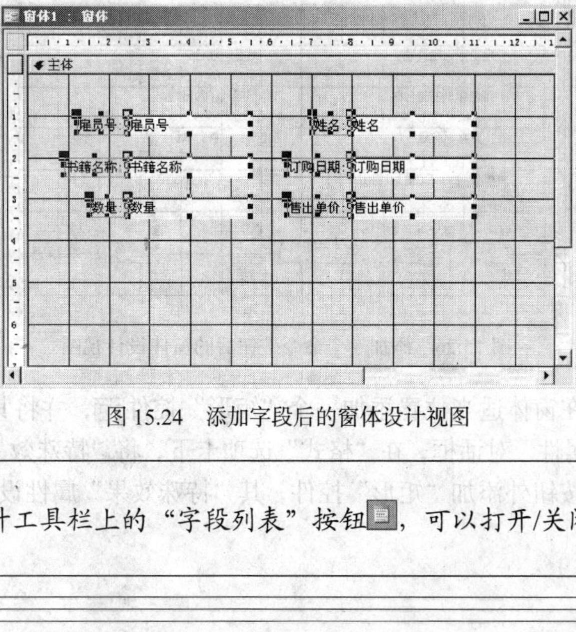

图 15.24　添加字段后的窗体设计视图

注意

单击窗体设计工具栏上的“字段列表”按钮，可以打开/关闭窗体的字段列表。

（4）在窗体上计算并显示“销售金额”。在窗体适当位置添加一个文本框。选中文本框关联标签，然后打开“属性”对话框，在“格式”选项卡下，将“标题”属性设为“销售金额”，“前景色”属性设为“红色”，“字体粗细”属性设为“加粗”。选中文本框，在“数据”选项卡下，将“控件来源”属性设为“=[数量]*[售出单价]”。调整文本框控件的布局使之与其他文本框对齐，如图 15.25 所示。

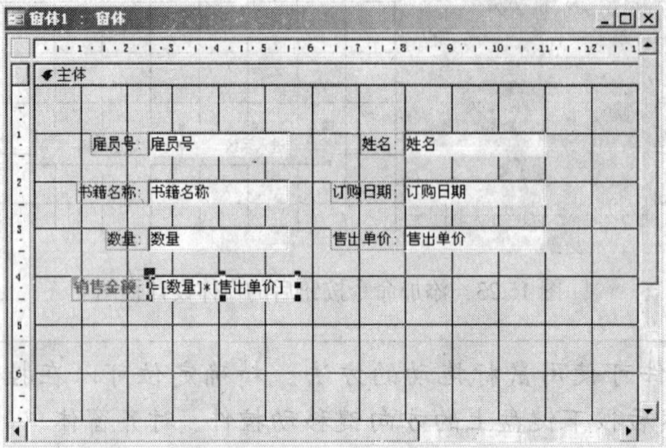

图 15.25　添加计算型文本框后的窗体设计视图

（5）添加并设置浏览记录命令按钮。使用创建命令按钮向导依次添加 5 个命令按钮（具体方法参见 15.3.2 实验 2），并调整命令按钮的位置。其中“退出”按钮，在弹出的“命令按钮向导”第 1 个对话框中选择“窗体操作”类别和该类别下的“关闭窗体”操作；在弹出“命令按钮向导”第 2 个对话框中单击“文本”单选按钮，并在其右侧的文本框中输入“退出”。选中“退出”命令按钮签，然后打开“属性”对话框，在“格式”选项卡下，将“前景色”属性设为“蓝色”，“字体粗细”属性设为“加粗”，“倾斜字体”属性设为“是”，结果如图 15.26 所示。

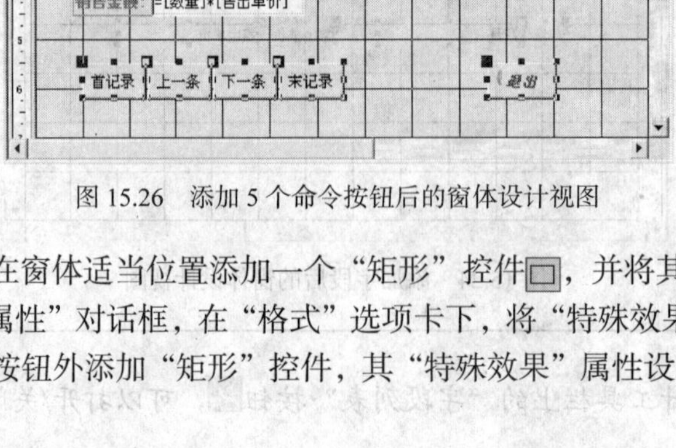

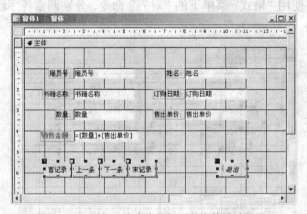

图 15.26　添加 5 个命令按钮后的窗体设计视图

（6）美化窗体。在窗体适当位置添加一个“矩形”控件，并将其拖放至适当大小。选中矩形，然后打开“属性”对话框，在“格式”选项卡下，将“特殊效果”属性设为“凸起”。使用相同方法在命令按钮外添加“矩形”控件，其“特殊效果”属性设为“蚀刻”，结果如图 15.27 所示。

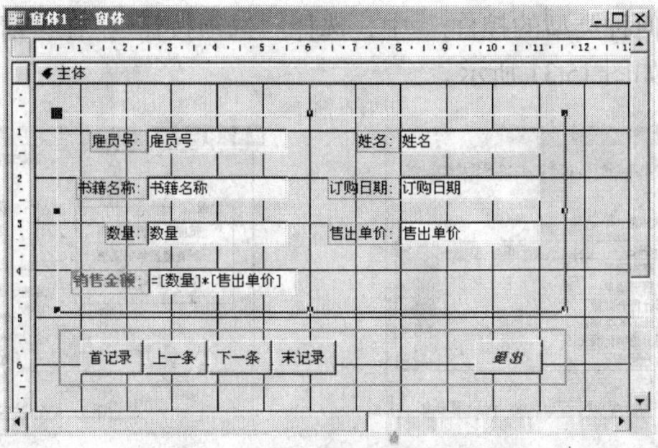

图 15.27　添加矩形后的窗体设计视图

（7）保存窗体。单击工具栏上的“保存”按钮，在弹出的“另存为”对话框的“窗体名称”文本框中输入“F8”，然后单击“确定”按钮，结果如图 15.18 所示。

注意　本实验也可先以“Q1”为数据源，使用窗体向导建立窗体。然后在设计视图下打开该窗体，调整字段控件位置，添加新控件，完成操作。

3. 创建“F9”窗体

（1）打开窗体设计视图。

（2）设置窗体属性。在“属性”对话框左上对象下拉列表中选择“窗体”，在“格式”选项卡下，将“记录选择器”属性、“导航按钮”属性和“分隔线”属性均设为“否”，“标题”属性设为“查询：窗体”。

（3）添加选项组控件，并为每个选项指定标签。在确保选中工具箱中“控件向导”按钮的前提下，单击工具箱中的“选项组”控件，在窗体上单击要放置选项卡的位置，在弹出的“选项组向导”第 1 个对话框中为每个选项指定标签，在“标签名称:”各行中的框内依次输入各个选项显示的文本，如图 15.28 所示。

（4）设置默认选项。单击“下一步”按钮，在弹出的“选项组向导”第 2 个对话框中确定默认选项，这里使用默认值，如图 15.29 所示。

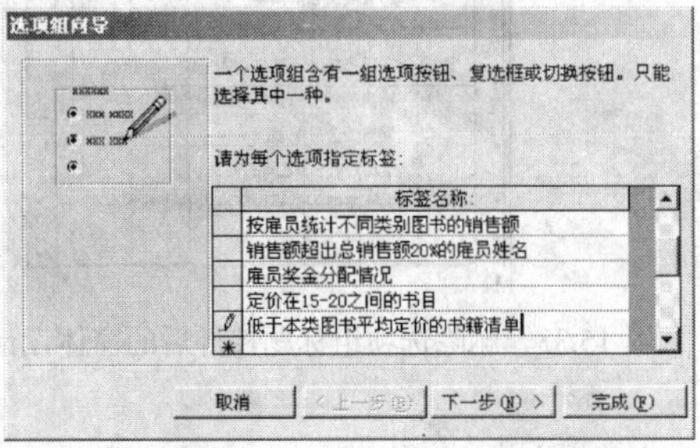

图 15.28　确定选项数目及其上的文本

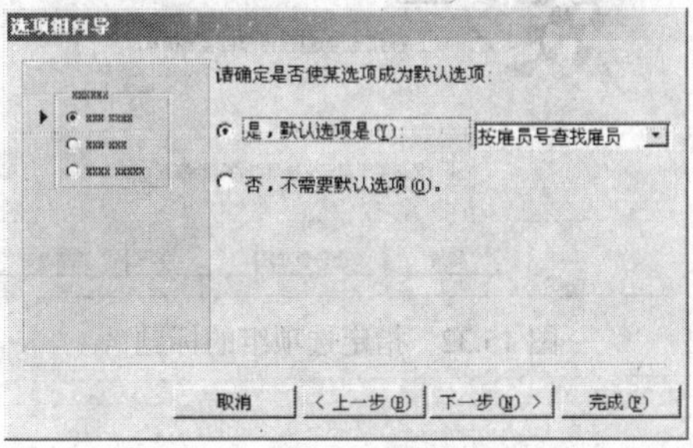

图 15.29　确定默认选项

（5）设置选项的值。单击“下一步”按钮，在弹出的“选项组向导”第 3 个对话框中为每个选项赋值，即该选项被选中时选项组的值，这里使用默认值，如图 15.30 所示。

（6）选择控件类型。单击“下一步”按钮，在弹出的“选项组向导”第 4 个对话框的“请确定在选项组中使用何种类型的控件:”中，选择“选项按钮”，在“请确定所用样式:”下单选按钮中任选一项，如图 15.31 所示。

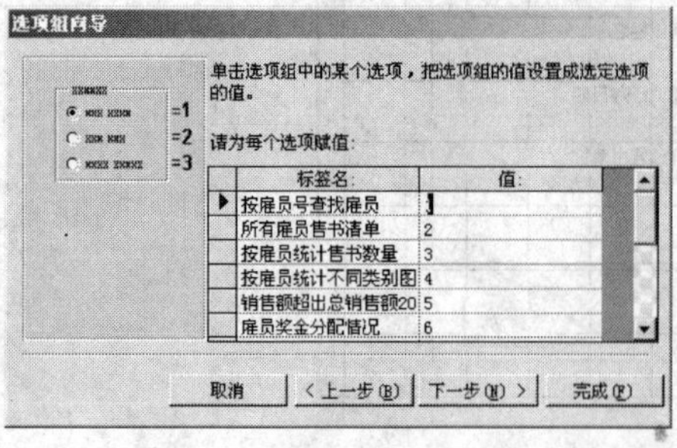

图 15.30　为每个选项赋值

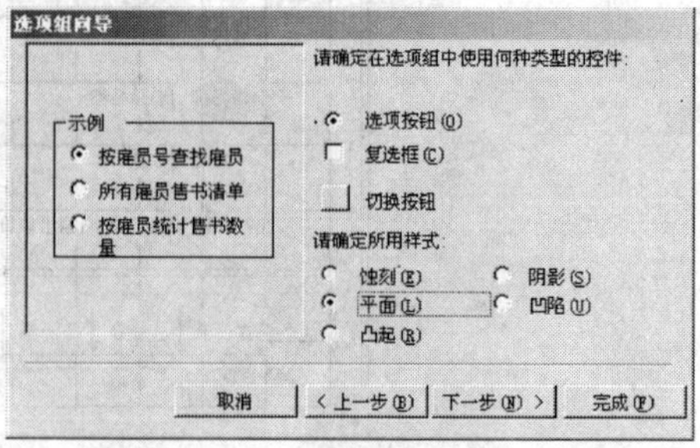

图 15.31　确定选项的控件类型及样式

（7）设置选项组标题。单击“下一步”按钮，弹出“选项组向导”最后一个对话框。在该对话框中指定选项组的标题，这里使用默认值，如图 15.32 所示。

（8）设置窗体属性。单击“完成”按钮，回到窗体的设计视图。选中所添加的选项组，然后打开“属性”对话框，在“格式”选项卡下，将“特殊效果”属性设为“平面”,“边框样式”属性设为“透明”。选中选项组的标题，按<Delete>键将其删除，如图 15.33 所示。

（9）美化窗体。单击工具箱中的“直线”控件，按住<Shift>键在选项组下方拖动出适当大小。选中所添加直线，然后打开“属性”对话框，在“格式”选项卡下，将“特殊效果”属性设为“蚀刻”。

（10）保存窗体。单击工具栏上的“保存”按钮，在弹出的“另存为”对话框的“窗体名称”文本框中输入“F9”，然后单击“确定”按钮，结果如图 15.19 所示。

注意　本实验所建窗体不具有打开相应查询的功能，要完成打开查询功能需要使用宏或 VBA 编程。

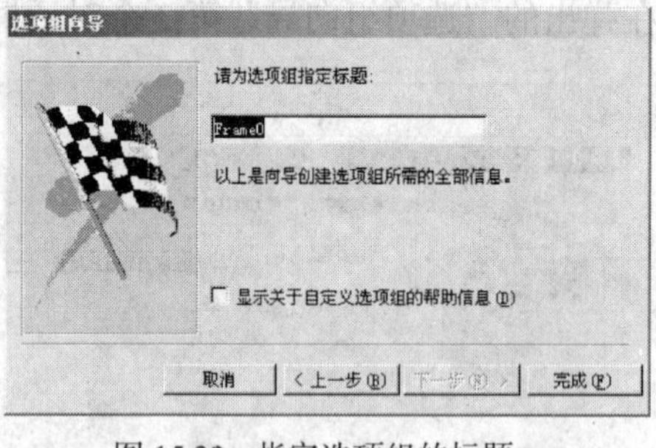

图 15.32　指定选项组的标题

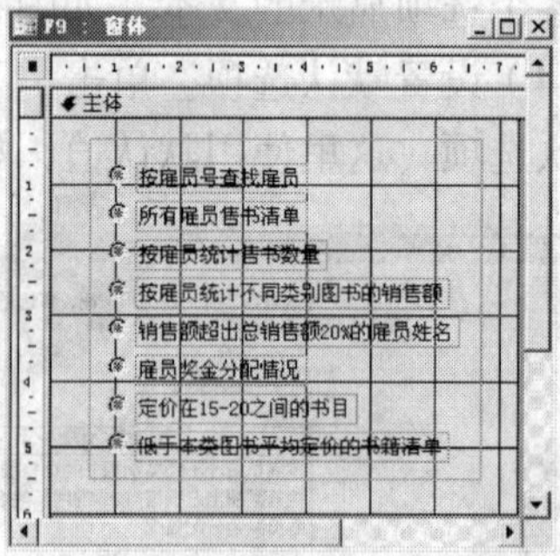

图 15.33　删除选项组标题控件后的窗体设计视图

第 16 章 报表的建立和管理

16.1 实验目的

1. 熟悉 Access 报表设计的操作环境
2. 了解报表的基本概念和种类
3. 学会用自动报表和报表向导建立报表
4. 掌握在设计视图下建立报表
5. 掌握报表中记录的排序与分组的方法，熟练运用报表设计中的各种统计汇总的技巧

16.2 实验重点

1. 使用报表向导创建报表
2. 报表设计视图下各节的不同应用
3. 报表中的分组统计
4. 使用图表向导建立图表报表
5. 使用标签向导建立标签报表
6. 报表的美化

16.3 实验解析

本实验以第 13 章和第 14 章实验中所建表和查询为数据源，内容及详细操作步骤如下。

16.3.1 使用报表向导创建报表

【实验内容】使用报表向导，以相应表为数据源，创建“订单”报表、“订单明细”报表和“雇员”报表。报表名分别为“R1”、“R2”和“R3”。

【实验方法】建立报表有 3 种常用方法：自动创建报表、使用向导创建报表和在设计视图中创建报表。自动创建报表是最快捷的创建报表的方法，它的特点是单一数据源，有表格式

和纵栏式两种。使用向导创建报表可以基于多个数据源，设置数据的排序和分组，产生各种汇总信息，是最常用的创建报表的方法。无论采用哪种方式创建报表，都可以在报表设计视图中修改，也可以在报表设计视图中创建报表。

本实验要求创建的 3 个报表，都是基于单一的数据源，可以考虑用自动创建报表的方式创建。自动创建报表的方法有两种：一种是在“新建报表”对话框中选择“自动创建报表”，可以创建“表格式”和“纵栏式”两种报表；另一种是在数据库窗口中选定数据源后，在“插入”菜单下选择“自动报表”，此种方式生成的报表是纵栏式报表。因为“雇员”表中有储存雇员照片的字段，且该数据表记录数不多，考虑采用纵栏式报表，用第二种方法创建；其他两个报表采用表格式报表，用第一种方法创建。

【操作步骤】操作步骤如下。

（1）打开数据库文件。单击开始菜单“开始”→“程序”→“Microsoft Office”→“Microsoft Office Access 2003”，单击菜单“文件”→“打开”，在弹出的对话框中找到“图书销售管理.mdb”文件，并打开。

（2）打开“新建报表”窗口。在“数据库”窗口的“报表”对象下，单击“新建”按钮 新建(N)，打开“新建报表”对话框。

（3）指定创建报表的方式和数据源。单击“自动创建报表：表格式”选项，单击窗口右下组合框右端向下箭头，从弹出的数据源列表中选择“订单”，作为报表的数据源，设置结果如图 16.1 所示。

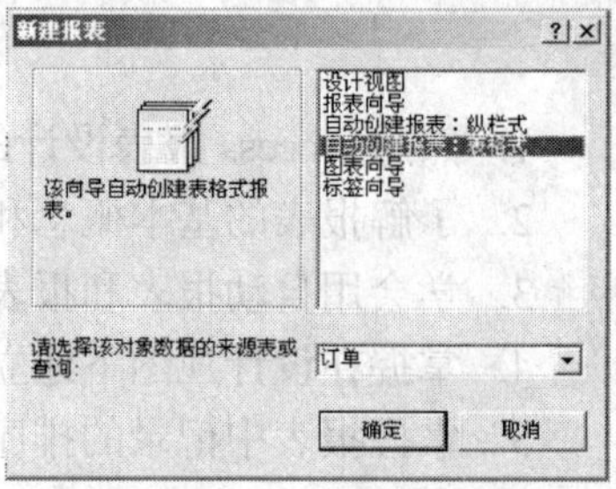

图 16.1　新建报表对话框

（4）创建报表。单击“确定”按钮，生成报表如图 16.2 所示。

（5）保存报表。单击菜单“文件”→“另存为”，打开“另存为”对话框，输入报表名称“R1”，单击“确定”，设置结果如图 16.3 所示。

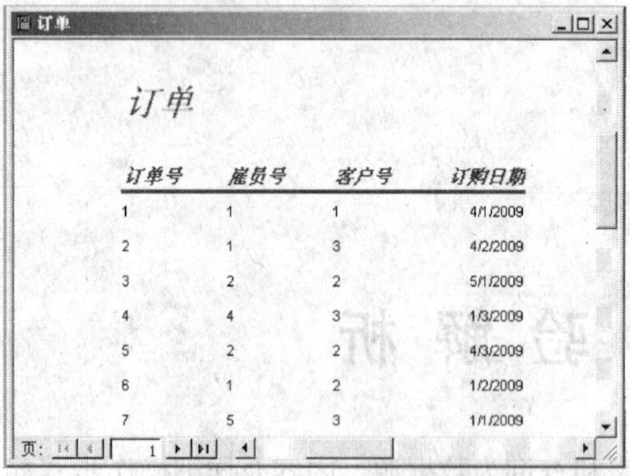

图 16.2　报表预览视图

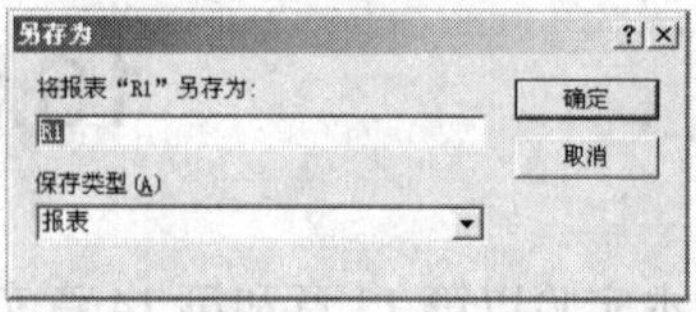

图 16.3　中指定报表对象名称

注意　自动创建报表方法创建的报表，系统以数据源的名称作为报表的标题和报表对象的名称。当需要另外指定名称时，须打开“另存为”对话框，输入报表的名称。

（6）重复步骤（2）至步骤（5），在步骤（3）中选择“订单明细”为数据源，创建报表 R2。

以下步骤为使用“自动报表”创建“雇员”表。

（7）选择数据源。在“数据库”窗口中，单击“表”对象，选择窗口中的“雇员”表。

（8）用“自动报表”创建报表。单击数据库工具栏上的“新对象”按钮右侧向下箭头，在弹出的下拉列表中选择“自动报表”，如图 16.4 右图所示。生成纵栏式报表如图 16.4 左图所示。

图 16.4　用“自动报表”创建纵栏式报表

（9）保存报表。单击菜单“文件”→“另存为”，打开“另存为”对话框，输入报表名称为“R2”，单击“确定”按钮。

注意　应用“自动报表”还有一个途径，就是选定数据源（可以是表对象，也可以是查询对象）后，单击菜单“插入”→“自动窗体”，自动生成报表。

16.3.2　使用报表向导创建报表

【实验内容】以“Q1”为数据源，打印输出“订单明细”表中的所有书目，包括书籍名称、售出单价、数量、出版社名称以及订单号，并按“订单号”排序。报表名为“R4”。

【实验方法】表对象和查询对象都可以作为报表的记录源。本实验是以查询为记录源，用报表向导创建报表。使用报表向导创建报表时，向导会提示用户选择数据源、字段、版面及所需的格式，向导根据用户的选择来创建报表。在向导提示的步骤中，用户可以从多个数据源选择输出的字段，可以设置数据的排序与分组，产生各种汇总数据，还可以生成带子报表的报表。

【操作步骤】操作步骤如下。

（1）启动报表向导，确定记录源及输出的字段。在数据库窗口的“报表”对象下，双击“使用向导创建报表”，弹出“报表向导”对话框。从“表/查询”的下拉列表中选择“查询：Q1”，此时“可用字段”列表框中显示该查询包含的字段，分别双击“可选字段”中“书籍名称”、“售出单价”、“数量”、“出版社名称”以及“订单号”，将其移到“选定的字段”列表框中，结果如图 16.5 所示。

（2）确定查看数据的方式。“Q1”查询的数据源包含 3 个表，即“订单”、“订单明细”、“书籍”，其中“订单”表和“订单明细”表是一对多的关系，“书籍”表和“订单明细”表也是一对多的关系，因此“订单明细”表是 3 个表中的子表。单击“下一步”按钮，这里选择查看数据的方式是“通过订单明细”结果如图 16.6 所示。

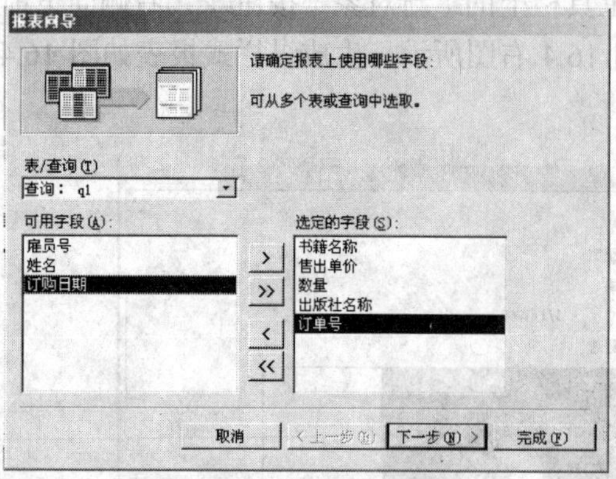

图 16.5　确定输出的字段

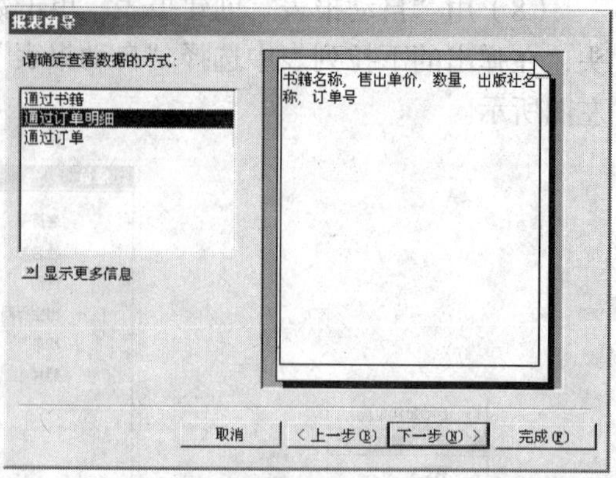

图 16.6　确定查看数据的方式

注意　当输出的字段来自相关联的数据源对象时，可以选择不同的查看数据的方式。当选择从主表查看数据时，系统将关于主表中的相关字段分组，产生分组节并可以继续指定汇总项；当选择从子表查看数据时，由报表向导生成的是明细项的报表。

（3）确定是否添加分组级别。在上一个步骤中，如果选择的是从主表查看数据的方式，则系统已经产生了一个分组，这里可以指定下一级的分组，Access 报表最多支持 4 级分组。单击“下一步”按钮。因为本报表只要求明细形式的数据，所以这个步骤不做任何操作。结果如图 16.7 所示。

（4）确定排序。单击“下一步”按钮。Access 报表向导最多支持 4 种排序方式，选择按“订单号”排序，结果如图 16.8 所示。

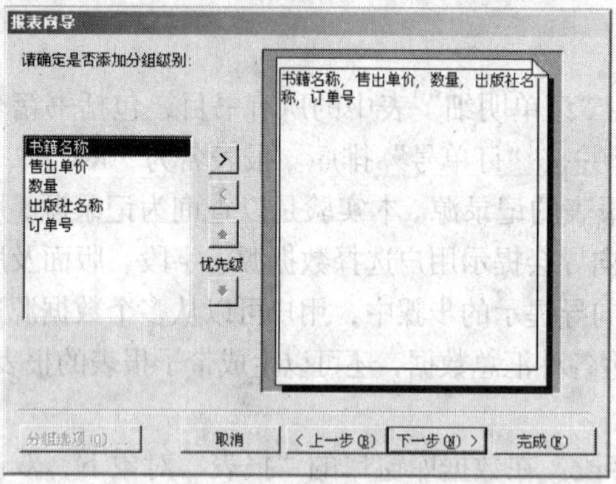

图 16.7　确定是否添加分组级别

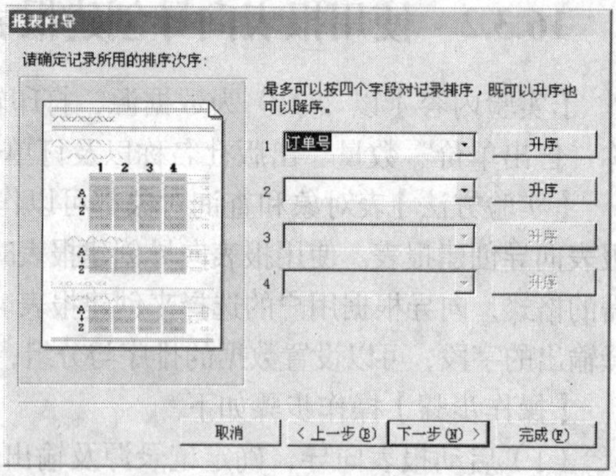

图 16.8　确定排序

（5）确定报表的布局方式。单击“下一步”按钮，选择“表格”布局方式，纵向打印，结果如图 16.9 所示。

（6）确定报表的样式。单击“下一步”按钮。报表向导提供了 6 种预置的报表样式，这里选择“组织”样式，结果如图 16.10 所示。

（7）指定报表标题。单击“下一步”按钮。向导以查看数据的方式的基础表的名称为报表默认的标题，当前是“订单明细”，用户可以另行指定。这里采用系统默认的标题，结果如图 16.11 所示。

注意　此时指定的报表的标题也是最后生成的报表对象的名称。

（8）生成报表。单击“完成”按钮。生成报表的预览视图如图 16.12 所示。

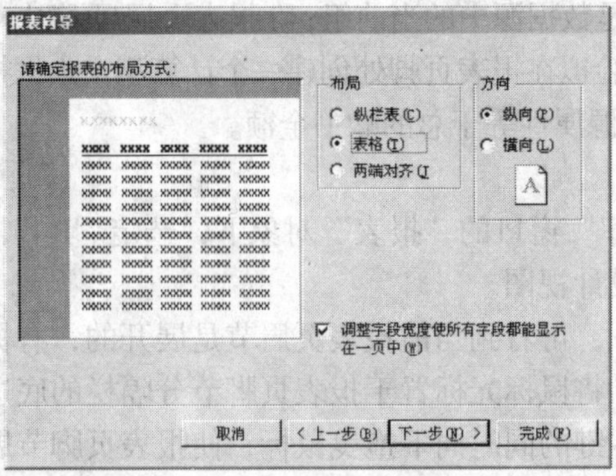

图 16.9　确定报表的布局方式

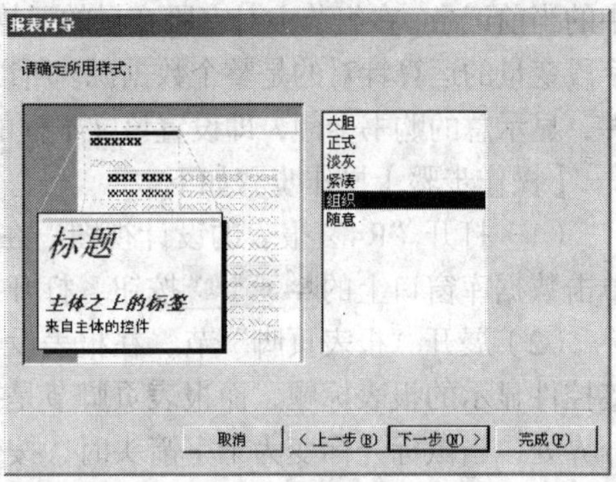

图 16.10　确定报表的样式

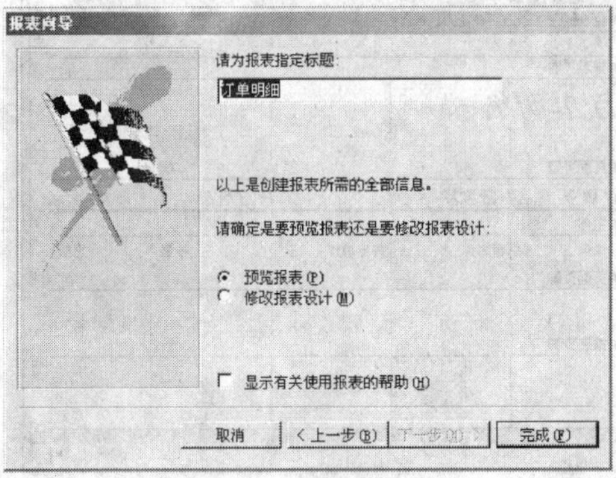

图 16.11　指定报表标题

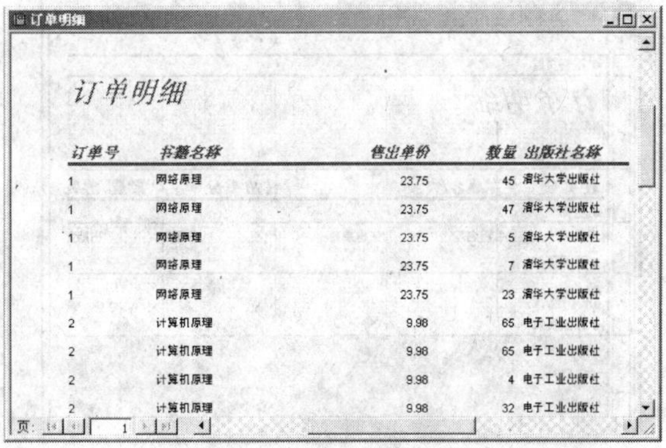

图 16.12　报表预览视图

（9）指定报表名称。单击菜单“文件”→“另存为”，打开“另存为”对话框，输入“R4”，如图 16.13。单击“确定”按钮。

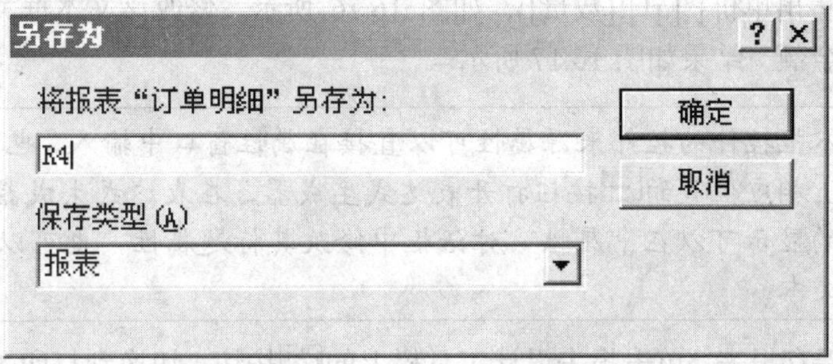

图 16.13　指定报表名称

16.3.3 在报表页脚处生成全部记录的汇总数据

【实验内容】在“R4”报表页脚处打印输出总的购书金额。

【实验方法】报表上的数据一般是用文本框控件来体现。绑定到字段的文本框控件显示数据库中的数据；计算型文本框控件显示统计汇总的数据。如果把计算型文本框控件放置在报表页眉或报表页脚处，则该处的统计运算是针对整个数据源的运算。关于如何准确地在报表中实现各种统计运算，需要掌握这样一个原则，即：在主体节中对字段变量的运算针对的是数据源中的当前记录；在组节中对字段变量的运算针对的是数据源中的当前组；在报表页眉/页脚中对字段变量的运算针对的是整个数据源。所以，本实验拟在报表页脚处创建一个计算型文本框控件，显示总的购书金额，即设置该文本框的控件来源属性等于总的购书金额。

【操作步骤】操作步骤如下。

（1）打开“R4”报表的设计视图。在“数据库”窗口的“报表”对象下，选定“R4”，单击数据库窗口上的“设计(D)”按钮，打开报表的设计视图。

（2）展开“报表页脚”节。在报表设计视图下，可看到当前报表页眉节是展开的，有标签控件显示的报表标题，而报表页脚节是折叠的。将鼠标光标置于报表页脚节分隔栏的底边分界处，当鼠标光标变为十字箭头时，按住鼠标左键的同时向下拖曳鼠标，使报表页脚节展开到需要的高度，如图 16.14、图 16.15 所示。

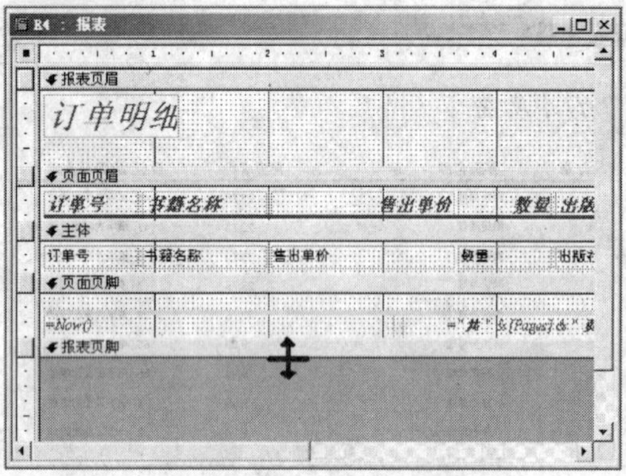

图 16.14 展开报表页脚节

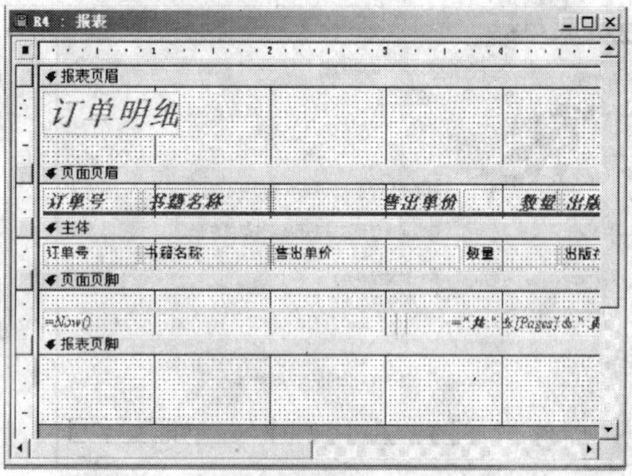

图 16.15 展开后的报表页脚节

（3）在“报表页脚”节创建计算型文本框控件。在报表页脚节创建文本框控件，选定新建的文本框控件，单击报表设计工具栏上的按钮打开“属性”对话框，设置控件来源属性为：=Sum([q1]![售出单价]*[q1]![数量])，如图 16.16 所示。修改该文本框关联的标签控件的标题为：总购书金额。结果如图 16.17 所示。

注意 文本框控件的控件来源属性可以直接在属性窗口中输入，也可以单击“属性”对话框上相应位置的按钮打开表达式生成器，在表达式生成器中生成。修改标签控件的显示可以在“属性”对话框中修改其标题属性，也可以直接在标签控件上编辑文本。

（4）预览并保存报表。单击报表设计工具栏上的按钮，切换到打印预览视图，效果如图16.18所示。保存并关闭报表。

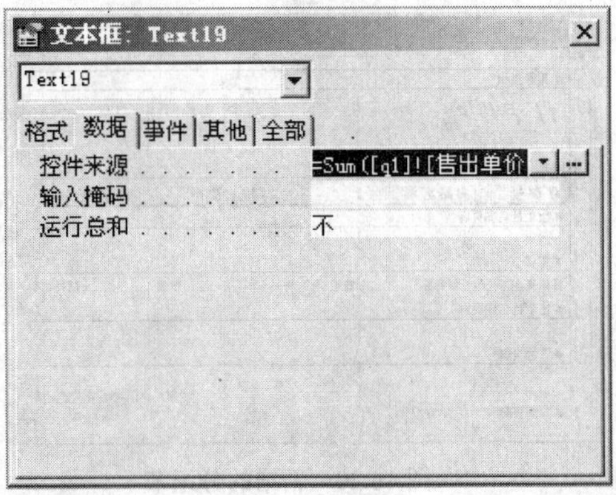

图 16.16　属性窗口

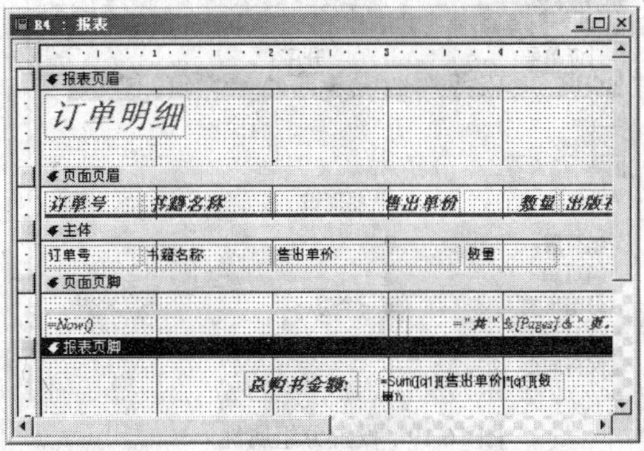

图 16.17　在报表页脚节创建计算型文本框

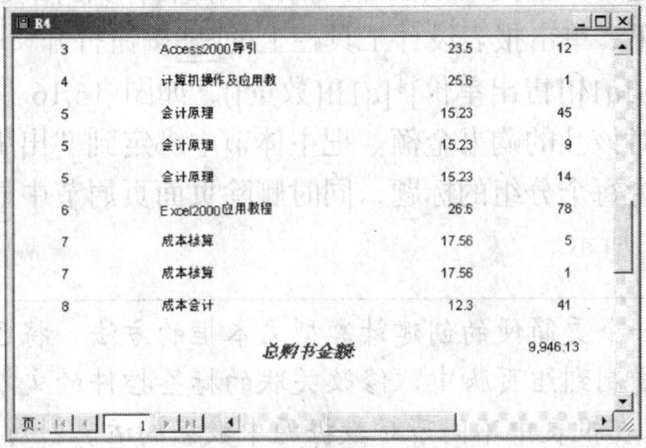

图 16.18　报表预览视图

16.3.4　在报表中应用分类汇总

【实验内容】修改“R4”报表，以出版社名称分组，打印输出对各出版社的购书金额。

【实验方法】要在报表中实现分类汇总，就需要在创建报表时，指定分类字段，以便进行分组统计。在使用“报表向导”创建报表的过程中，“请确定查看数据的方式”和“请确定是否添加分组级别”两个步骤就是进行分组的操作；如果在报表设计视图下，则是在“排序与分组”对话框中指定排序与分组的字段。本实验在报表设计视图下进行。

【操作步骤】操作步骤如下。

（1）增加组页眉/页脚节。在“R4”报表的设计视图下，单击“报表设计”工具栏上的按钮，打开“排序与分组”对话框。在“排序与分组”对话框中，增加“出版社名称”的排序，指定为升序方式，在该“组属性”中，设置“组页眉”和“组页脚”的值为“是”，如图 16.19 所示。关闭“排序与分组”对话框，这时在报表设计视图中创建了组页眉/页脚节，如图 16.20 所示。

注意

产生组节（组页眉/页脚）的过程首先是指定分组字段的排序，然后才可以设置其组属性。当修改其“组页眉”、“组页脚”属性为“是”，系统才产生相应的组节。用户可以根据需要确定产生哪些组节。一般在组页眉中放置分组字段的值，在组页脚中放置统计汇总的数据。

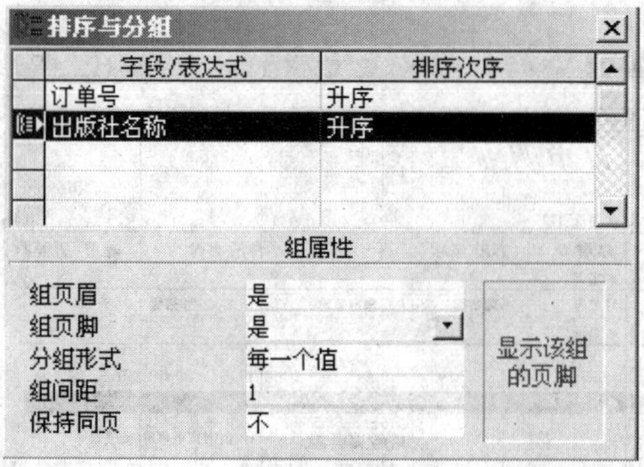

图 16.19　设置分组属性

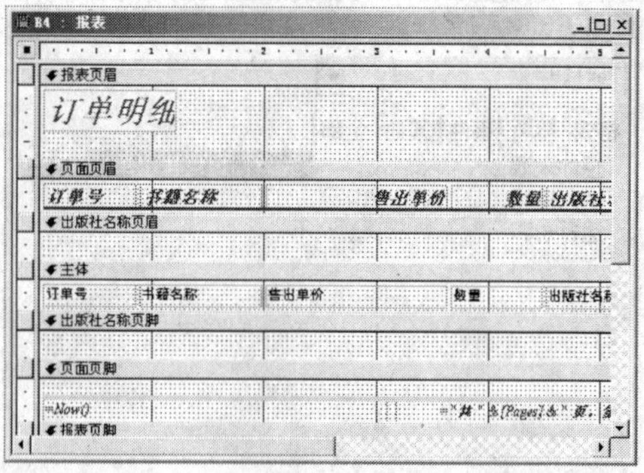

图 16.20　新增的分组节

（2）在组页脚中创建计算型文本框控件。在出版社名称页脚节创建文本框控件，在新建文本框控件选定的状态下，单击报表设计工具栏上的按钮打开“属性”对话框，设置“控件来源”属性为：=Sum([q1]![售出单价]*[q1]![数量])，如图 16.16 所示。修改该文本框关联的标签控件的标题为：对该社的购书金额。把主体节中绑定到“出版社名称”字段的文本框控件移到组页眉节，作为每个分组的标题，同时删除页面页眉节中显示“出版社名称”的标签控件，结果如图 16.21 所示。

注意　此处还有一个更简便的创建计算型文本框的方法，将已建立的计算总购书金额的文本框控件复制到组页脚中，修改关联的标签控件的文本，就可以了。这种应用的理论基础是，在报表中不同节对数据源中数据的运算针对的是记录源的不同子集。

（3）修改报表标题。选中报表页眉中的标签控件，单击报表设计工具栏上的按钮打开“属性”对话框，设置标题属性为：对各出版社的购书金额。设置结果如图 16.22 所示。

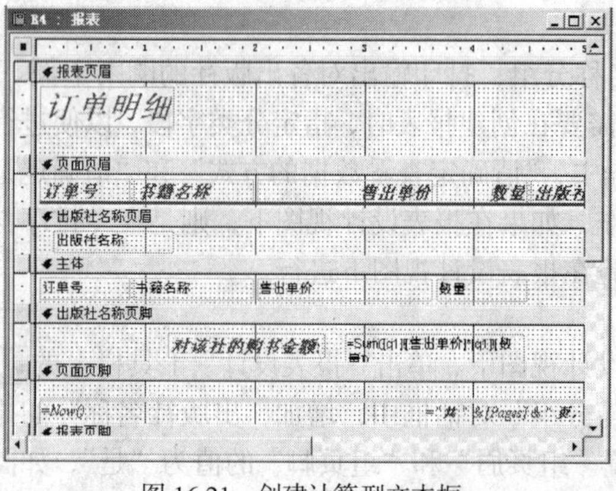

图 16.21　创建计算型文本框

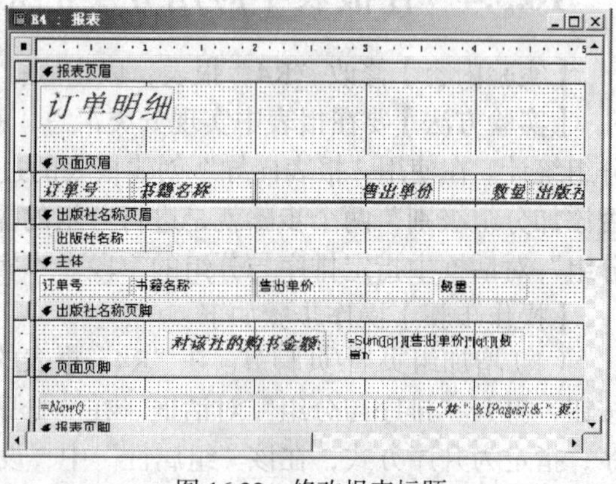

图 16.22　修改报表标题

（4）修改汇总数据的显示格式。选中组页脚节中的文本框控件，单击报表设计工具栏上的按钮打开“属性”对话框，设置格式属性为“标准”，设置小数位数为“2”。同理，修改报表页脚处的显示输出总购书金额的文本框控件。文本框控件的格式属性设置如图 16.23 所示。

注意　对同类控件的格式属性设置可以一次进行。单击组页脚中的文本框控件，在按住<Shift>键的同时单击报表页脚中的文本框控件，就同时选中了两个文本框控件，可在“属性”对话框中一并设置其格式属性。

（5）预览并保存报表。切换到报表打印视图，效果如图 16.24 所示。保存并关闭报表。

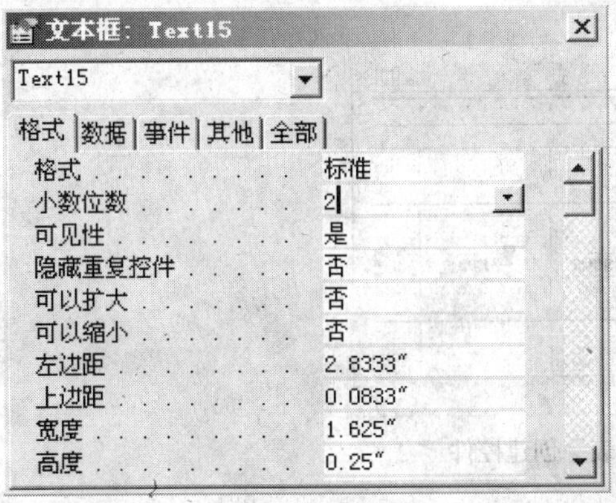

图 16.23　修改文本框

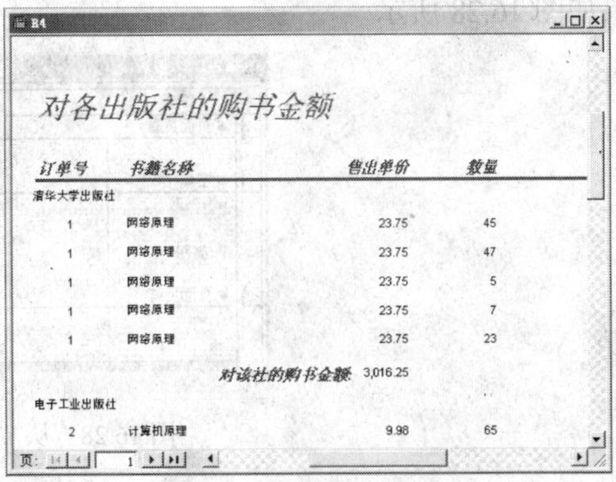

图 16.24　报表预览视图

16.3.5　在报表中使用计算字段并排序

【实验内容】打印输出各类书籍的平均定价，并按平均定价的升序排列，报表名为“R5”。

【实验方法】在这个实验中要回溯到创建查询。当作者启动报表向导，忠实地按步骤一步步创建按书籍类别分组并计算每组平均单价的报表时，发现最后此路不通，在报表的设计视图下无法指定记录按平均单价的升序排列。因为每一个书籍类别的分组对应一个平均单价，要实现按书籍类别的分组，必先指定按书籍类别的排序，所以书籍类别的排序决定了平均单价的排列，无法再指定关于平均单价的排序，所以，需先建立一个合适的查询作为报表的记录源，该查询输出的字段是书籍“类别”和每类别书籍的平均单价，并指定输出的字段按平均单价的升序排列。以此查询作为报表的记录源，就可以方便地创建按平均单价升序排列的报表了。

【操作步骤】操作步骤如下。

（1）创建作为数据源的查询。按照题目要求，创建一个查询，作为所建报表的数据源。新建查询如图 16.25 所示。

（2）启动报表设计器。在“数据库”窗口的“报表”对象下，双击“在设计视图中创建报表”选项进入报表设计视图。

（3）确定报表的记录源。单击报表设计工具栏上的按钮打开“属性”对话框，从“记录源”属性设置的下拉列表中选择“不同类别书籍的平均单价”，如图 16.26 所示。此时弹出“字段列表”窗口，如图 16.27 所示。

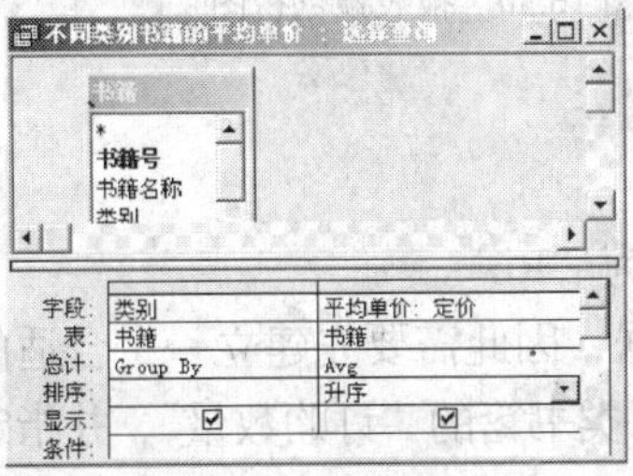

图 16.25　创建查询作为数据源

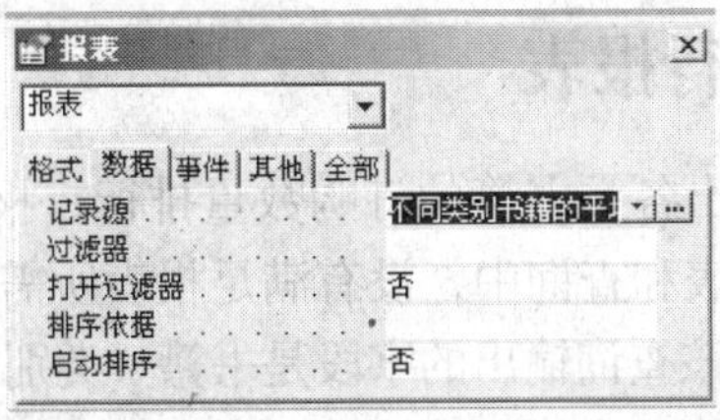

图 16.26　属性窗口

图 16.27　字段列表

（4）在报表中添加显示输出的字段。依次从“字段列表”中将“类别”和“平均单价”

字段拖曳到主体节的相应位置松开，创建了绑定到字段的文本框控件和关联的标签控件，结果如图 16.28 所示。

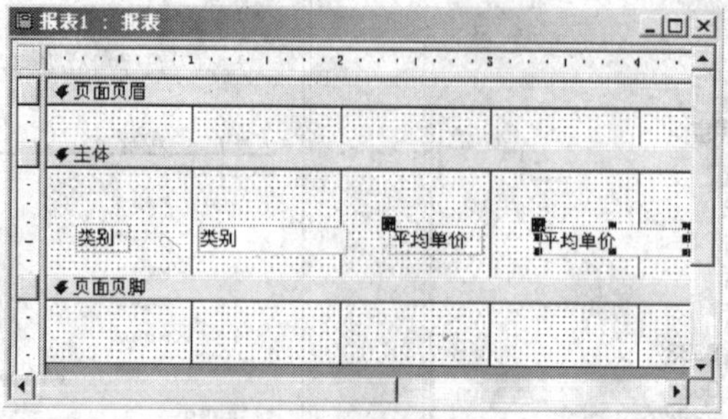

图 16.28　从“字段列表”创建控件

注意

一般是从控件工具箱中创建报表上的控件，这种方式创建的控件是非绑定型控件。比如创建文本框控件时，需要在其属性窗口中设置其控件来源属性，使其绑定到记录源中相应的字段才能显示记录源中的数据。

（5）调整布局并美化报表。用“剪切”—“复制”的方式将主题节中的标签控件移到页面页眉节作为标题项；单击菜单“视图”→“报表页眉/页脚”，展开相应节，在报表页眉节创建显示“各类书籍的平均单价”的标签控件，作为整个报表的标题；用直线控件在页面页眉节的底部和主体节的底部生成一条分隔用的横线，用直线控件在主题节的两个文本框之间生成一条与主体节等高的竖线作为分隔线；调整各控件的位置使其水平和垂直方向对齐。设置结果如图 16.29 所示。

（6）预览并保存报表。切换到报表打印预览视图，可以看到报表打印效果，如图 16.30 所示。单击菜单“文件”→“另存为”，保存报表名为“R5”。

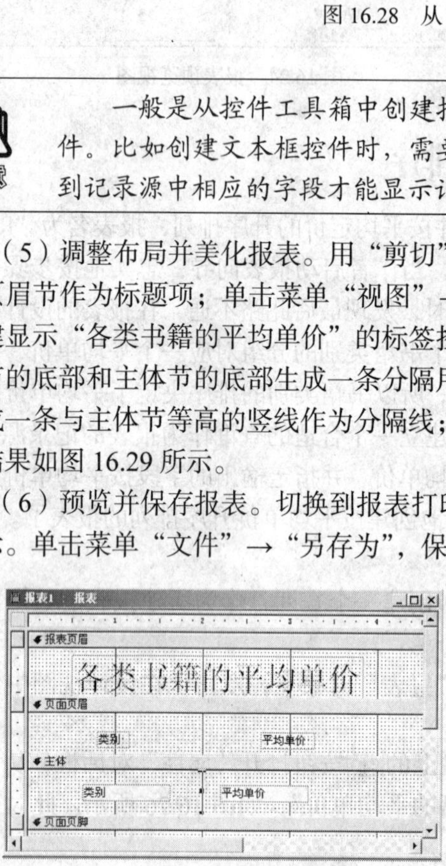

图 16.29　调整后的布局

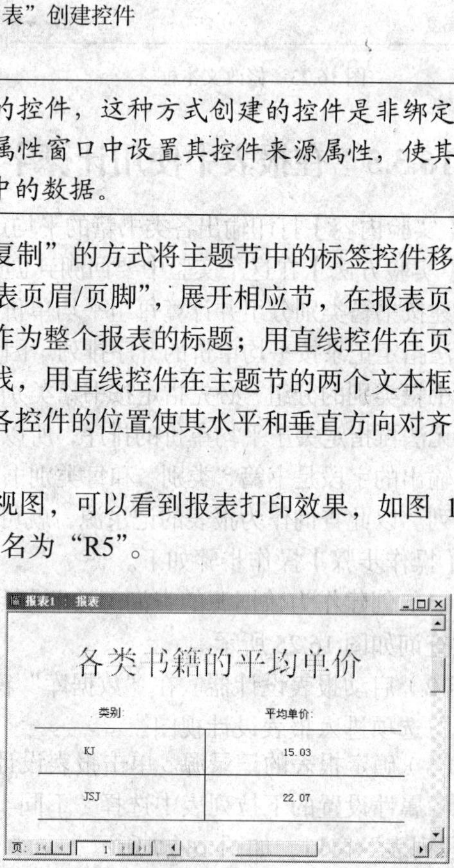

图 16.30　报表预览视图

16.3.6　制作排行报表

【实验内容】打印输出各类书籍的订购数量排行，报表名为“R6”。

【实验方法】在现有表和查询中，没有满足报表所需的数据，因此需要先建立一个合适的查询作为报表的记录源，该查询输出的字段是书籍“类别”和每类书籍的“订购数量”，并指定订购数量按降序排列；然后以此查询作为报表的记录源，在报表设计视图下创建各类书籍的订购数量排行的报表。

【操作步骤】操作步骤如下。

（1）创建合适的查询。新建查询如图 16.31 所示。

（2）启动报表设计器。在“数据库”窗口的“报表”对象下，双击“在设计视图中创建报表”选项，进入报表设计视图。

（3）确定报表的记录源。单击报表设计工具栏上的按钮打开“属性”对话框，从“记录源”属性设置的下拉列表中选择“不同类别书籍的订购数量”。

（4）在报表中添加显示输出字段。依次从“字段列表”中把“类别”和“订购数量”字段拖曳到主体节的相应位置松开，创建了绑定到字段的文本框控件和关联的标签控件，结果如图 16.32 所示。

（5）调整布局并美化报表。用“剪切”—“复制”的方式把主题节中的标签控件移到页面页眉节作为标题项；单击菜单“视图”→“报表页眉/页脚”，展开相应节，在报表页眉节创建显示“各类书籍的平均单价”的标签控件，作为整个报表的标题；用直线控件在页面页眉节的底部和主体节的底部生成一条分隔用的横线，用直线控件在主题节的两个文本框之间生成一条与主体节等高的竖线作为分隔线；调整各控件的位置使其水平和垂直方向对齐。结果如图 16.33 所示。

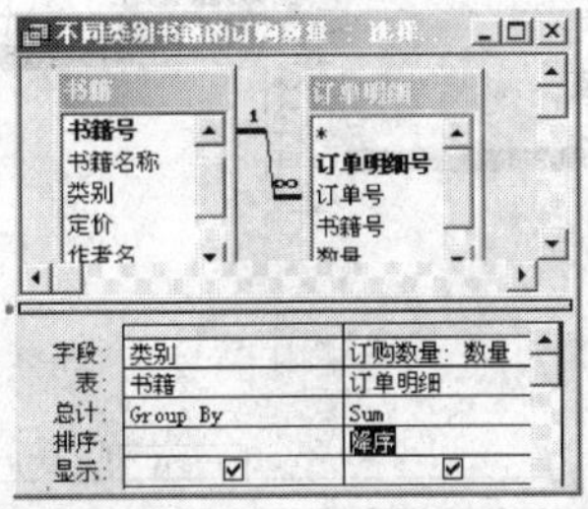

图 16.31 新建查询

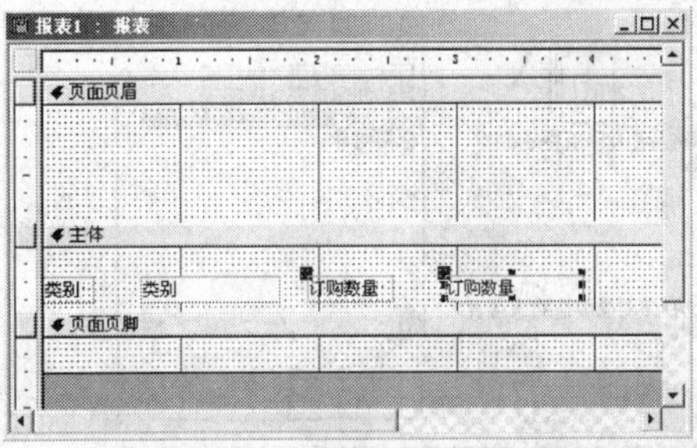

图 16.32 从“字段列表”创建控件

（6）预览并保存报表。切换到报表打印预览视图，可以看到报表打印效果，如图 16.34 所示。单击菜单“文件”→“另存为”，保存报表名为“R6”。

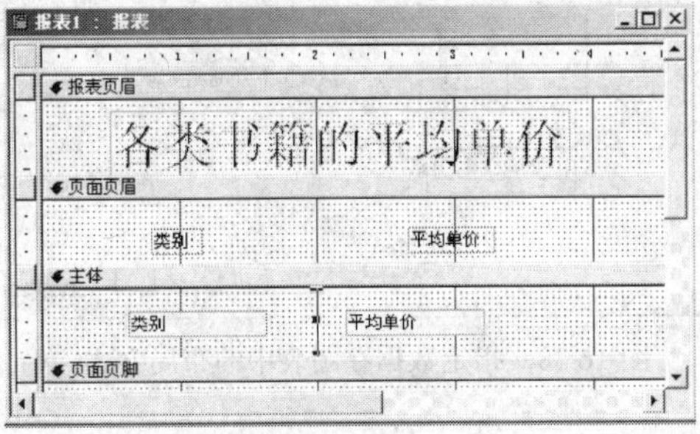

图 16.33 调整后的布局

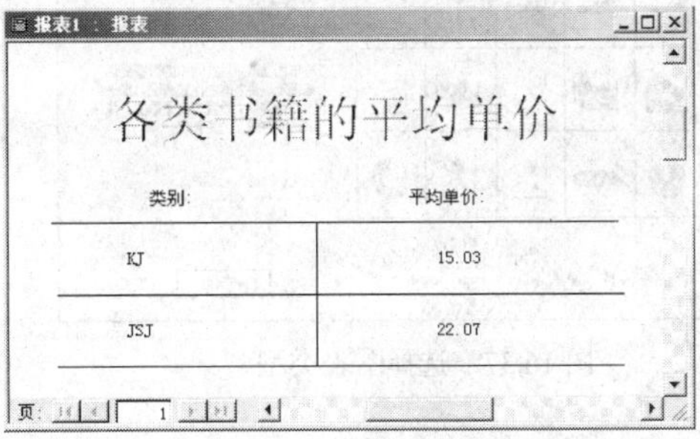

图 16.34 报表预览视图

16.3.7 创建图表报表

【实验内容】用图表向导创建一个图书报表，统计显示所购各出版社书籍册数。报表名为“R7”。

【实验方法】Access 为用户提供了图表向导，对由图表向导创建的图表报表，还可以切换到设计视图下，修改数据、修改格式和标题等细节。应用图表向导首先要确定数据源，而且只能基于一个数据源。考察查询 Q1 可作为图表报表的数据源。

【操作步骤】操作步骤如下。

（1）确定数据源。在“数据库”窗口的“报表”对象下，单击 新建(N) 按钮，打开“新建报表”对话框。选择“图表向导”，选择对话框右下下拉列表中的“Q1”作为数据源，如图 16.35 所示。

（2）选择图表数据所需的字段。单击“确定”，弹出“图表向导”的第 1 个对话框，双击“可用字段”列表框中的“数量”和“出版社名称”字段，将其移到“用于图表的字段”列表框中，结果如图 16.36 所示。

（3）选择图表类型。单击“下一步”，弹出“图表向导”的第 2 个对话框，依实验要求选择柱形图，结果如图 16.37 所示。

（4）指定数据在图表中的布局方式。单击“下一步”，弹出“图表向导”的第 3 个对话框，这是图表向导最关键的一步。向导将文本型字段作为分类项，每一个分类的值显示在柱形图的横轴上；向导将汇总的数字型字段显示在纵轴上。结果如图 16.38 所示。

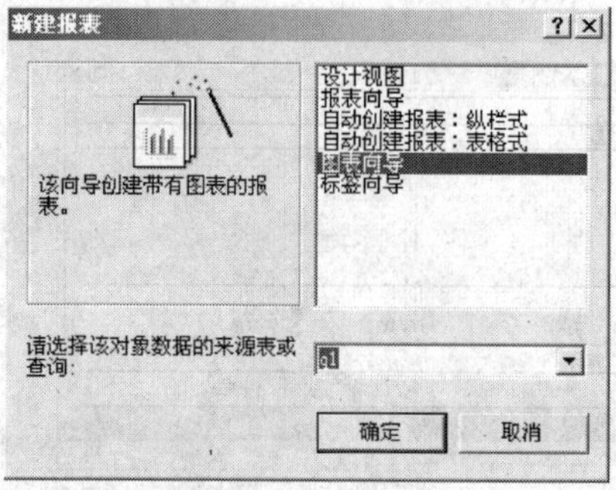

图 16.35　启动图表向导

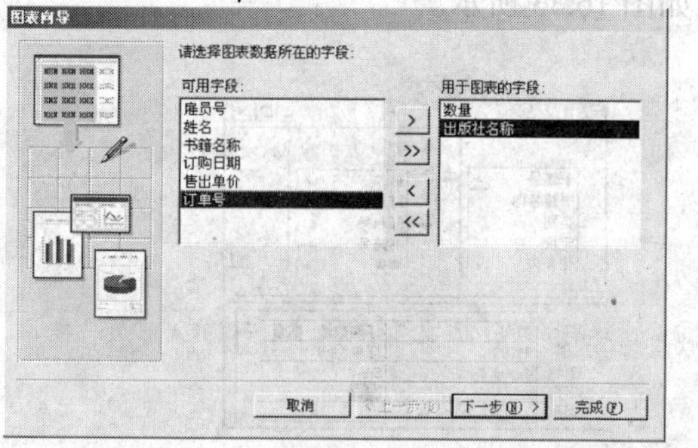

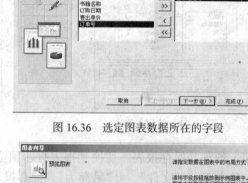

图 16.36　选定图表数据所在的字段

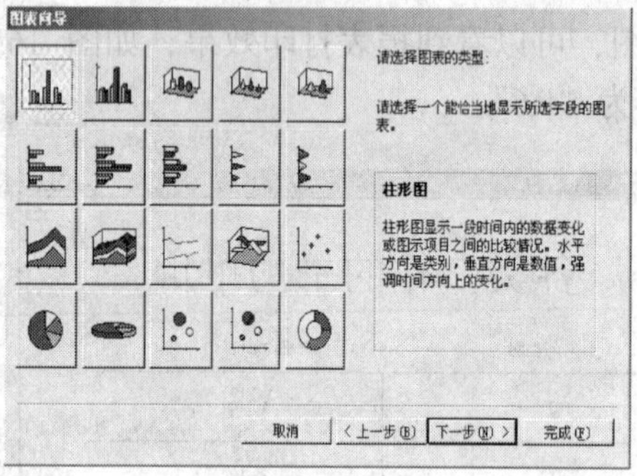

图 16.37　选择图表类型

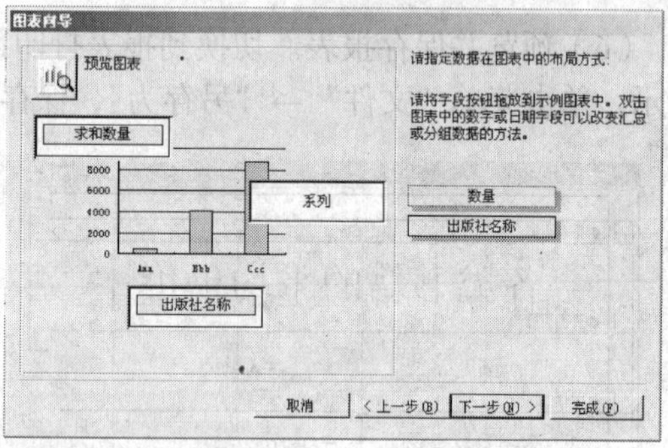

图 16.38　指定数据在图表中的布局方式

（5）指定图表的标题。单击“下一步”，指定图表的标题为“所购各出版社书籍总数”。结果如图 16.39 所示。

注意　此时指定的图表的标题也是生成后报表对象的名称。

（6）预览并保存报表。单击“完成”，屏幕上显示报表预览视图，如图 16.40 所示。单击菜单“文件”→“另存为”，弹出“另存为”对话框，指定报表的名称为“R7”。

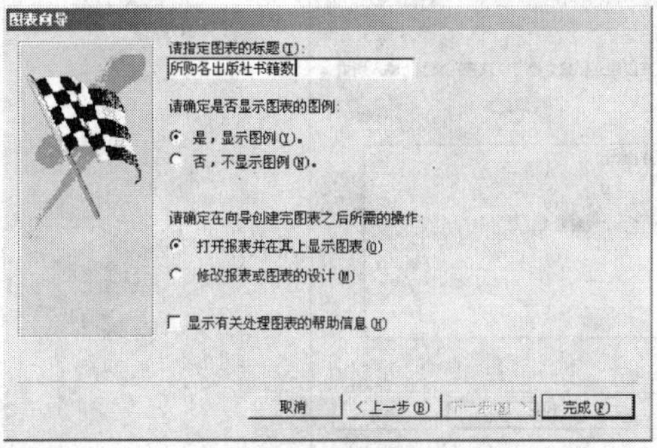

图 16.39　指定图表标题

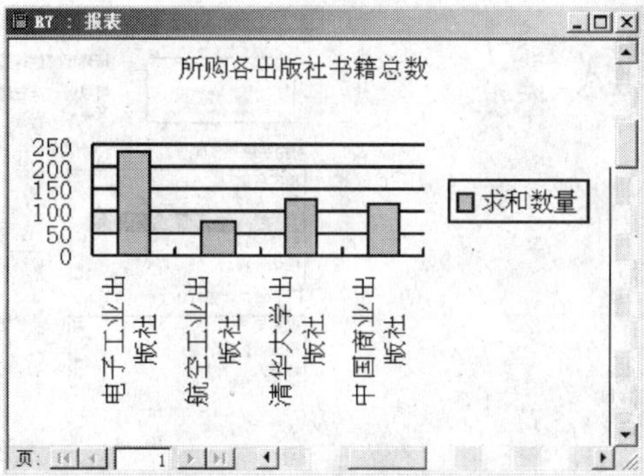

图 16.40　报表预览视图

16.3.8　创建标签报表

【实验内容】使用向导创建一个客户标签报表，在设计视图下调整为信封的形式，并在每个标签的左下角添加公司的标志（公司标志自备）。报表名为“R8”。

【实验方法】可以使用标签向导来创建客户标签报表。信封形式的标签包括邮政编码、收信地址、单位名称、收件人等信息。可以选择“客户”表作为此标签报表的数据源。

【操作步骤】操作步骤如下。

（1）确定数据源。在“数据库”窗口的“报表”对象下，单击 新建(N) 按钮打开“新建报表”对话框。选择“标签向导”，选择对话框右下角下拉列表中的“客户”作为数据源。结果如图 16.41 所示。

（2）指定标签尺寸。单击“确定”。在“型号”下拉列表中选择“C91149”，A4 纸一页能打印 8 个（2×4）此种型号的标签，如图 16.42 所示。

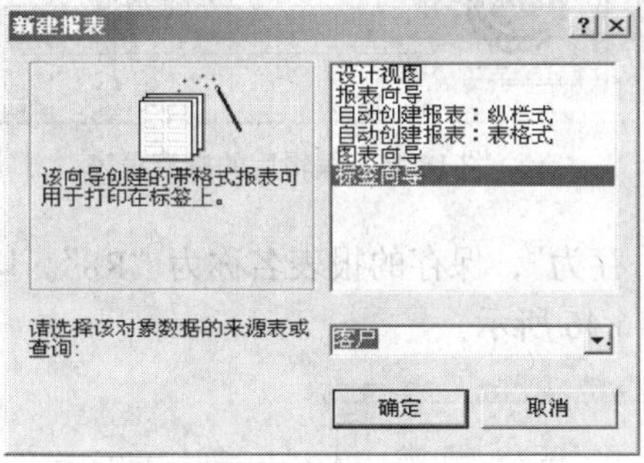

图 16.41　启动标签向导

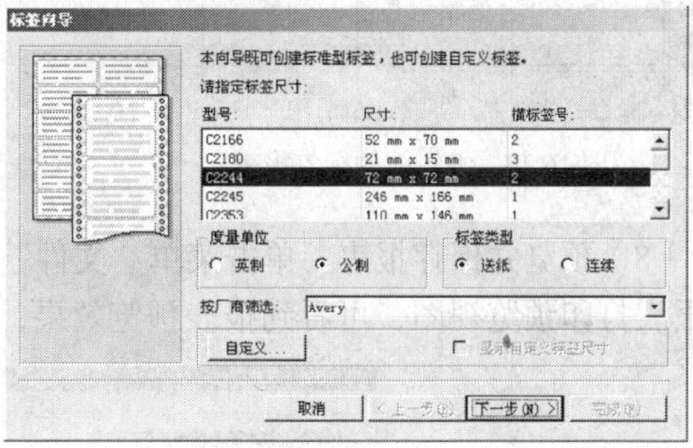

图 16.42　指定标签尺寸

（3）选择文本的字体和颜色。单击“下一步”。这里选择“幼圆”字体，字号“12”，字体粗细为“正常”，文本颜色为“黑”。

（4）设计原型标签。单击“下一步”，按照信封的格式，分别将“可用字段”列表框中的“邮政编码”、“地址”、“单位名称”和“收件人”字段，移到原型标签框中的适当位置，生成的原型标签如图 16.43 所示。

（5）选择排序字段。单击“下一步”，选择按“客户号”排序。

（6）指定标签名称。单击“下一步”，指定标签名称为“客户标签”。单击“修改标签设计”单选按钮。

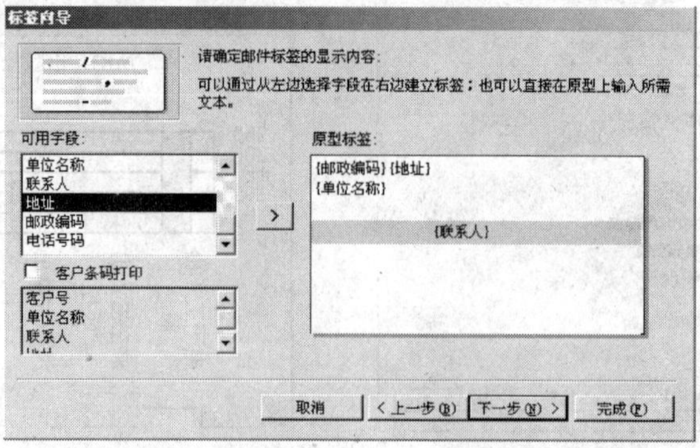

图 16.43　设计原型标签

（7）在报表设计视图下编辑标签报表。单击“完成”，进入报表设计视图。可以直接编辑文本框控件中的表达式。编辑显示联系人的文本框中的表达式，使在联系人后加一个“收”字（注意和收信人名字之间要有空格）；单击工具箱中的按钮，在标签左下方生成一个图像控件，用来显示发信单位的标志（事先准备好作为单位标志的小图形文件）。编辑前的报表设计视图如图 16.44 所示，编辑后的报表设计视图如图 16.45 所示。

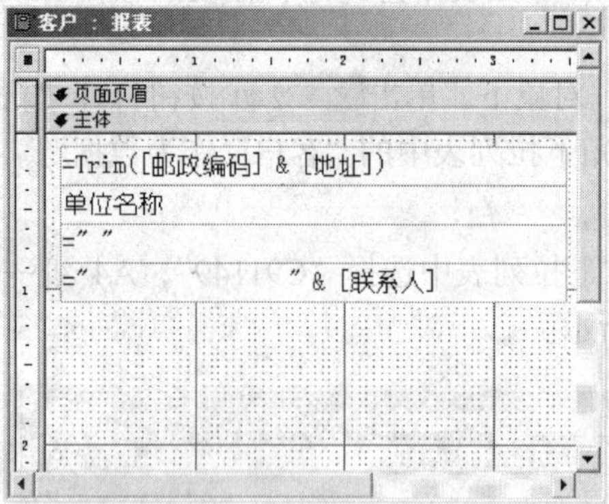

图 16.44　编辑前的标签报表

图 16.45　编辑后的标签报表

（8）预览并保存报表。单击菜单“文件”→“另存为”，保存的报表名称为“R8”。切换到报表打印预览视图，可看到报表预览效果，如图 16.46 所示。

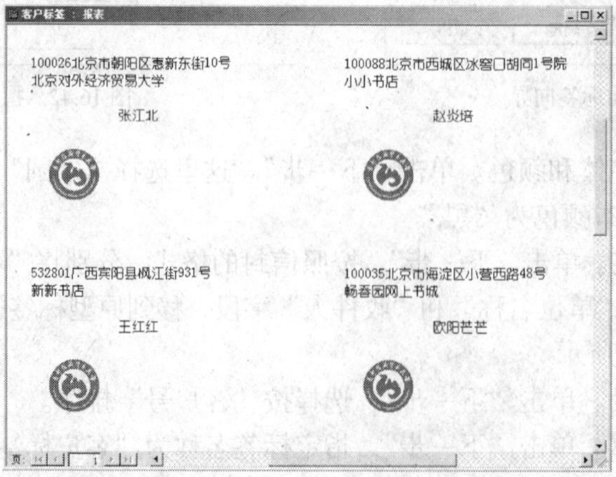

图 16.46　标签打印预览

第 17 章 宏的建立和使用

17.1 实验目的

1. 掌握 Access 中宏对象的创建方法
2. 掌握 Access 中常用宏命令的使用
3. 掌握在窗体、报表中使用宏的方法
4. 掌握条件宏的创建方法
5. 掌握宏组的创建方法

17.2 实验重点

1. 宏设计器的使用
2. 常用宏命令的使用
3. 在窗体、报表中使用宏
4. 创建条件宏

17.3 实验解析

本实验以第 12 章～第 16 章的实验内容为基础，内容及详细操作步骤如下。

17.3.1 创建单条件查询窗体

【实验内容】在第 15 章所建“F1”窗体基础上，按图 17.1 所示的格式和内容修改“F1”窗体，并添加查询功能。要求输入了订单号后单击“查询”按钮，显示该订单及其订单明细的相关信息。

【实验分析】已建窗体“F1”是用窗体向导以“订单”表和“订单明细”表为数据源自动生成的带有子窗体的窗体。使用其主窗体的导航按钮，可以浏览各个订单的明细数据，但是当订单数比较多时，要快速找到所需订单就比较麻烦。因此本实验的目的是为窗体添加查询功能，实现订单的快速查询。需要添加的内容有以下两个。

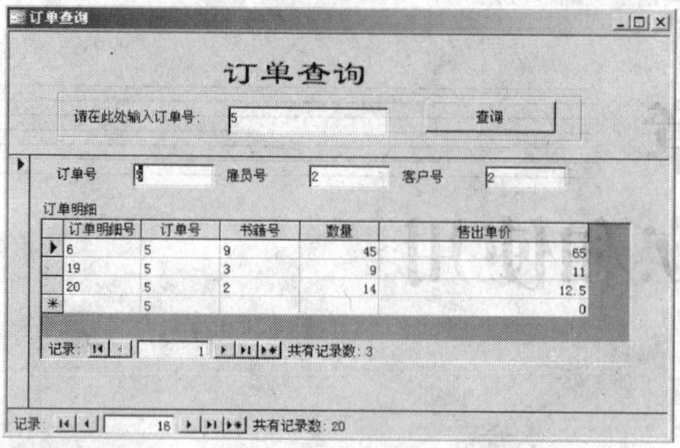

图 17.1　添加了查询功能的窗体“F1”

（1）修改窗体界面，添加新的控件。

（2）为标题为“查询”的新命令按钮用宏设置查询功能。这里查询时需要在表上查询定位，因此使用宏命令是 FindRecord，为了配合宏命令 FindRecord，还要用到宏命令 GoToControl。

【操作步骤】操作步骤如下。

（1）打开“F1”窗体。用设计视图打开窗体“F1”。

（2）添加标签控件。在窗体页眉节区添加一个标签控件“Label1”，然后将“Label1”的“标题”属性设置为“订单查询”，“字体名称”属性设置为“隶书”，“字号”属性设置为“24”，“文本对齐”属性设置为“居中”。

（3）添加矩形控件。在窗体页眉节区添加矩形控件。

（4）添加文本框控件。在矩形控件上添加一个文本框“Text0”，将与其配合的标签的标题属性设置为“请在此处输入订单号:”。

（5）添加命令按钮。在矩形控件上添加一个命令按钮“Command1”，设置按钮的标题属性为“查询”。完成后保存并关闭窗体。

（6）创建宏。在“宏”对象下，单击“新建”按钮，打开宏设计器，按表 17-1 所示内容创建宏“M1”。

表 17-1　“M1”宏的宏命令及其操作参数

宏 命 令	操 作 参 数
GoToControl	控件名称：订单号
FindRecord	查找内容：=[Forms]![F1].[Text0]

（7）设置用命令按钮触发宏。重新用设计视图打开窗体“F1”，将命令按钮“Command1”的“单击”事件设置为宏“M1”，如图 17.2 所示。

（8）保存并运行窗体“F1”。

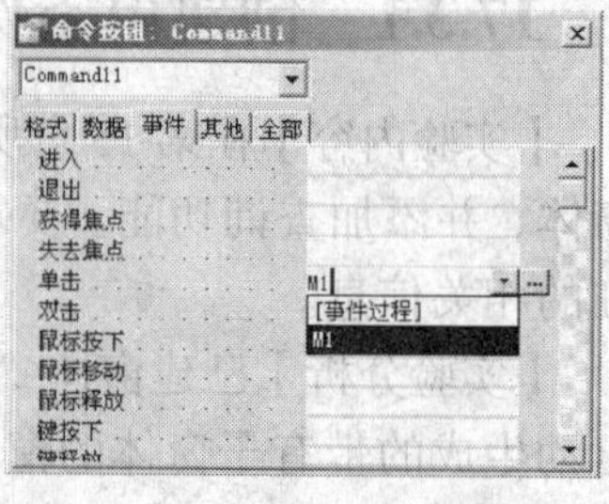

图 17.2　设置按钮的“单击”事件

17.3.2　创建多条件查询窗体

【实验内容】在第 15 章所建“F4”窗体基础上，添加查询功能。要求可以按“书籍号”、“书名”、“作者名”或“出版社名称”检索书籍表中的图书（注：当在组合框中选择某一查询项，并在文本框输入该项具体值后，单击“检索”按钮，能够显示出相应的记录），如图 17.3 所示。

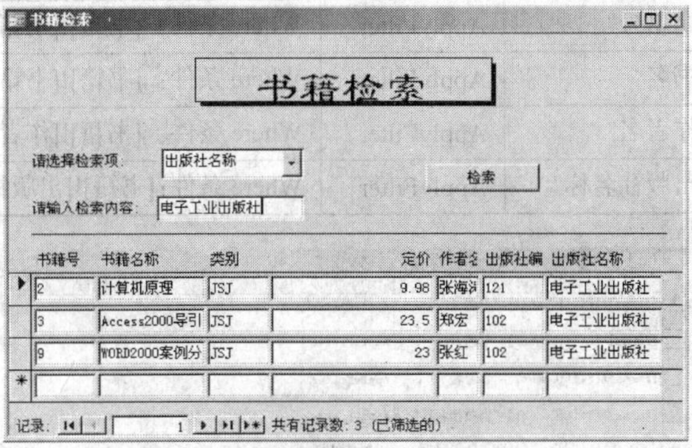

图 17.3 添加了查询功能的窗体“F4”

【实验分析】原有窗体“F4”是以“书籍”表为数据源用窗体向导自动生成的“表格式”窗体。本实验的要求是为窗体添加查询功能，使得能够从“书籍号”、“书名”、“作者名”或“出版社名称”这 4 个不同的角度分别检索书籍表中的图书信息。需要添加的内容有以下两个。

（1）修改窗体界面，添加新的控件。

（2）为标题为“检索”的新命令按钮用宏设置检索功能。

因为在书籍表中符合同一检索条件的书籍可以有多种，例如同一作者的多本图书、相同书名的多种图书等，所以这里的检索实际就是在书籍表上按照给定的条件进行筛选，因此应该使用宏命令 ApplyFilter。

进一步，由于分别从 4 个不同的角度进行检索，它们的检索条件也就是宏命令 ApplyFilter 的操作参数是不同的，具体方式可以由组合框中的检索项决定，所以应该使用条件宏。在条件宏中，条件就是组合框中的检索项，而对应的操作是宏命令 ApplyFilter。例如，如果组合框中的检索项是“作者名”，则对应的宏命令 ApplyFilter 的筛选条件就应该是：[书籍]![作者名] =组合框中的内容。

【操作步骤】操作步骤如下。

（1）打开“F4”窗体。使用设计视图打开原有窗体“F4”。

（2）添加控件。将窗体页眉上的几个标签下移，然后在窗体页眉节区添加下列控件。添加一个组合框“Combo1”，并将与其配合的标签的标题设置为“请选择检索项:”；然后设置组合框的“行来源类型”属性为“值列表”，“行来源”属性为“书籍号;书名;作者名;出版社名称”。添加一个文本框“Text0”，将与其配合的标签的标题属性设置为“请输入检索内容:”。添加一个命令按钮“Command1”，设置按钮的标题属性为“检索”。添加一个直线控件，完成后保存并关闭窗体。

（3）创建宏。转到宏面板后单击“新建”按钮，打开宏设计器，单击菜单“视图”→“条件”调出条件列。按表 17-2 所示内容创建宏“M2”，如图 17.4 所示。

（4）设置用命令按钮触发宏。重新用设计视图打开窗体“F4”，将命令按钮“Command1”的“单击”事件设置为宏“M2”。

（5）保存并运行窗体“F4”。

表 17-2　　　　　　　　“M2”宏的宏命令及其操作参数

条　件	宏 命 令	操 作 参 数
[Forms]![F4]![Combo1]= "书籍号"	ApplyFilter	Where 条件：[书籍]![书籍号]=[Forms]![F4]![Text0]
[Forms]![F4]![Combo1]= "书名"	ApplyFilter	Where 条件：[书籍]![书籍名称]=[Forms]![F4]![Text0]
[Forms]![F4]![Combo1]= "作者名"	ApplyFilter	Where 条件：[书籍]![作者名]=[Forms]![F4]![Text0]
[Forms]![F4]![Combo1]= "出版社名称"	ApplyFilter	Where 条件：[书籍]![出版社名称]=[Forms]![F4]![Text0]

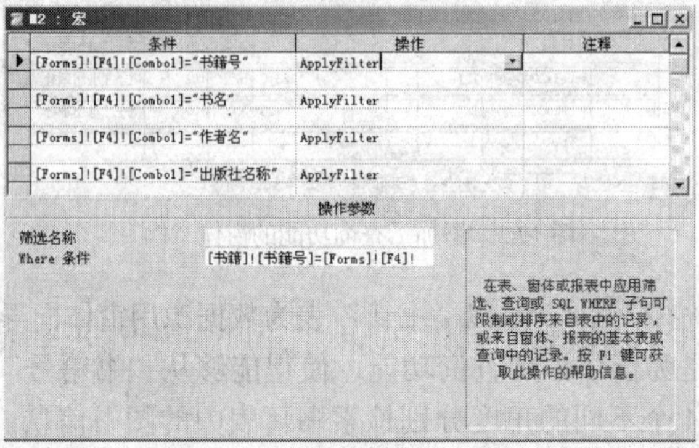

图 17.4　创建条件宏“M2”

17.3.3　创建系统登录窗体

【实验内容】创建一个系统登录窗体，窗体名为“F10”。窗体功能是检查输入的用户名和口令。如果输入的用户名和口令正确，那么打开第 1 题创建的“F1”窗体；如果输入的用户名和口令不正确，那么先显示“密码不正确！”消息框，然后将用户名和口令两个文本框清空，并且焦点移回用户名文本框。此处设用户名是“cueb”，口令是“1234”。

【实验分析】本实验需要首先创建一个窗体，并在窗体上添加适当的控件，然后创建条件宏实现口令的验证功能。如果口令正确，则用 OpenForm 宏命令打开“F1”窗体。否则先用 MsgBox 宏命令显示消息框，然后用 SetValue 宏命令将两个文本框清空，最后用 GoToControl 宏命令将焦点移回用户名文本框。

【操作步骤】操作步骤如下。

（1）创建窗体。用设计视图新建一个窗体，设置窗体的标题属性为“系统登录”。设置窗体的“滚动条”属性为“两者均无”，“记录选定器”、“导航按钮”、“分割线”属性均为“否”。

（2）在窗体上添加控件。在窗体上添加一个文本框“Text1”，将与其配合的标签的标题设置为“用户名:”。添加一个文本框“Text2”，将与其配合的标签的标题设置为“口令:”，设置“Text2”的“输入掩码”属性为“密码”。

（3）保存窗体，并将其命名为“F10”，结果如图 17.5 所示。

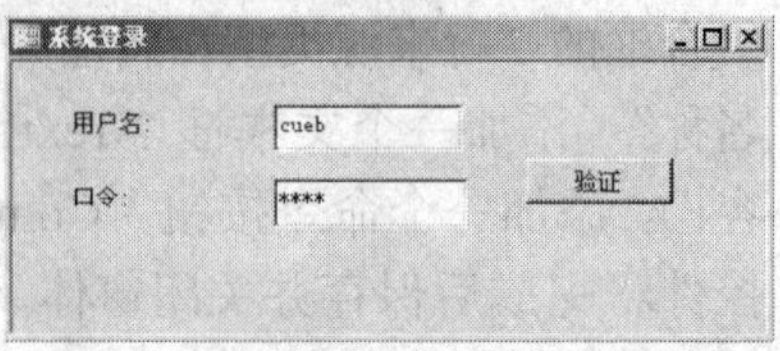

图 17.5　窗体“F10”

（4）创建条件宏。转到宏面板新建一个宏，按表 17-3 所示内容创建宏“M3”，如图 17.6 所示。

（5）设置用命令按钮触发宏。用设计视图打开窗体“F10”，将命令按钮“Command1”的“单击”事件设置为宏“M3”。

表 17-3　　“M3”宏的宏命令及其操作参数

条　件	宏命令	操作参数
[Forms]![F10]![Text1]="cueb"And [Forms]![F10]![Text2]="1234"	OpenForm	窗体名称：F1
[Forms]![F10]![Text1]<>"cueb"Or [Forms]![F10]![Text2]<>"1234"	MsgBox	标题：提示
		消息：用户名或口令错误!
		发嘟嘟声：是
		类型：重要
	SetValue	项目：[Forms]![F10]![Text1]
		表达式：""
	SetValue	项目：[Forms]![F10]![Text2]
		表达式：""
	GoToControl	控件名称：Text1

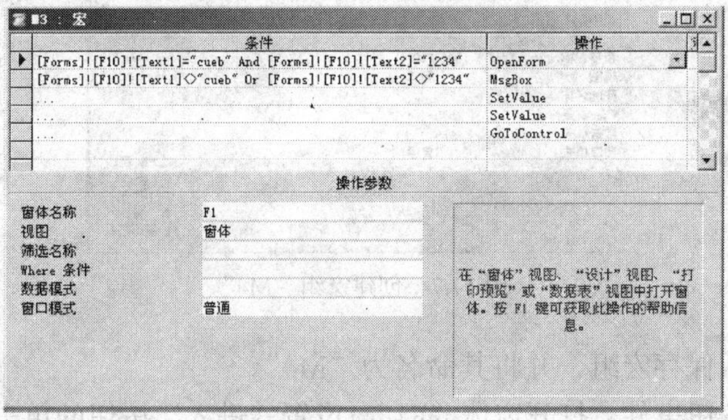

图 17.6　创建条件宏“M3”

（6）保存窗体“F10”。

17.3.4　完善系统主界面窗体

【实验内容】完善第 15 章所建的“F7”窗体，为“进入系统”按钮创建一个宏，能够打开“F10”窗体；为“退出系统”按钮创建一个宏，能够关闭“F7”窗体，并在关闭窗体时弹出“再见”消息框，消息框格式如图 7.17 所示，并能发出嘟嘟声。

【实验分析】本实验要求为两个按钮添加功能，可以创建两个宏分别进行控制。但这两个按钮属于同一个窗体，为了管理方便，可以将它们组织在一起构成宏组。其中“进入”宏用 OpenForm 宏命令打开窗体“F10”。“退出”宏先用 MsgBox 宏命令显示消息框，然后用 Close 宏命令关闭窗体“F7”。因为“F7”为当前窗体，所以 Close 宏命令的操作参数使用缺省值即可。

【操作步骤】操作步骤如下。

（1）添加“宏名”列。在宏面板单击“新建”按钮，打开宏设计器，单击菜单“视图”→“宏名”调出宏名列。

（2）设置“进入”宏操作。在“宏名”列输入第 1 个宏的宏名为“进入”。然后按表 17-4 所示内容创建该宏。

（3）设置“退出”宏操作。在“宏名”列输入第 2 个宏的宏名为“退出”。然后按表 17-4 所示内容创建该宏，结果如图 17.7 所示。

表 17-4　“M4”宏组的宏命令及其操作参数

宏　名	宏 命 令	操 作 参 数
进入	OpenForm	窗体名称：F10
退出	MsgBox	消息：谢谢使用本系统!
		发嘟嘟声：是
		类型：重要
		再见
	Close	默认

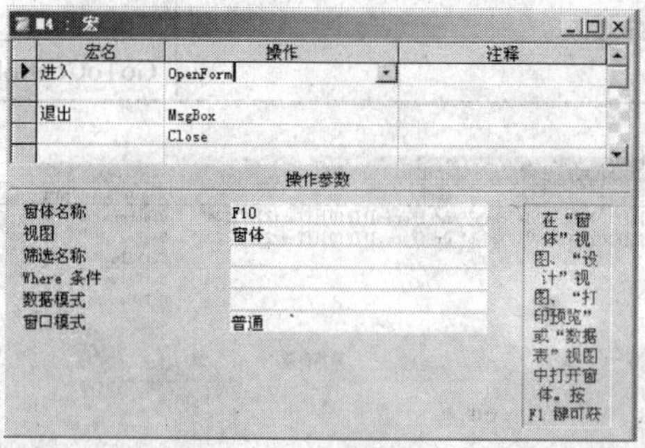

图 17.7　创建宏组“M4”

（4）保存宏组。保存宏组，并将其命名为“M4”。

（5）设置命令按钮事件。打开窗体“F1”，设置“进入”按钮的单击事件为“M4.进入”，设置“退出”按钮的单击事件为“M4.退出”。

（6）保存并运行窗体。

17.3.5　设置使用工具栏启动宏

【实验内容】在工具栏上创建 2 个按钮，可以分别打开“F1”和“F4”窗体。

【实验分析】除了可以在窗体或报表上用事件触发宏，也可以设置用 Access 窗口的菜单或工具栏的命令按钮触发宏。本实验要求在某个任意工具栏上设置按钮触发宏。首先需要按题目要求创建两个宏，然后在工具栏添加两个按钮分别触发它们。

【操作步骤】操作步骤如下。

（1）创建“打开窗体 F10”宏。单击“新建”按钮创建一个新宏，其中的宏命令是 OpenForm，操作参数“窗体名称”为“F10”，保存该宏为“M51”。

（2）创建“打开窗体 F4”宏。单击“新建”按钮创建一个新宏，其中的宏命令是 OpenForm，操作参数“窗体名称”为“F4”，保存该宏为“M52”。

（3）设置使用工具栏启动宏。单击菜单“工具”→“自定义”，打开“自定义”对话框。在对话框中选择“命令”选项卡，在选项卡的左侧“类别”列表框中选择“所有宏”，这时右侧的列表框“命令”中会出现已建的所有宏，用鼠标将右侧列表中的宏“M51”拖到工具栏上，如图 17.8 所示。

保持“自定义”对话框为打开状态，用鼠标右键单击刚刚添加到工具栏上的按钮，在调出的快捷菜单中将工具按钮命名为“打开 F1 窗体”，并更改按钮图像，如图 17.9 所示。

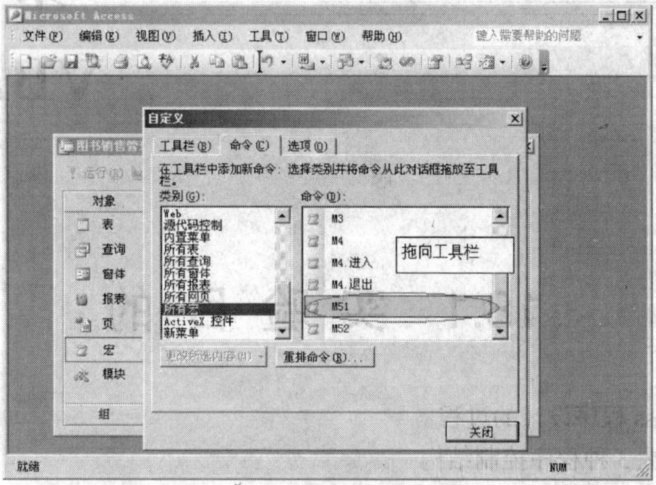

图 17.8　为宏创建工具栏按钮

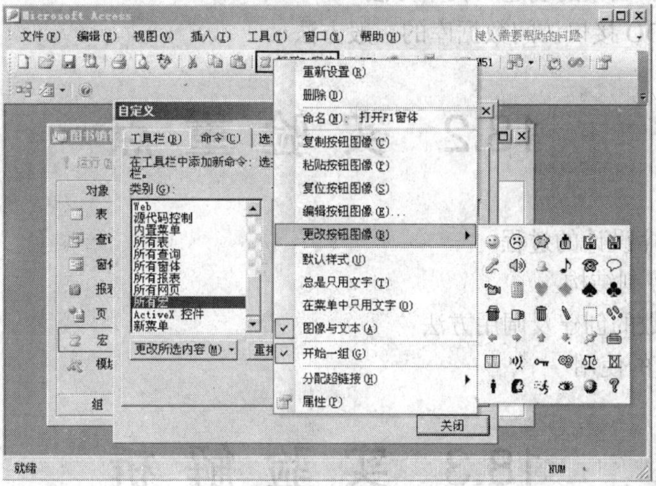

图 17.9　设置工具栏按钮

（4）用相同的方法为宏“M52”在工具栏创建按钮。

第 18 章 VBA 编程

18.1 实验目的

1. 掌握 Access 程序设计的过程
2. 理解并掌握 3 种程序控制结构
3. 掌握数组的使用方法
4. 掌握过程和函数的创建及调用方法
5. 掌握用 ADO 接口访问数据库的一般方法

18.2 实验重点

1. Access 程序设计的过程
2. 3 种程序控制结构
3. 过程和函数的创建及调用方法
4. ADO 接口的使用

18.3 实验解析

本实验是以第 12 章～第 17 章的实验内容为基础，内容及详细操作步骤如下。

18.3.1 创建“随机数发生器”窗体

【实验内容】创建“随机数发生器”窗体，如图 18.1 所示。在上限和下限文本框中给出范围后，单击“生成”按钮，窗体中的标签显示一个在此范围内的随机数。可用下面的公式产生指定范围的随机数。

Int（Rnd×（上限-下限+1））+下限

图 18.1 窗体“随机数发生器”

【实验分析】本实验要建立的窗体是一个功能较简单

的窗体，既根据已知的上限和下限，求出未知的随机数并输出。功能由输入、计算和输出 3 部分构成，其中输入功能由窗体上的两个文本框承担，代入给定的公式计算得到随机数后由窗体右侧的标签输出。程序的触发由命令按钮的单击事件完成。

【操作步骤】操作步骤如下。

（1）创建窗体。单击“新建”按钮创建一个新的空白窗体，然后按照表 18-1 所示设置窗体的各项属性。

（2）添加控件。在窗体上添加一个选项组控件“Frame0”，在“选项组”控件内添加两个文本框“Text0”和“Text2”控件。在窗体上添加一个命令按钮“Command1”和一个标签“Label0”，然后按照表 18-2 所示设置各个控件的各项属性。

表 18-1　窗体“随机数发生器”的参数设置

属性名	属性值
名称	随机数发生器
标题	随机数发生器
滚动条	两者均无
记录选择器	无
导航按钮	无
分割线	无

表 18-2　窗体“随机数发生器”各个控件的各项属性

控件名称	属性名	属性值
Frame0	与其配套的标题	范围
Text0	与其配套的标题	上限
Text2	与其配套的标题	下限
Command1	标题	生成
Label0	标题	（一个空格）
	字号	26

（3）编写事件过程代码。右击窗体上的命令按钮“Command1”，在快捷菜单中选择“事件生成器...”，在“选择生成器”对话框中选择“代码生成器”转到 VBE 环境。在“Command1”的 Click 事件过程中填写如下代码。

```
Private Sub Command1_Click()
    Dim h As Integer, l As Integer          '上限和下限
    Dim x As Integer                        '待求的随机数
    '输入
    h = Me.Text0
    l = Me.Text2
    '计算
    m = Int(Rnd * (h - l + 1)) + l
    '输出
    Me.Label0.Caption = m
End Sub
```

注意

程序中的“Me”表示当前窗体。输入程序时在“Me.”后会自动出现该窗体所有属性、方法和控件的列表。另外在正确的控件名后也会自动出现该控件的所有属性和方法的列表。因此输入程序时可以使用上述列表简化操作。

（4）保存程序后，单击标准工具栏上的“视图 Microsoft Access”按钮切换到 Access 窗口，运行所建的窗体。

18.3.2　创建包含选项组窗体

【实验内容】创建“宋词欣赏”窗体，如图 18.2 所示。

【实验分析】本实验中的窗体包含 3 个控件，一个起修饰作用的图像框 Image，一个选项

组 Frame，其中包含 2 个单选按钮，一个文本框 Text。窗体运行时，单击两个单选按钮之一，文本框中显示相应的诗词内容。

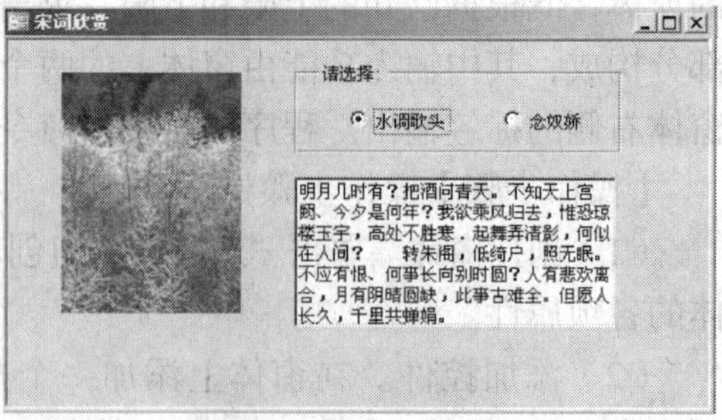

图 18.2 窗体“宋词欣赏”

【操作步骤】操作步骤如下。

（1）创建窗体。单击“新建”按钮创建一个新的空白窗体，然后参照表 18-1 所示内容设置窗体的各项属性，其中的“名称”属性和“标题”属性改为“宋词欣赏”。

（2）添加控件。使工具箱中的“控件向导”按钮处于被选中的状态，然后跟随向导添加各个控件，向导中的内容选定如表 18-3 所示。

表 18-3 窗体“宋词欣赏”各个控件的各项属性

控件名称	内容	属性值	控件名称	内容	属性值
Image0	图片内容	自定	Frame1	为每个选项赋值	默认值
Frame1	标签名称	水调歌头		何种类型的控件	选项按钮
		念奴娇		标题	请选择
	是否需要默认选项	否	Text0		删除与之配套的标签

（3）编写事件过程代码。右键单击选项组控件“Frame1”，在快捷菜单中选择“事件生成器...”，在“选择生成器”对话框中选择“代码生成器”，转到 VBE 环境。在“Frame1”的 Click 事件过程中填写如下代码。

```
Private Sub Frame1_Click()
    Select Case Frame1
    Case 1
Me.Text7 = "明月几时有？把酒问青天。不知天上宫阙、今夕是何年？我欲乘风归去，又恐琼楼玉 _
宇，高处不胜寒。起舞弄清影，何似在人间？      转朱阁，低绮户，照无眠。不应有恨、何事长向 _
别时圆？人有悲欢离合，月有阴晴圆缺，此事古难全。但愿人长久，千里共婵娟。"
    Case 2
Me.Text7 = "大江东去，浪淘尽。千古风流人物。故垒西边，人道是，三国周郎赤壁。乱石崩云，惊 _
涛拍岸，卷起千堆雪。江山如画，一时多少豪杰！遥想公瑾当年，小乔初嫁了，雄姿英发，羽扇纶 _
巾，谈笑间，樯橹灰飞烟灭。故国神游，多情应笑我，早生华发。人间如梦，一樽还酹江月。"
    End Select
End Sub
```

（4）单击标准工具栏上的“视图 Microsoft Access”按钮切换到 Access 窗口，保存并运行窗体。

18.3.3 创建数据计算窗体

【实验内容】创建“统计”窗体。窗体运行后，单击左侧的“生成”按钮，自动生成 50 个 0～100 的随机数。单击右侧的“统计”按钮，在各个文本框中输出统计结果，如图 18.3 所示。

【实验分析】本实验的重点是数组和列表框控件的使用。窗体包含 3 组控件，一个列表框 List，一组文本框 Text，一组命令按钮 Command。窗体运行时，单击左侧的“生成”按钮，将产生 50 个 0～100 的随机数，并显示在左侧的列表框中，所以首先应定义一个有 50 个元素的 Integer 型数组来存放这 50 个随机整数，然后用 Rnd 函数生成这些随机整数，最后调用列表框的 AddItem 方法将它们添加到列表框的列表中。所有生成的一系列动作应由“生成”按钮的 Click 事件触发。在“统计”按钮的 Click 事件中主要完成对这 50 个随机整数的统计。由于在两个按钮的 Click 事件中都要对数组进行处理，所以该数组应为模块级数组，既在模块的通用声明段进行定义。

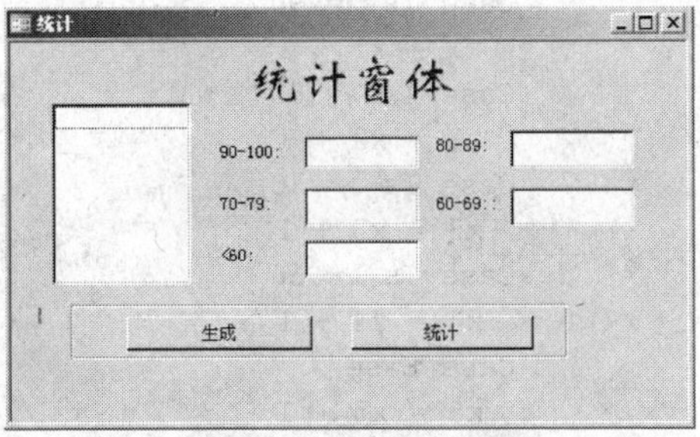

图 18.3　窗体“统计”

【操作步骤】操作步骤如下。

（1）创建窗体。单击“新建”按钮创建一个新的空白窗体，然后参照表 18-1 所示设置窗体的各项属性，其中的“名称”属性和“标题”属性改为“统计”。

（2）添加控件。在窗体上添加一个标签控件“Label1”，添加一个列表框控件“List0”，并删去与其配套的标签。添加 5 个文本框控件“Text1”、“Text2”、“Text3”、“Text4”和“Text5”。添加一个矩形控件，在矩形控件中添加两个命令按钮“Command0”和“Command1”，然后参照表 18-4 所示设置上述控件的各项属性。

表 18-4　窗体“统计”各个控件的各项属性

控件名称	属性名	属性值	控件名称	属性名	属性值
Label1	标题	统计	Text3	与其配套的标题	70-79:
	字体名称	华文新魏	Text4	与其配套的标题	60-69:
	字号	26	Text5	与其配套的标题	<60:
List0	删除与其配套的标签		Command0	标题	生成
Text1	与其配套的标题	90-100:	Command1	字号	统计
Text2	与其配套的标题	80-89:			

（3）编写事件过程代码。单击工具栏上的“代码”按钮，转到 VBE 环境。在窗体的通用声明段定义数组，然后分别在按钮 Command0 和 Command1 的 Click 事件中填写如下程序代码。

```
Dim a(1 To 50) As Integer    '定义数组
Private Sub Command14_Click()
    Dim i As Integer
    For i = 1 To 50
    '用 Rnd 函数生成随机整数
    a(i) = Int(Rnd * 101)
    '动态添加到列表框的列表中
    Me.List0.AddItem a(i)
    Next i
End Sub
Private Sub Command15_Click()
    Dim i As Integer
    Dim x1 As Integer, x2 As Integer, x3 As Integer, x4 As Integer, x5 As Integer
                                          '存放各个统计值
    For i = 1 To 50
      Select Case a(i)
```

```
        Case Is >= 90
          x1 = x1 + 1
        Case Is >= 80
          x2 = x2 + 1
        Case Is >= 70
          x3 = x3 + 1
        Case Is >= 60
          x4 = x4 + 1
        Case Else
          x5 = x5 + 1
        End Select
      Next i
      '输出各个统计值
      Me.Text1 = x1: Me.Text2 = x2: Me.Text3 = x3 :Me.Text4 = x4: Me.Text5 = x5
   End Sub
```

（4）单击标准工具栏上的“视图 Microsoft Access”按钮切换到 Access 窗口，保存并运行窗体。

18.3.4　创建带有检测功能的查询窗体

【实验内容】按题目要求补充、完善第 15 章所建的“F5”窗体。要求如下。

（1）按图 18.4 所示格式和内容调整“F5”窗体。

（2）添加查询功能并验证查询结果。如果未输入要查询的雇员姓名而单击“查询”按钮，应使用消息框给出提示，提示内容为“对不起!未输入雇员姓名，请输入!”；如果输入并找到了要查找的雇员，应在窗体输出结果；否则使用消息框给出未找到信息，如图 18.4 所示。

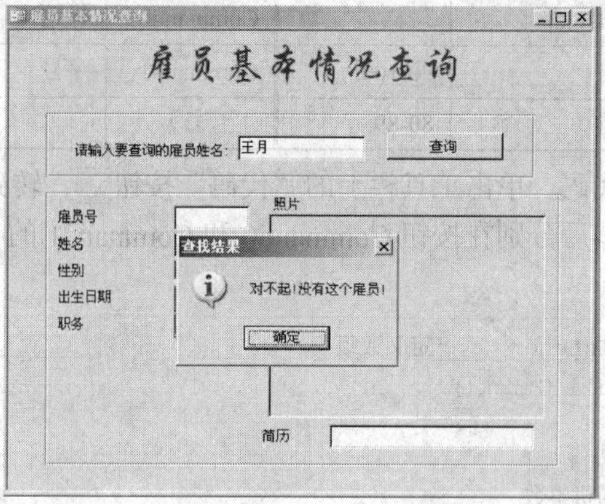

图 18.4　窗体“雇员基本情况查询”

【实验分析】本实验的操作主要由 3 部分构成。

（1）将窗体改为非绑定式窗体。由于在程序中要用 ADO 对象访问当前数据库，所以这里应将原来自动生成的绑定式窗体改为非绑定式窗体。

（2）修改界面。删除原来窗体上的按钮，添加一些新的控件。

（3）编写实现处理功能的代码。首先定义一个 ADO 的 Recordset 对象，目的是将查询的结果放置在该对象中。程序的开始需要判断是否输入了要查询的雇员姓名，可用 IsNull 函数对文本框进行测试。如果函数的返回值为真，则说明文本框为空，既还没有输入要查询的雇员姓名。如果函数的返回值为假，则可以进行下一步的查询。查询可采用 Recordset 对象的 Open 方法，查询获得结果后将该对象的各个字段信息通过各文本框输出。所有程序的执行由“查询”按钮的 Click 事件触发实现。

【操作步骤】操作步骤如下。

（1）将窗体改为非绑定式窗体。方法是先删除窗体原来的“记录源”属性，然后逐一删除各个字段控件的“控件来源”属性。

（2）修改界面。打开已有窗体“F5”，将窗体的标题属性设置为“雇员基本情况查询”，删除原窗体上的所有按钮，在窗体页眉节区添加一个标签“Label0”，添加一个矩形控件，在矩形上添加一个文本框“Text1”和一个命令按钮“Command0”，然后按照表 18-5 所示设置各控件的属性。

表 18-5　　窗体“雇员基本情况查询”各个控件的各项属性

控件名称	属性名	属性值
Label0	标题	雇员基本情况查询
	字体名称	华文行楷
	字号	26
Text1	与其配套的标题	请输入要查询的雇员姓名:
Command0	标题	查询

（3）在窗体的主体节区添加一个矩形控件，使其包围所有的字段。

（4）设置引用 ADO 类库。在 VBE 环境下选择“工具”→“引用”命令，弹出“引用”对话框，如图 18.5 所示。在“可使用的引用”列表框中选中“Microsoft ActiveX Data Objects 2.5”复选框。

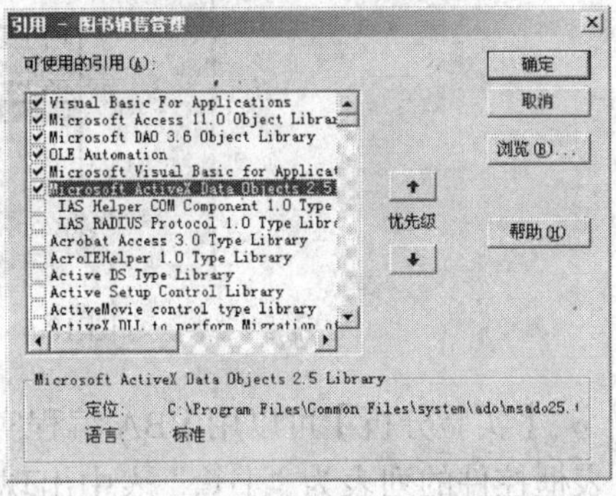

图 18.5　设置引用 ADO 类库

（5）设置“查询”按钮的 Click 事件代码。

```
Private Sub Command0_Click()
Dim RS As ADODB.Recordset
 Dim strSQL As String
 Dim name As String
 Set RS = New ADODB.Recordset

If IsNull(Trim(Me.Text1)) Then '文本框不能为空
   MsgBox "对不起!未输入雇员姓名，请输入! "
Else
   name = Trim(Me.Text1)
   strSQL = "Select * from 雇员 where 姓名='" & name & "' "
   RS.Open strSQL, CurrentProject.AccessConnection, adOpenKeyset

   If RS.EOF Then '没有匹配的姓名
      MsgBox "对不起!没有这个雇员!", vbInformation, "查找结果"
      Me.Text1 = Null
      Me.Text1.SetFocus
   Else
```

```
          '找到，则显示相关信息
          Me.雇员号 = RS("雇员号")
          Me.姓名 = RS("姓名")
          Me.性别 = RS("性别")
          Me.照片 = RS("照片")
          Me.出生日期 = RS("出生日期")
          Me.职务 = RS("职务")
          Me.简历 = RS("简历")
      End If
    RS.close
  End If
End Sub
```

（6）单击标准工具栏上的“视图 Microsoft Access”按钮切换到 Access 窗口，保存并运行窗体。

18.3.5 创建统计查询窗体

【实验内容】创建“图书销售情况统计查询”窗体，如图 18.6 所示。要求在左侧的列表框中选定出版社的名称后，右边的文本框中显示该出版社图书的销售情况。

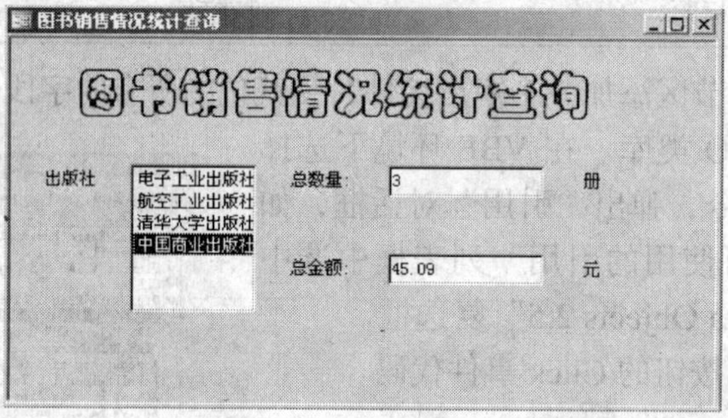

图 18.6 窗体“图书销售情况统计查询”

【实验分析】可以用 VBA 编程实现本实验要求的窗体。实验的难点有两个。一是设置列表框控件的列表为“书籍”表中出现的“出版社名称”，这些可以通过设置列表框的“行来源类型”属性和“行来源”属性实现，为了使每个出版社只出现一次，应在“行来源”属性中的“Select…”后添加短语 Distinct。二是用 ADO 对象访问数据库的“书籍表”，将所有书籍的信息暂存在 Recordset 对象中，然后调用 Recordset 对象的 MoveNext 方法逐一检查进行统计。

【操作步骤】操作步骤如下。

（1）创建窗体。单击“新建”按钮创建一个新的空白窗体，然后参照表 18.1 所示设置窗体的各项属性，其中的“名称”属性和“标题”属性改为“图书销售情况统计查询”。

（2）添加控件。保证“工具箱”面板上的“控件向导”按钮为弹起状态，在窗体上添加一个标签控件“Label1”，添加一个列表框控件 List1，两个文本框控件 Text1 和 Text2，两个标签 Label4 和 Label5，然后按表 18-6 所示设置各控件的属性。

（3）设置引用 ADO 类库，如图 18.5 所示。

表 18-6　　窗体“图书销售情况统计查询”各个控件的各项属性

控件名称	属性名	属性值
Label1	标题	图书销售情况统计查询
	字体名称	华文彩云
	字号	26
List1	行来源类型	表/查询
	行来源	SELECT DISTINCT 书籍.出版社名称 FROM 书籍;
	与其配套的标题	出版社
Text1	与其配套的标题	总数量
Text2	与其配套的标题	总金额
Label4	标题	册
Label5	标题	元

（4）设置列表框 List1 的 Click 事件代码。

```
Private Sub List1_Click()
Dim RS As ADODB.Recordset
 Dim strSQL As String
 Dim scount As Single, svalue As Single '总数量和总金额
 Set RS = New ADODB.Recordset
 scount = 0
 svalue = 0

 strSQL = "Select * from 书籍 "
  RS.Open strSQL, CurrentProject.AccessConnection, adOpenKeyset

 Do While Not RS.EOF
    If RS("出版社名称") = Me.List1 Then
        scount = scount + 1
        svalue = svalue + RS("定价")
    End If
    RS.MoveNext
 Loop
 Me.Text1 = scount
 Me.Text2 = svalue
 RS.Close
End Sub
```

（5）单击标准工具栏上的“视图 Microsoft Access”按钮切换到 Access 窗口，保存并运行窗体。

第 19 章 创建数据访问页实验

19.1 实验目的

1. 掌握利用“自动创建数据页：纵栏式”向导创建数据访问页的方法
2. 掌握利用“数据页向导”创建带有分组级别和排序次序的数据访问页的方法
3. 熟悉并掌握在设计视图中修改数据访问页的方法，包括添加控件、设置主题等

19.2 实验重点

1. 自动创建数据访问页
2. 使用向导创建数据访问页
3. 编辑数据访问页
4. 在数据访问页中添加 Office 对象

19.3 实验解析

本实验是以第 13 章和第 14 章实验中所建表和查询为数据源，内容及详细操作步骤如下。

19.3.1 使用“自动创建数据页”

【实验内容】

使用“自动创建数据页：纵栏式”向导创建一个数据访问页，命名为“雇员信息表”，标题为“雇员信息”，用户可以编辑“雇员”表中的记录。

【实验方法】“自动创建数据访问页”是创建数据访问页最快捷的方法。创建方法是：在“新建数据访问页”对话框中选择“自动创建数据页：纵栏式”和数据来源。

【操作步骤】操作步骤如下。

（1）打开“新建数据访问页”对话框。在“数据库”窗口的“页”对象下，单击窗口工具栏“新建”按钮 新建(N)，打开“新建数据访问页”对话框。

（2）选择创建方法及数据源。在“新建数据访问页”对话框的列表中选择“自动创建数据页：纵栏式”，在“请选择该对象数据的来源表或查询:”下拉列表框中选择“雇员”表，如图 19.1 所示。

（3）生成数据访问页并切换到设计视图。单击“确定”按钮，系统自动生成相应的数据访问页。单击页设计工具栏上的“视图”按钮或单击菜单“视图”→“设计视图”，切换到数据访问页的设计视图，如图 19.2 所示。

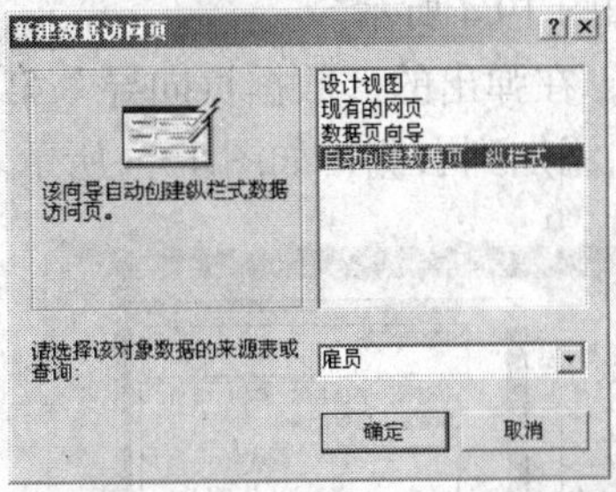

图 19.1　“新建数据访问页”对话框

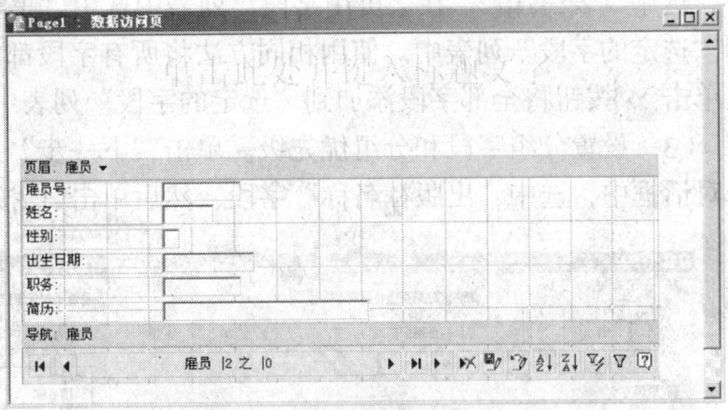

图 19.2　自动生成的数据访问页的设计视图

（4）设置标题。单击数据访问页上的“单击此处并键入标题文字”文字，然后输入“雇员信息”。

（5）保存数据访问页。单击工具栏上的“保存”按钮，在弹出“另存为数据访问页”对话框的“文件名”框中输入“雇员信息表”，保存类型为 Microsoft 数据访问页，保存路径为数据库所在文件夹，然后单击“保存”按钮，结果如图 19.3 所示。

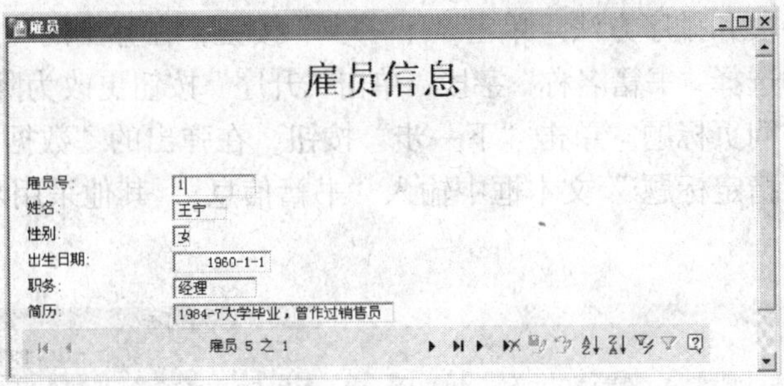

图 19.3　“雇员信息表”数据访问页

注意　在自动生成的数据访问页中，每个字段都以文本框控件以及左侧附带标签控件的形式单独占据一行，记录下方是导航工具栏，用于在记录之间移动、对记录进行排序和筛选，以及获取帮助等。

19.3.2　使用“数据页向导”

【实验内容】

使用“数据页向导”创建一个数据访问页，命名为“书籍信息表”，标题为“书籍信息”，要求各种书籍按“出版社名称”分组，并按“书名”降序排列。

【实验方法】使用向导创建数据访问页的基本方法是：打开“数据页向导”对话框，并在向导指导下，通过对话方式选择需要的选项，Access 将根据用户的选择创建数据访问页。

【操作步骤】操作步骤如下。

（1）打开“数据页向导”对话框。在“数据库”窗口的“页”对象下，双击“使用向导创建数据访问页”，打开“数据页向导”第 1 个对话框。

（2）选择数据源和字段。在弹出的“数据页向导”第 1 个对话框的“表/查询”下拉列表中，选中“表:书籍”，在“可用字段”列表中选中“书籍号”，然后单击 › 按钮，将其添加到“选定的字段”列表中。使用相同方法将所有字段都添加到“选定的字段”列表中，或直接单击 ›› 按钮将全部字段添加到“选定的字段”列表中，如图 19.4 所示。

（3）设置分组字段和分组优先级。单击“下一步”按钮，在弹出的“数据页向导”第 2 个对话框中，选中“出版社名称”字段，然后单击 › 按钮，添加到右侧，如图 19.5 所示。

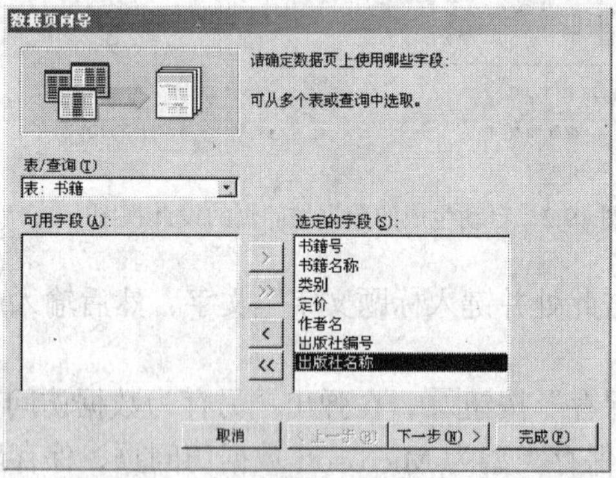

图 19.4 “数据页向导”第 1 个对话框

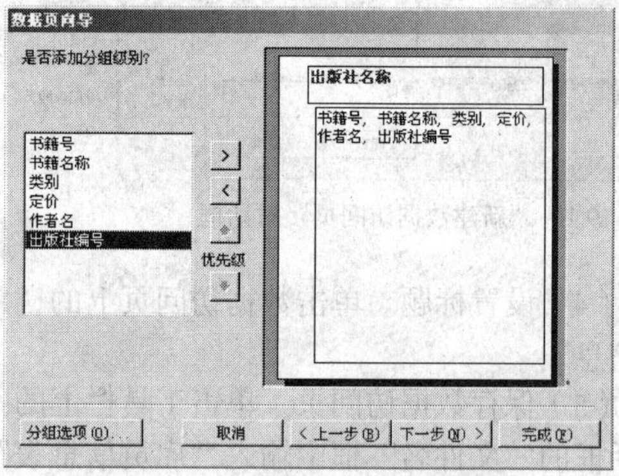

图 19.5 “数据页向导”第 2 个对话框

（4）设置排序字段和排序方法。单击“下一步”按钮，在弹出的“数据页向导”第 3 个对话框的下拉列表中选择“书籍名称”字段，单击“升序”按钮更改为降序，如图 19.6 所示。

（5）设置数据访问页标题。单击“下一步”按钮，在弹出的“数据页向导”最后一个对话框的“请为数据页指定标题:”文本框中输入“书籍信息”，其他采用默认设置，如图 19.7 所示。

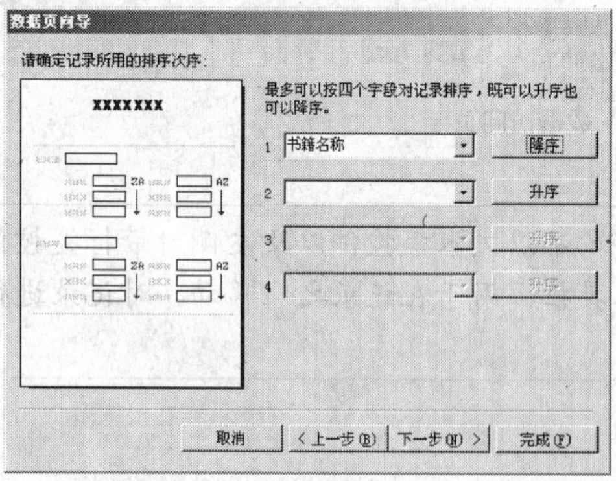

图 19.6 “数据页向导”第 3 个对话框

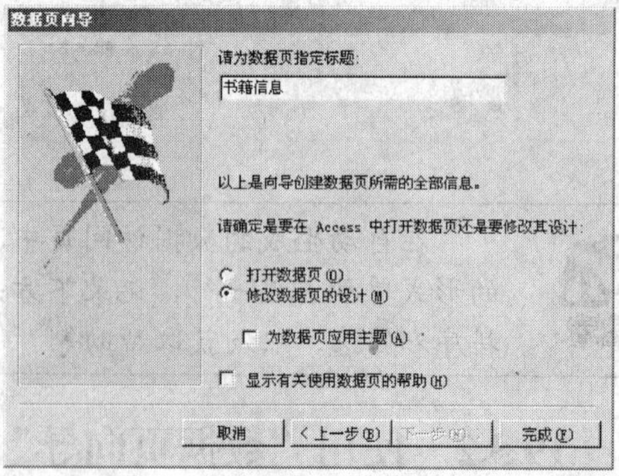

图 19.7 “数据页向导”第 4 个对话框

（6）保存数据访问页。单击工具栏上的“保存”按钮，并命名为“书籍信息表”。结果如图 19.8 所示。

注意　分组字段“出版社名称”的左边有一个展开指示器按钮，单击“+/-”按钮可以展开/折叠每组中的记录。在数据访问页中还有两个记录导航工具栏，上面一个用于各分组，下面一个用于整个表。

图 19.8　“书籍信息表”数据访问页

19.3.3　使用设计视图创建数据访问页

【实验内容】

（1）设计一个数据访问页，命名为“销售额图表”，要求在数据访问页中添加饼状图表来表现各雇员的售书总额，并在数据访问页中添加滚动文字“欢迎浏览！”。

（2）使用设计视图打开“雇员信息表”数据访问页，删除记录导航栏，并添加两个命令按钮，功能分别是“查看上一条记录”和“查看下一条记录”。

【实验方法】在设计视图下创建数据访问页，用户可以使用“工具箱”或“字段列表”将所需控件或字段添加到数据访问页上合适的位置，然后通过“属性”对话框设置它们的“格式”等属性，直到达到满意的效果。

【操作步骤】操作步骤如下。

1．创建“销售额图表”数据访问页

（1）打开设计视图。在“数据库”窗口的“页”对象下，双击“在设计视图中创建数据访问页”，打开数据访问页的设计视图。

（2）打开版式向导对话框。确保“字段列表”已经打开，将“Q9”查询拖动到数据访问页的设计视图中，系统自动弹出“版式向导”对话框，在该对话框中选择“数据透视图式”单选按钮，如图 19.9 所示。

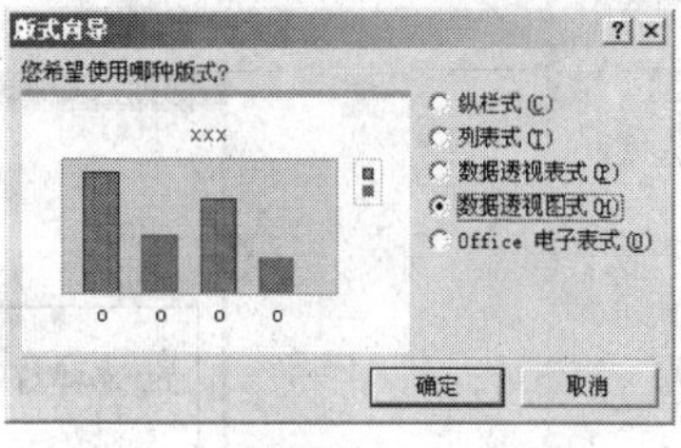

图 19.9　“版式向导”对话框

（3）选择字段。单击“确定”按钮，系统自动在数据访问页的设计视图中插入了一个数据透视图的布局设计窗口。打开字段列表，展开列表中的“Q9”查询，将“姓名”字段拖动到“将分类字段拖至此处”区；将“JSJ”字段和“KJ”字段拖到“图表”区域，如图 19.10 所示。

（4）选择图表类型。两次单击数据透视图的绘图区域后，单击数据透视图上图表类型按钮，在弹出的“命令和选项”对话框中，选择“类型”选项卡下的“饼图”，如图 19.11 所示。

（5）添加滚动文字。单击“命令和选项”对话框右上角的关闭按钮，回到数据访问页设计视图。单击工具箱中的“滚动文字”控件，在数据访问页中合适位置单击，添加“滚动文字”控件，并修改其中文字为“欢迎浏览！”，如图 19.12 所示。

（6）保存数据访问页。单击工具栏上的“保存”按钮，并命名为“销售额图表”。结果如图 19.13 所示。

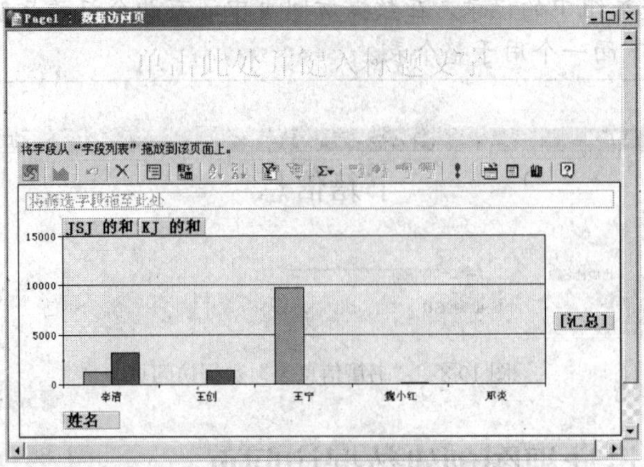

图 19.10　添加数据透视图的数据访问页设计窗口

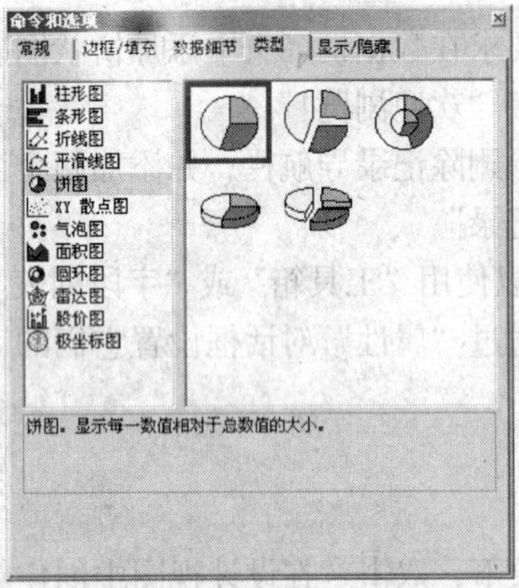

图 19.11　数据透视图的命令和选项对话框

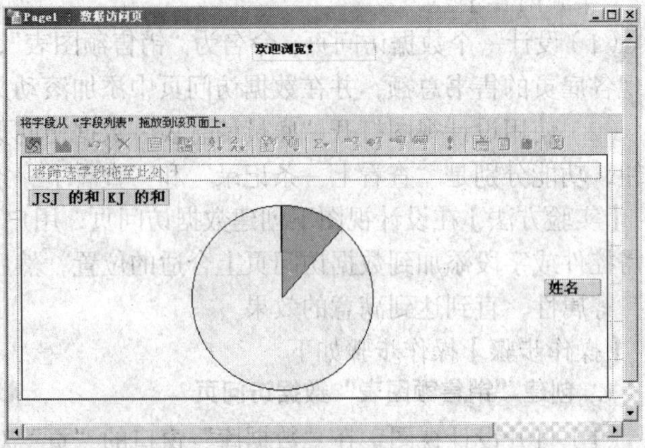

图 19.12　添加滚动文字控件的数据访问页设计视图

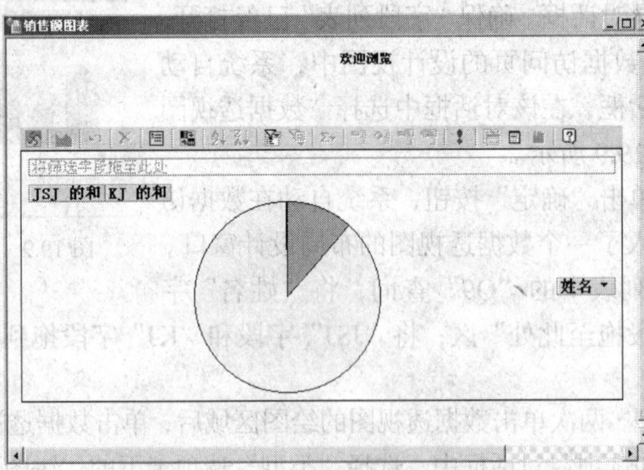

图 19.13　"销售额图表"数据访问页

注意　只有将整个表/查询从字段列表中拖动到数据访问页上时，Access 会显示"版式向导"。本实验也可采用添加 Office 图表控件的方法，但需设置数据源，相对复杂。

2. 修改“雇员信息表”数据访问页

（1）打开设计视图。在“数据库”窗口的“页”对象下选中“雇员信息表”数据访问页，单击窗口工具栏的“设计”按钮设计(D)，在设计视图下打开“雇员信息表”数据访问页。

（2）删除记录导航栏。单击记录导航栏，按 <Delete> 键，出现系统提示对话框，如图 19.14 所示，单击“否”命令按钮，删除记录导航栏。

图 19.14　系统提示对话框

（3）创建“浏览下一条记录”命令按钮。在确保选中工具箱中“控件向导”按钮的前提下，单击工具箱中的“命令按钮”控件，单击窗体页脚合适位置，此时弹出“命令按钮向导”第 1 个对话框，在“类别”列表框中选择“记录导航”，在“操作”列表框中选择该类别下的“转至下一项记录”，如图 19.15 所示。单击“下一步”按钮，弹出“命令按钮向导”第 2 个对话框。在该对话框中指定命令按钮上显示的内容。单击对话框中的“图片”单选按钮，并在其右侧的列表框中任选一项。向导左侧是图片的预览，如图 19.16 所示。

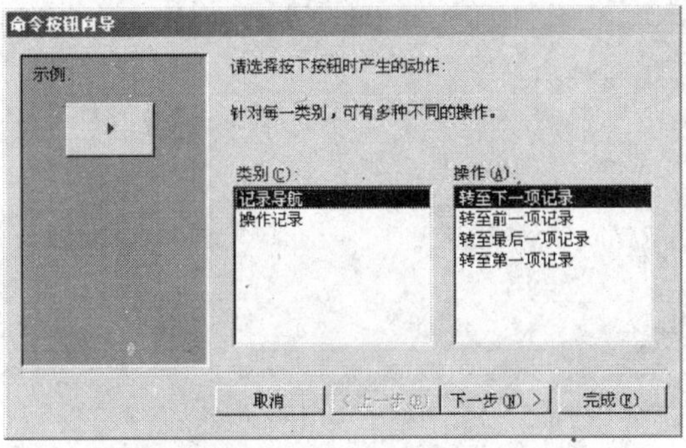

图 19.15　“命令按钮向导”第 1 个对话框

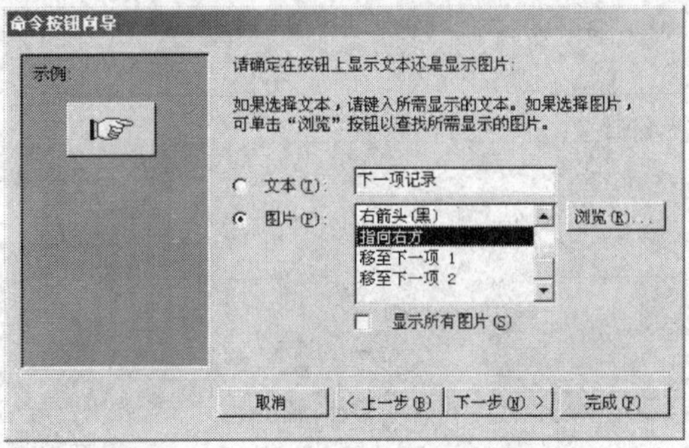

图 19.16　“命令按钮向导”第 2 个对话框

（4）为命令按钮命名。单击“下一步”按钮，弹出“命令按钮向导”最后一个对话框。在该对话框中指定命令按钮的名称，该名称用来标识命令按钮，这里使用默认值，如图 19.17 所示。单击“完成”按钮。

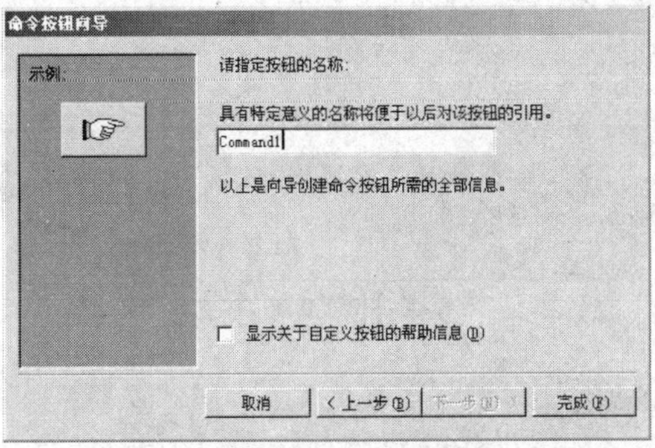

图 19.17　“命令按钮向导”第 3 个对话框

（5）创建其他命令按钮。使用上述相同方法创建另一个命令按钮，并适当调整命令按钮的位置。

（6）保存数据访问页。单击工具栏上的“保存”按钮，保存修改的数据访问页，结果如图 19.18 所示。

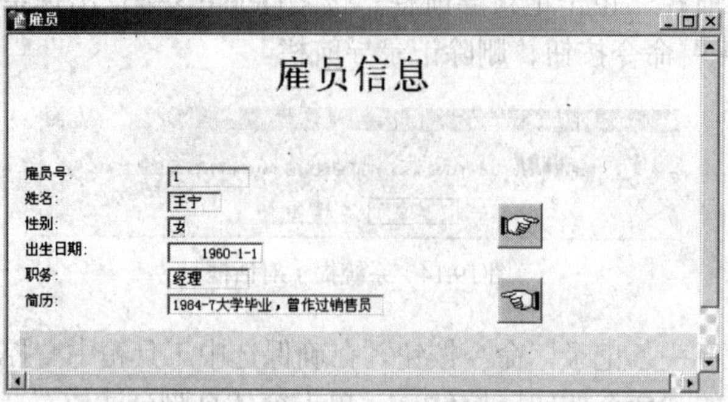

图 19.18　添加了命令按钮的“雇员信息表”数据访问页

第 20 章 创建数据库应用系统实验

20.1 实验目的

1. 了解数据库应用系统的开发过程
2. 掌握创建数据库应用系统菜单的方法
3. 了解启动属性的含义，掌握设置应用系统启动属性的方法

20.2 实验重点

1. 利用宏创建系统菜单
2. 设置系统启动属性

20.3 实验解析

20.3.1 分析系统功能

【实验内容】阅读第 11 章给出的某图书大厦“图书销售管理”描述和用户需求，以第 13 章～第 18 章的实验内容为基础，按照系统开发过程，进行系统分析，并设计“图书销售管理系统”的功能结构，画出功能结构图。

【功能分析】从第 11 章描述的某图书大厦日常管理工作需求可以看出，“图书销售管理”的基本需求如下。

（1）录入和维护书籍基本信息。

（2）录入和维护订单基本信息。

（3）录入和维护雇员基本信息。

（4）录入和维护客户基本信息。

（5）能够使用多种方式浏览销售信息。

（6）能够完成基本的统计分析功能。

（7）能够生成统计报表，并能够打印输出。

上述需求包括两个方面，一是对图书、雇员、客户、订单等基本信息的维护需求；二是对这些基本信息的统计、查询及打印需求。可以得出“图书销售管理系统”应具有以下功能。

（1）图书管理：实现图书信息的登录和修改；实现图书信息的查询和打印输出。

（2）订单管理：实现订单信息的登录和修改；实现订单信息的查询和打印输出。

（3）销售管理：实现图书及雇员销售信息的统计、查询和打印输出。

（4）雇员管理：实现雇员信息的登录和修改；实现雇员信息的查询和打印输出。

（5）客户管理：实现客户信息的登录和修改；实现客户信息的查询和打印输出。

功能结构如图 20.1 所示。

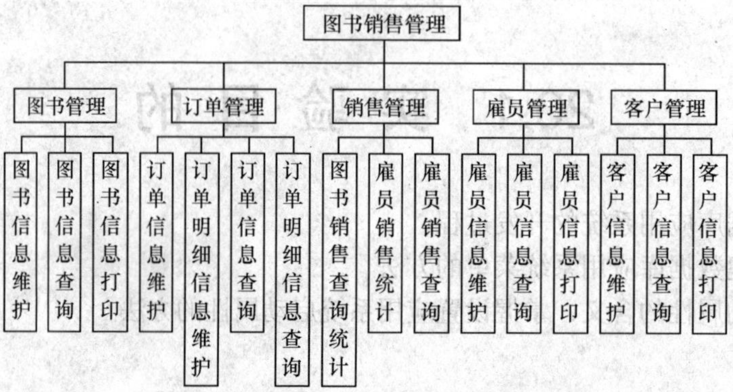

图 20.1 “图书销售管理系统”功能结构图

20.3.2 创建系统菜单

【实验内容】根据功能结构图，选择一种创建系统菜单的方法将第 13 章～第 18 章实验的结果集成在一起，形成“图书销售管理系统”。

【实验方法】按照图 20.1 所示功能，将第 13 章～第 18 章部分实验结果集成在一起，形成“图书销售管理系统”。本实验将采用“利用宏创建系统菜单”的方法，首先为每个下拉菜单项创建宏组，然后将其组合到系统菜单宏组中，最后执行“用宏创建菜单”命令。“图书销售管理系统”功能与部分实验结果的关系如表 20-1 所示。

表 20-1 集成内容及关系

菜单项	功能	打开对象	对象名称	所属实验
图书管理	图书信息维护	窗体	F4	第 15 章
	图书信息查询	查询	Q2	第 14 章
	图书信息打印	报表	R6	第 16 章
订单管理	订单信息维护	窗体	F1	第 15 章
	订单明细信息维护	窗体	F2	第 15 章
	订单信息查询	查询	Q1	第 14 章
	订单明细信息查询	查询	Q1	第 14 章

续表

菜单项	功能	打开对象	对象名称	所属实验
销售管理	图书销售情况统计查询	窗体	图书销售情况统计查询	第 18 章
	雇员销售查询	查询	Q9	第 14 章
	雇员销售统计	窗体	F9	第 15 章
雇员管理	雇员信息维护	窗体	F5	第 15 章
	雇员信息查询	查询	Q2	第 14 章
	雇员信息打印	报表	R3	第 16 章
客户管理	客户信息维护	窗体	F3	第 15 章
	客户信息查询	查询	自建	第 20 章
	客户信息打印	报表	R8	第 16 章

【操作步骤】操作步骤如下。

（1）打开宏窗口。在“数据库”窗口的“宏”对象中，单击“新建”命令按钮，打开“宏”窗口。单击菜单“视图”→“宏名”，添加“宏名”列。

（2）为“图书管理”下拉菜单项创建宏组。在“宏名”列中输入要在下拉菜单中显示的命令名称“图书信息维护”，在“操作”列中选择打开窗体操作“OpenForm”；在“操作参数”区中，单击“窗体名称”右侧向下箭头，从弹出的下拉列表中选择“F4”窗体，单击“视图”行右侧向下箭头，从弹出的下拉列表中选择“窗体”，单击“窗口模式”行右侧向下箭头，选择“对话框”。使用与本步骤相同的方法创建宏名为“图书信息查询”和“图书信息打印”两项。设置结果如图 20.2 所示。保存宏组，并命名为“系统菜单_图书管理”。

注意　打开查询的宏操作为“OpenQuery”，打开报表的宏操作为“OpenReport”。

（3）为其他下拉菜单项创建宏组。按照表 20-1 所示内容，使用上述相同方法创建其他宏组，宏组名分别为“系统菜单_订单管理”、“系统菜单_销售管理”、“系统菜单_雇员管理”、“系统菜单_客户管理”和“系统菜单_退出”。其中，“系统菜单_退出”只包含一个退出 Access 操作“Quit”。

（4）为系统菜单创建宏组。此步骤将上述已建宏组组合到系统菜单宏中。方法是：打开“宏”窗口，在“宏名”列中输入“图书管理”，在“操作”列中选择“AddMenu”，在“操作参数”区的“菜单名称”行中输入“图书管理（&B）”，在“菜单宏名称”行中选择“系统菜单_图书管理”，在“状态栏文字”文本框中输入“图书信息的维护与使用”。使用本步骤所述方法设置“订单管理”、“销售管理”、“雇员管理”、“客户管理”和“系统退出”菜单项。设置结果如图 20.3 所示。保存宏，并命名为“系统菜单”。

注意　“图书管理（&B）”中的“（&B）”表示为此操作设置的快捷键（也称热键），对每个菜单项可根据需要选择设置。

（5）创建系统菜单。在“数据库”窗口的“宏”对象中，单击“系统菜单”宏，然后单击菜单“工具”→“宏”→“用宏创建菜单”。

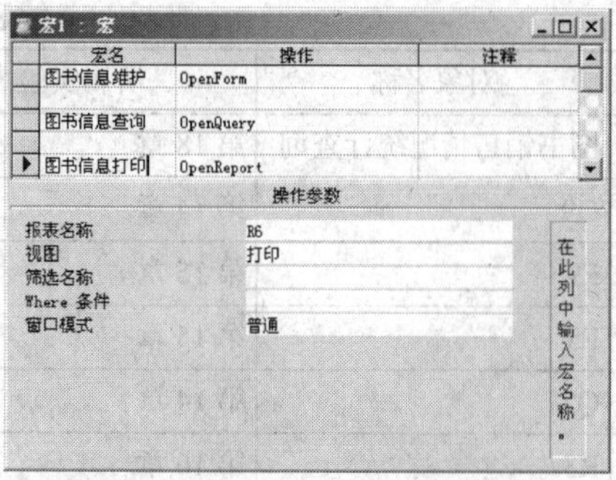

图 20.2 下拉菜单项宏的设置结果

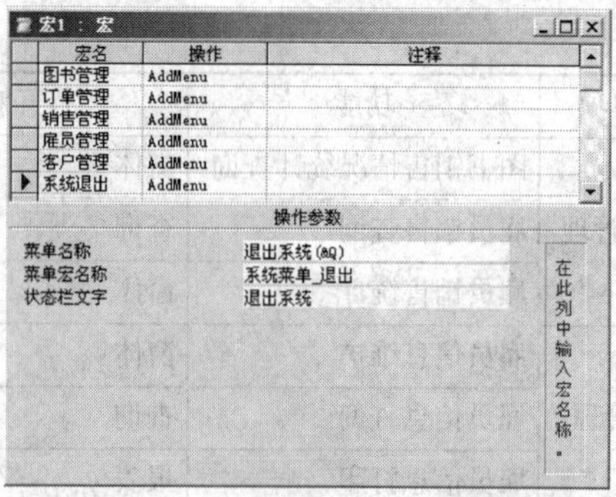

图 20.3 “系统菜单”宏的设置结果

系统菜单创建后，使用某一窗体将其激活才可真正使用。以下是创建并设置激活系统菜单窗体的步骤。

（6）打开窗体设计视图。在“数据库”窗口的“窗体”对象中，双击“在设计视图中创建窗体”选项。

（7）设置窗体上的显示文本。在窗体适当位置放置一个标签控件，设其“标题”属性为“图书销售管理系统”，“字体名称”属性为“华文行楷”，“字体大小”属性为“48”，“名称”属性为“lab 标题”。

（8）设置窗体属性。在窗体设计视图中单击工具栏上的“属性”按钮，弹出“属性”对话框，单击“窗体选定器”，然后按表 20-2 所示内容设置窗体相关属性。例如，单击“格式”选项卡，在“标题”属性行中输入“系统菜单”，在“默认视图”行中选择“单个窗体”等。“格式”选项卡属性设置完成后，单击“其他”选项卡，在“模式”属性行中选择“是”，在“菜单栏”属性行中选择“系统菜单”。

表 20-2 “窗体”属性设置内容

属性名称	属性值	属性名称	属性值	属性名称	属性值
标题	系统菜单	分割线	否	最大化/最小化按钮	无
默认视图	单个窗体	自动调整	否	关闭按钮	否
滚动条	两者均无	自动居中	否	问号按钮	否
记录选定器	否	边框样式	对话框边框	模式	是
导航按钮	否	控制框	否	菜单栏	系统菜单

注意

若使已建立的系统菜单能在系统运行时被激活，需要对激活菜单的相关窗体的“菜单栏”属性进行设置。“菜单栏”属性值是已建立的名称为“系统菜单”的宏。该宏应在创建此窗体前建立，并且执行“用宏创建菜单”命令，以便设置窗体“菜单栏”属性时选择。

（9）编制并加载程序。进入系统时要求该窗体以最大化方式显示在屏幕上，同时“图书销售管理系统”文字显示在窗体中央。此功能可通过编制“调整大小”事件来实现。程序代码如下：

```
Private Sub Form_Resize()
  DoCmd.Maximize
  Lab标题.Left = (Form.WindowWidth - Lab标题.Width) / 2
```

```
End Sub
```

单击“窗体选定器”，单击“属性”对话框中“事件”选项卡，单击“调整大小”事件行右侧“生成器”按钮，在弹出的“选择生成器”对话框中选择“代码生成器”选项，然后单击“确定”按钮。在“代码”窗口中输入上述代码，关闭“代码”窗口。

完成设置后，在“窗体”对象下，双击“系统菜单”，可看到如图 20.4 所示窗体。

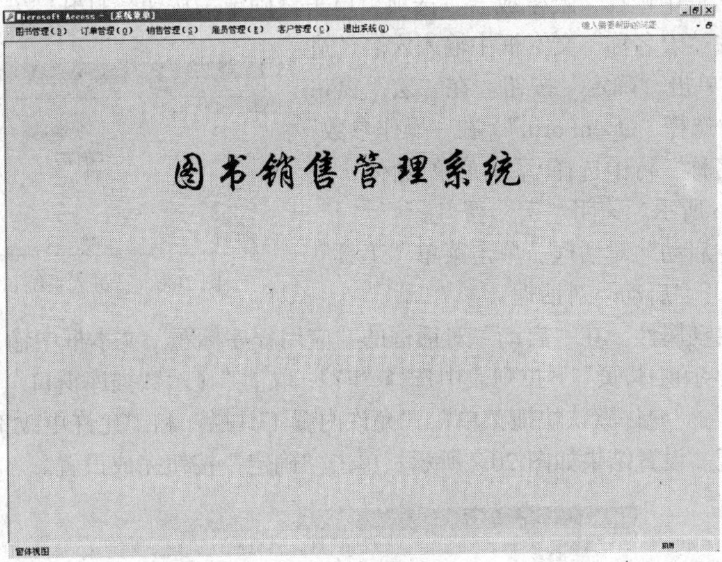

图 20.4　“系统菜单”窗体

20.3.3　设置系统启动属性

【实验内容】对“图书销售管理系统”进行适当设置，使其在运行时，自动进入系统主界面。

【实验方法】系统主界面是运行“图书销售管理系统”后进入的第一个界面。设置系统启动属性需要完成两项工作。第一，确定并设置系统主界面。本实验使用第 15 章创建的“F7”窗体作为“图书销售管理系统”主界面，如图 20.5 所示；并将窗体中“进入系统”命令按钮的“单击”事件设置为打开“系统菜单”窗体。第二，设置系统启动属性。通过“启动”对话框，设置“应用程序标题”为“图书销售管理系统”，“显示窗体/页”为“F7”窗体。

图 20.5　“图书销售管理系统”启动界面

【操作步骤】操作步骤如下。

（1）打开“属性”对话框。在窗体设计视图中打开“F7”窗体，单击工具栏上的“属性”按钮，打开“属性”对话框。

（2）设置“进入系统”命令按钮的“单击”事件。单击“进入系统”命令按钮，单击“属性”对话框中的“事件”选项卡，单击“单击”事件行右侧“生成器”按钮，在弹出的“选择生成器”对话框中选择“宏生成器”选项，单击“确定”按钮，打开“宏”窗口及“另存为”对话框，在“宏名称”文本框中输入宏名“进入系统”，然后单击“确定”按钮。在“宏”窗口的“操作”行中选择“OpenForm”，在“操作参数”区中的“窗体名称”行中选择“系统菜单”窗体，设置结果如图 20.6 所示。关闭“宏”窗口。

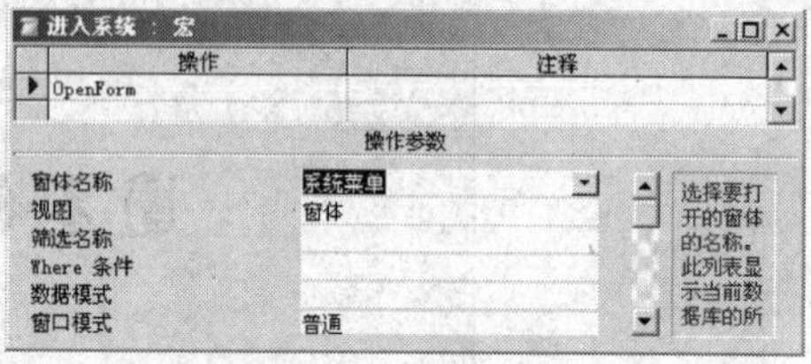

图 20.6 “进入系统”宏的设置结果

（3）打开“启动”对话框。单击菜单“工具”→“启动”，打开“启动”对话框。

（4）设置启动属性。在“启动”对话框的“应用程序标题”文本框中输入“图书销售管理系统”；在“显示窗体/页”下拉列表中选择“F7”；取消“显示数据库窗口”、“显示状态栏”、“允许全部菜单”、“允许默认快捷菜单”、“允许内置工具栏”和“允许更改工具栏/菜单”等复选框中的标记。设置结果如图 20.7 所示。单击“确定”按钮完成设置。

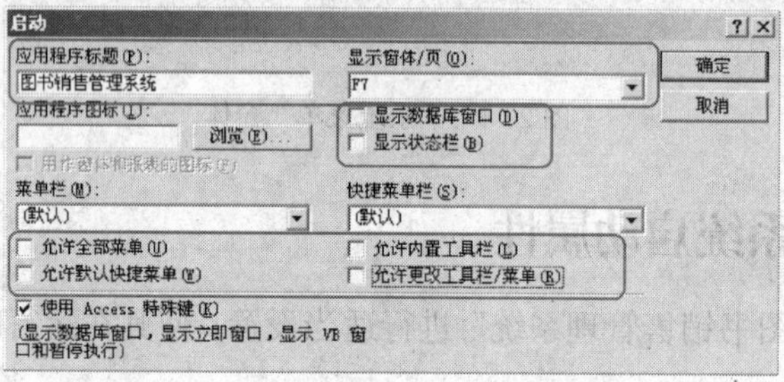

图 20.7 “图书销售管理系统”启动属性设置结果

实验安排篇

上机实践是学习和掌握 Access 数据库最重要的途径。“实验安排篇”从实验目的、实验准备、实验步骤、实验内容安排等方面提出了具体的实验思路和要求，并设计了基础性实验和综合性实验。基础性实验以 Access 数据库基本操作为主，包括数据库、数据表建立，查询、窗体、报表、宏、VBA 模块以及数据访问页的建立及使用。综合性实验以开发小型数据库管理系统为基本内容，分析、设计数据库应用系统功能，并通过 Access 提供的集成方法，将基础性实验中建立的数据库对象集成在一起，形成数据库应用系统。全部实验以“成绩管理”数据为基础，最终完成“成绩管理系统”的建立。目的是使读者对数据库应用技术以及 Access 数据库的实际应用有一个整体的把握，并能够理解和运用 Access 数据库解决本专业的实际问题。

第21章 实验要求

21.1 实验目的

《Access 数据库实用教程》以数据库应用技术为中心，主要介绍了数据库设计基本知识、Access 数据库基本操作、小型数据库应用系统开发 3 个方面。旨在使读者了解数据库设计的基本方法，掌握 Access 数据库的基本操作和编程技巧。

数据库应用知识的掌握与能力的培养在很大程度上依赖于上机实验。通过实验，验证学习的知识，掌握数据库、数据表、查询、窗体、报表、宏、数据访问页、以及模块建立及使用的方法。更重要的是通过实验，能够对数据库应用技术以及 Access 数据库的实际应用有一个整体的把握，并能够理解和运用 Access 数据库，解决本专业实际问题。因此必须给予充分的重视。

21.2 实验准备

实验是学习 Access 数据库应用的重要组成部分，属于学科基础实验范畴，是与相关理论内容相配合的实践性环节。在上机实验前，应做好如下实验准备。

（1）预习实验指导有关部分，了解本次实验内容。

（2）复习和掌握与本次实验有关的理论知识和操作方法。

（3）初步设计本次实验所涉及对象的基本结构和创建方法。

（4）分析并思考实验可能出现的问题。

（5）准备实验数据。

21.3 实验步骤

上机实验时应做到，一人一机，独立完成。在实验过程中，仔细观察上机出现的各种现象，记录主要情况，做出必要分析。在遇到问题时，尽量独立思考，培养独立分析问题和解决问题的能力。上机实验一般包括以下步骤。

（1）实验准备：了解本次实验内容，做好上机实验准备。

（2）上机实验：①打开 Access 数据库；②选择处理对象的类型（表、查询、窗体、报表、数据访问页、宏、模块）；③按题目要求创建或设计对象；④转换到相应视图模式浏览结果，验证创建和设计对象的正确性，如果不正确，进行调整和修改。

（3）撰写实验报告：完成实验后，按要求撰写实验报告，实验报告包括实验目的、内容、实验情况及其分析。

21.4 实验报告

实验完成后，对实验中记录的内容进行整理和分析，并按要求撰写实验报告。实验报告内容如下。

（1）实验目的。

（2）实验内容。

（3）实验过程。

（4）实验分析与思考。对实验过程中遇到的问题进行分析，说明解决问题的方法，总结实验心得。

21.5 实验内容安排

本教材将实验分为两个层次，分别为“基础性与验证性实验”和“综合性与设计性实验（应用与开发）”。在实验内容安排上，强调“基础性、验证性”实验与“综合性、设计性”实验相结合，选用“成绩管理”作为实验实例，通过实验逐步完成“成绩管理系统”的建立。具体内容如下。

（1）设计数据库。通过给出的实际需求，分析和设计“成绩管理”数据库。

（2）创建数据库。根据“成绩管理”数据库设计，创建“成绩管理”数据库及数据表。

（3）处理及使用数据。通过创建查询，计算和查找需要的数据。通过创建报表，计算或浏览各类信息。

（4）创建操作界面。通过创建窗体，创建用户的操作界面，以实现数据的输入、修改和输出等操作。

（5）建立与 Internet 的连接。通过创建数据访问页，建立与 Internet 的连接。

（6）实现复杂处理。通过创建宏和编写 VBA 程序，实现复杂的数据处理。

（7）创建数据库应用系统。分析成绩管理需求；设计“成绩管理系统”功能；根据设计的功能结构，对已建立的数据库对象进行整合，最终形成“成绩管理系统”。

第22章 实验安排

22.1 实验1 数据库设计实验

【实验目的】

1. 学习关系型数据库的基本概念
2. 熟悉数据库设计方法
3. 掌握数据库设计步骤

【实验内容】

某院校成绩管理工作及需求描述如下。

建立“成绩管理”数据库的主要目的是通过对学生成绩信息进行录入、修改与管理，能够方便地查询学生选修课程的情况和学生、课程的基本信息。因此“成绩管理”数据库应具有如下功能。

1. 录入和维护学生的基本信息

学生（学号，姓名，性别，出生日期，政治面貌，毕业学校，照片）

2. 录入和维护成绩的信息

成绩（学号，姓名，学年，学期，课程代码，课程名称，学分，平时成绩，考试成绩，总评成绩）

3. 录入和维护课程的信息

课程（课程代码，课程名称，课程类别，学分）

4. 能够按照各种方式方便地浏览学生选课信息
5. 能够完成基本的统计分析功能，并能生成统计报表打印输出

根据上述描述，设计一个“成绩管理”数据库。

【实验要求】

（1）根据实际工作需要进行需求分析，设计出“成绩管理”数据库的框架（所需表及表结构）。

（2）根据数据规范化原则，对设计出的数据库表进行规范化处理。

22.2 实验2 创建和操作数据库实验

【实验目的】

1. 了解Access数据库窗口的基本组成
2. 熟悉Access的工作环境
3. 了解数据库对象的基本操作
4. 掌握创建数据库的方法
5. 理解数据库管理的意义，掌握数据库管理的方法

【实验内容】

（1）在“d:\Access练习”文件夹中创建一个名为“成绩管理.mdb”的空数据库文件。

（2）利用“库存控制”模板创建一个名为“库存管理.mdb”的数据库文件，并保存在“d:\Access练习”文件夹中。运行该数据库，了解它的各部分组成和功能。

（3）对所建“库存管理”数据库进行压缩和修复。

（4）为“库存管理”数据库中的“雇员”表创建一个副本，命名为“雇员副本”。

【实验要求】

（1）完成各种操作，并验证操作的正确性。

（2）记录上机操作过程中出现的问题以及解决方法。

（3）编写实验报告。

报告内容如下。

① 实验目的。

② 实验内容。

③ 实验过程。

④ 分析与思考。实验过程中遇到的问题及解决方法，实验的心得与体会。

22.3 实验3 表的建立和管理实验

【实验目的】

1. 熟悉Access的操作环境
2. 熟练掌握建立表的各种方法
3. 掌握设置字段属性的方法
4. 掌握建立表间关系的方法
5. 掌握编辑、排序、筛选记录的方法

【实验内容】

以实验2创建的空数据库“成绩管理.mdb”为基础，按题目要求完成以下操作。

（1）“成绩管理.mdb”包含3个表，3个表的结构如表22-1～表22-3所示。

选用适当的方法建立“学生”和“课程”2个表。分析2个表的结构，判断并设置主键。

表 22-1 学生

字段名称	数据类型	字段大小
学号	文本	10
姓名	文本	5
性别	文本	1
出生日期	日期/时间	
政治面貌	文本	5
毕业学校	文本	20
照片	OLE 对象	

表 22-2 成绩

字段名称	数据类型	字段大小
学号	文本	10
学年	文本	9
学期	数字	整型
课程代码	文本	3
平时成绩	数字	单精度型
考试成绩	数字	单精度型

表 22-3 课程

字段名称	数据类型	字段大小
课程代码	文本	3
课程名称	文本	20
课程类别	文本	2
学分	数字	长整型

（2）将保存在“成绩管理.mdb”数据库所在文件夹下的“成绩.xls”文件，导入到“成绩管理.mdb”数据库中，表名称不变。

（3）按表 22-2 修改“成绩”表结构。分析表结构，判断并设置主键。

（4）设置表之间关系。

（5）按照以下要求，对相关表进行修改。

① 将“课程”表中“学分”字段的字段大小改为“整型”。

② 将“成绩”表中“平时成绩”和“考试成绩”字段的“输入掩码”属性设置为：只能输入 3 位整数和 1 位小数（整数部分可以不足 3 位）的数据，将“有效性规则”属性设置为：只能输入正数，并将“有效性文本”属性设置为：“请输入正数！”。

③ 将“学生”表中“性别”字段的“默认值”属性设置为“男”。将“出生日期”字段的“格式”属性设置为“长日期”，“有效性规则”属性设置为：输入的出生日期必须为 1993 年以前，“有效性文本”属性设置为“输入的数据有误，请重新输入！”。

④ 为“学生”表的“政治面貌”字段设置查阅列表，列表中显示的数据值为：党员、团员、群众。

⑤ 将“学生”表的单元格效果设置为“凹陷”，字体设置为“幼圆”。

（6）输入数据，数据可自行拟定（包括“学生”表中的照片）。

提示 对于取自于一组固定数据的字段，可以在输入数据前为该字段创建查阅列表。比如，“性别”、“政治面貌”、“课程类别”等。

（7）按照以下要求，对相关表进行操作。

① 将“成绩”表按“考试成绩”降序排序，并显示排序结果。

② 使用两种以上方法筛选“成绩”表中“考试成绩”小于60的记录。

③ 使用3种以上方法筛选“学生”表中“政治面貌”为党员的记录。

④ 使用两种以上方法筛选“学生”表中年龄小于18岁的雇员记录。

【实验要求】

（1）完成各种操作，并验证操作的正确性。

（2）记录上机操作过程中出现的问题及解决方法。

（3）编写实验报告

报告内容如下。

① 实验目的。

② 实验内容。

③ 实验过程。

④ 分析与思考。实验过程中遇到的问题及解决方法，实验的心得与体会。

22.4 实验4 查询的创建和使用实验

【实验目的】

1. 掌握Access的操作环境
2. 了解查询的基本概念和种类
3. 理解查询条件的含义和组成，掌握条件的书写方法
4. 熟悉查询设计视图的使用方法
5. 掌握各种查询的创建和设计方法
6. 掌握使用查询实现计算的方法
7. 掌握使用SOL—SELECT命令建立简单查询

【实验内容】

以实验3创建的数据库中相关表为数据源，按题目要求创建以下查询。

（1）查找所有学生的选课情况，并显示学号、姓名、课程名称、学年、学期、平时成绩和考试成绩。查询名为“Q1”。

（2）查找“课程”表中学分为4学分、课程类别为“选修”课的课程代码和课程名，并按课程代码升序进行排序。查询名为“Q2”。

（3）查找学生姓名中出现“方”字的学生信息，结果显示学生表中的全部字段。查询名为“Q3”。

（4）学号字段的前4位代表年级，请修改“Q1”查询，要求查找“2009”级学生的成绩信息，并显示学号、姓名、课程名称、平时成绩和考试成绩。查询另存为“Q4”。

（5）查找并计算学生的成绩信息，显示学号、姓名、课程名称、学年、学期和总评成绩，其中“总评成绩”一列数据由计算得到。查询名为“Q5”。

总评成绩=平时成绩×0.3+考试成绩×0.7

（6）以“Q5”查询为数据源，统计每名学生的已选课程门次，显示标题为“姓名”和“已

选课程门次”。查询名为“Q6”。

（7）以“课程”表和“Q5”查询为数据源，统计每名学生所修课程中总评成绩及格的课程门次及已修够的学分，显示标题为“姓名”、“及格门次”和“已修学分”。查询名为“Q7”。

注意　要建立两个数据源“课程”表和“Q5”查询之间的关系。

（8）创建一个查询，按“课程代码”分类统计考试成绩最高分与最低分的差，显示标题为“课程名称”和“最高分与最低分的差”，其中，最高分与最低分的差由计算得到。查询名为“Q8”。

（9）以“Q5”查询为数据源，创建交叉表查询，统计每个学生每个学年平均总评成绩。“学号”为行标题，“学年”为列标题，统计总评成绩的平均值。查询名为“Q9”。

（10）修改“Q2”查询，要求按学分和课程类别查找课程信息，结果显示课程代码和课程名，并按课程代码升序进行排序。当运行该查询时，提示框中应依次显示“请输入课程类别:”和“请输入课程学分:”。查询名为“Q10”。

（11）以“Q5”查询为数据源，将总评成绩平均分 85 分以上的学生信息生成“优秀学生”表。表中字段包括“学号”、“姓名”和“总评成绩平均分”字段。查询名为“Q11”。

（12）以上题所建“优秀学生”表为数据源，建立“按学生学号删除”的删除查询，要求输入学号，删除该生的记录，参数提示为“请输入学生学号”。查询名为“Q12”。

（13）修改成绩表，将总评成绩大于等于 59 分小于 60 分的学生的平时成绩上调 2 分。查询名为“Q13”。

总评成绩=平时成绩×0.3+考试成绩×0.7

注意　以“成绩”表数据源，添加计算字段计算总评成绩并为其设置条件。

（14）将总评成绩平均分大于等于 80 分小于等于 85 分的学生信息追加到“优秀学生”表中。查询名为“Q14”。

（15）以“学生”表为数据源，查找男生信息，结果显示姓名、性别和毕业学校字段。用 SQL 修改此查询，使查询的结果显示女生信息。查询名为“Q15”。

（16）使用 SOL—SELECT 命令建立第（1）、（2）、（3）题所要求的查询，查询名称自行定义。

【实验要求】

（1）建立查询，运行并查看结果。

（2）保存上机操作结果。

（3）记录上机操作过程中出现的问题及解决方法。

（4）编写实验报告，报告内容如下。

① 实验目的。

② 实验内容。

③ 实验过程。

④ 分析与思考。实验过程中遇到的问题及解决方法，实验的心得与体会。

22.5 实验5 窗体的设计和应用实验

【实验目的】

1. 熟悉 Access 窗体设计的操作环境
2. 理解窗体的概念，了解各种控件的用途
3. 认识窗体的各种视图，掌握其各种用途
4. 掌握简单窗体的自动生成方法
5. 掌握使用向导创建单表或多表窗体的方法
6. 掌握使用窗体设计器设计单表或多表窗体的方法
7. 认识窗体的纵栏表、数据表、表格式等表现数据的各种布局
8. 掌握窗体和控件的常用属性的设置

【实验内容】

以实验 3 和实验 4 创建的数据库中相关表和查询为数据源，按题目要求创建以下窗体。

（1）以“成绩”表为数据源，使用“自动窗体”创建窗体，窗体名为“Form1”。

（2）以“学生”表为数据源，使用“自动创建窗体”向导创建纵栏式窗体，窗体名为“Form2”。

（3）以“课程”表为数据源，使用“自动创建窗体”向导创建表格式窗体，窗体名为“Form3”。

（4）以“学生”、“课程”和“成绩”表为数据源，使用“窗体向导”创建“学生成绩查询”窗体。窗体为嵌入式的主/子窗体，显示内容如图 22.1 所示，窗体名为“Form4”。

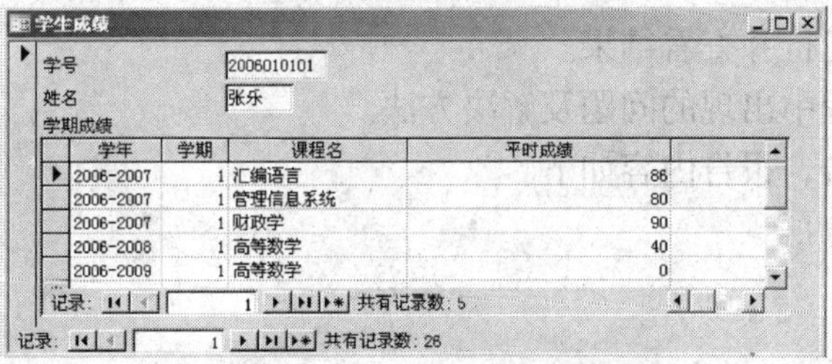

图 22.1 “学生成绩查询”窗体

（5）在窗体设计视图中打开“Form1”窗体，删除导航按钮，并添加 4 个命令按钮，功能分别为“添加新记录”、“删除记录”、“转至前一项记录”和“转至下一项记录”。

（6）以实验 4 所建“Q7”查询为数据源，创建图 22.2 所示窗体，窗体名为“Form5”。其中查询功能在后续实验中实现。

（7）创建图 22.3 所示“学生信息查询”窗体，窗体名为“Form6”。其中“年龄”为计算型文本框控件。

（8）创建图 22.4 所示“课程信息查询”窗体，窗体名为“Form7”。其中“课程总数”为计算型文本框控件，课程信息使用列表框显示。

（9）创建图 22.5 所示的窗体，窗体名为“Form8”。其中，“验证码”和“登录”、“退出”命令按钮暂无任何功能。

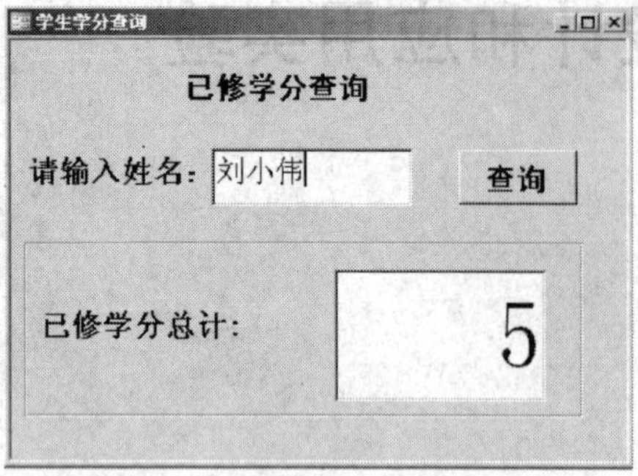

图 22.2 “学生已修学分查询”窗体

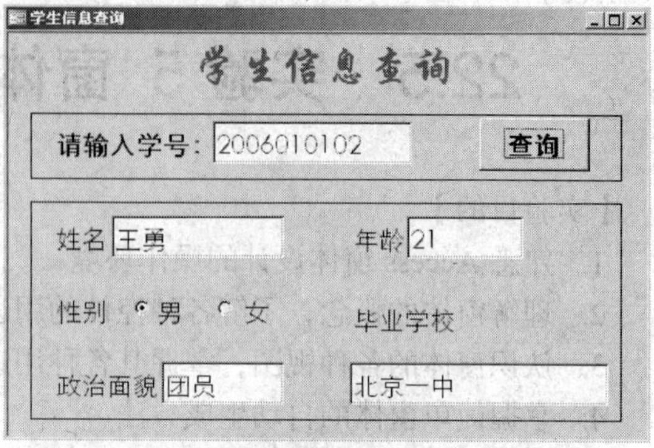

图 22.3 “学生信息”查询窗体

图 22.4 “课程信息查询”窗体

图 22.5 “登录”窗体

【实验要求】

（1）创建窗体，运行并查看结果。

（2）记录创建过程中出现的问题及解决方法。

（3）编写实验报告，报告内容如下。

① 实验目的。

② 实验内容。

③ 实验过程。

④ 分析与思考。实验过程中遇到的问题及解决方法，实验的心得与体会。

22.6 实验 6 报表的创建和使用实验

【实验目的】

1. 理解建立报表的基本概念，了解报表的种类
2. 会用自动报表和报表向导创建报表
3. 掌握在设计视图下创建报表的方法

4. 掌握报表中记录的排序与分组的方法

【实验内容】

以实验3和实验4创建的数据库中相关表和查询为数据源，按题目要求创建以下报表。

（1）以“学生”表为数据源，使用“自动报表”创建报表，报表名为“R1”。

（2）在“R1”报表基础上，创建子报表，使其能在报表中输出个人的全部成绩，要求在子报表中显示“课程名”、“考试成绩”、“学分”。报表名为“R2”。

（3）用报表向导创建报表，使其能够按“课程名”分组显示所有选修学生的成绩，输出字段包括课程名、课程代码、学号、姓名、考试成绩。要求按“课程代码”升序、“考试成绩”降序排列记录。报表名为“R3”。

（4）在“R3”报表基础上，增加各科成绩的平均分显示，并能在报表页脚处显示总平均分。报表名为“R4”。

（5）在报表设计视图下，创建显示各科成绩统计数据的报表，输出的字段包括课程名、平均分、最高分、最低分。美化报表，使各记录之间有分隔线，各数据之间有垂直分隔线，标题与显示数据之间使用相对粗的横线分隔。报表名为“R5”。

（6）使用标签向导，制作“补考通知单”，如图22.6所示，报表名为“R6”。

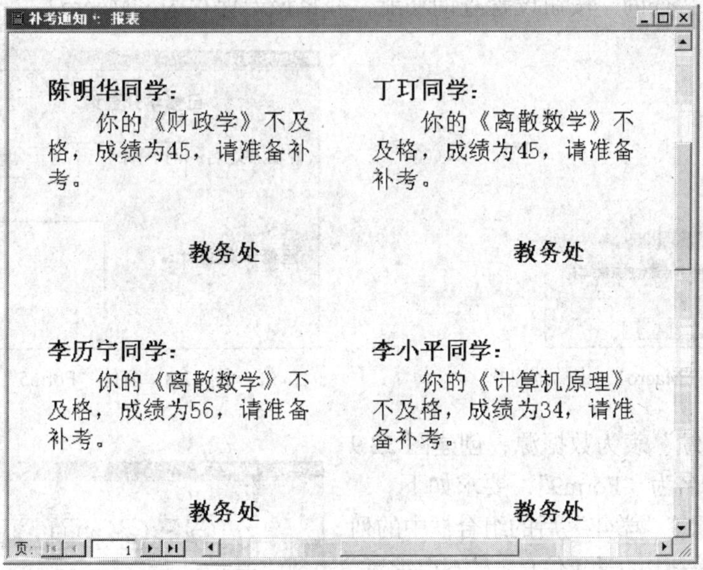

图22.6 补考通知单

【实验要求】

（1）创建报表，查看打印预览效果。

（2）记录创建过程中出现的问题及解决方法。

（3）编写实验报告，报告内容如下。

① 实验目的。

② 实验内容。

③ 实验过程。

④ 分析与思考。实验过程中遇到的问题及解决方法，实验的心得与体会。

22.7 实验 7 宏的建立和使用实验

【实验目的】

1. 掌握 Access 中宏对象的创建方法
2. 熟悉和掌握 Access 中各种常用宏命令的使用方法
3. 掌握在窗体、报表中触发宏的方法
4. 掌握条件宏的创建方法
5. 掌握宏组的创建方法

【实验内容】

以实验 3～实验 5 实验内容为基础，按题目要求完成以下操作。

（1）创建宏，运行该宏时首先显示消息框，如图 22.7 所示，然后在提示保存所做的全部修改后退出 Access，并将该宏保存为“Macro1”。

（2）打开实验 5 所建的窗体“Form5”，如图 22.8 所示。该窗体的功能为查询学生的已修学分。为其中的“查询”按钮设置查询功能，并将该宏保存为“Macro2”。

图 22.7 宏“Macro1”中的消息框

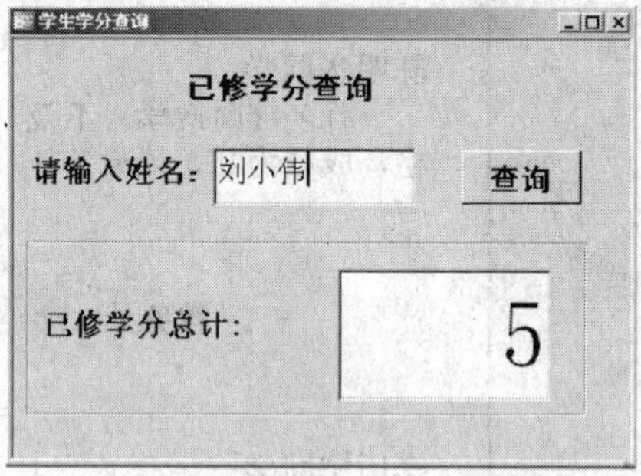

图 22.8 窗体“Form5”

（3）以“成绩”表为数据源，创建图 22.9 所示窗体，窗体名为“Form9”，要求如下。

① 窗体上标签“学年”后的组合框中的列表为查询“成绩”表中的学年信息，且不得重复。

② 标签“学期”后的组合框中的列表为“1”和“2”。

③ 单击“查询”按钮后窗体下方的列表中显示该学生指定学年和学期的各门课程成绩，与其相关的宏保存为“Macro3”。

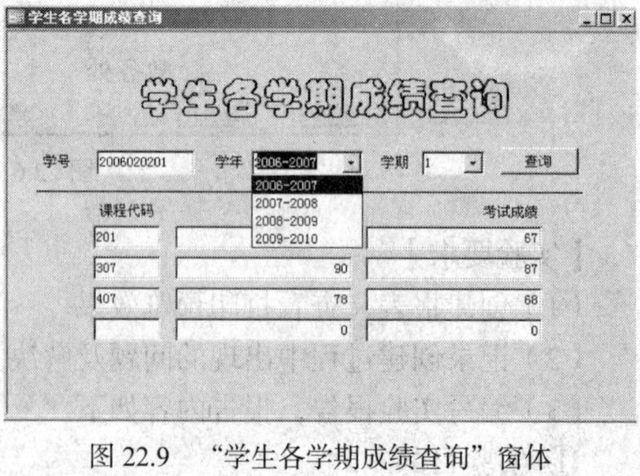

图 22.9 “学生各学期成绩查询”窗体

（4）用各种向导创建窗体“课程录入”以及其中的按钮，然后创建宏组，用宏修改该窗体。宏组的名为“Macro4”。

① 设置原来的“课程类别”文本框不显示，增加新控件选项组，然后在其单击事件上创建宏，为字段“课程类别”设置值。该宏的宏名为“设置课程类别”。

② 设置原来的“学分”文本框不显示，增加新控件组合框，然后在其单击事件上创建宏，为字段“学分”设置值。该宏的宏名为“设置学分”。

创建后的窗体如图 22.10 所示，窗体名为“Form10”。

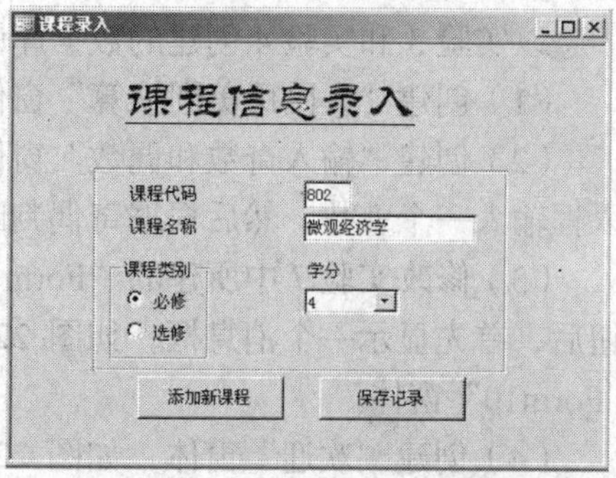

图 22.10 “课程信息录入”窗体

（5）创建一个工具栏，其名称为“我的工具栏”，工具栏包含“导出…”、“运行宏 Macro1”和“打开学生表”3 个按钮，然后创建自动启动宏，使得打开数据库时自动显示该工具栏。该宏保存为“Macro5”。

（6）完善实验 5 所建窗体“Form8”，如图 22.11 所示。

① 设置验证码，并保存该宏为“Macro61”（提示：在窗体的“加载”事件中设置该文本框的值为用函数 Rnd 生成的一个 4 位随机整数，具体公式为：Int(Rnd()*9000)+1000）。

② 为“登录”按钮设置验证功能。设用户名为“CUEB”，密码为“123456”。如果输入的用户名、密码和验证码都正确，则关闭当前的“登录”窗体，打开“成绩管理系统”主界面窗体（“成绩管理系统”主界面窗体待实验 10 中创建，此处可暂用一个窗体代替）。否则清除用户名和密码，重新设置验证码，准备重新输入。保存该宏为“Macro62”。

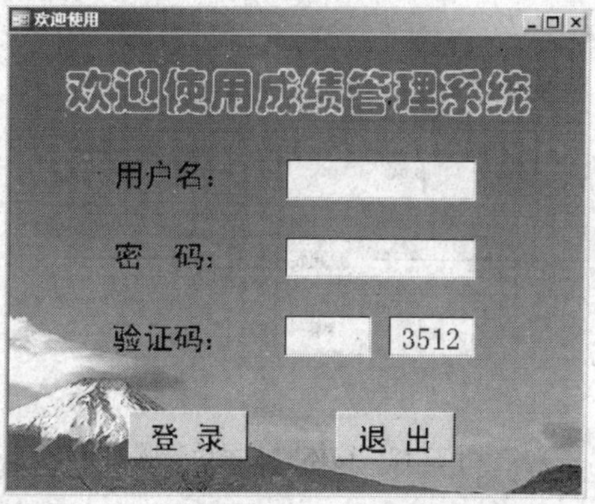

图 22.11 “登录”窗体

③ 为“退出”按钮设置功能，使得单击该按钮后退出 Access。保存该宏为“Macro63”。

【实验要求】

（1）完成题目要求的操作，运行并查看结果。

（2）记录创建过程中出现的问题及解决方法。

（3）编写实验报告，报告内容如下。

① 实验目的。

② 实验内容。

③ 实验过程。

④ 分析与思考。实验过程中遇到的问题及解决方法，实验的心得与体会。

22.8 实验 8 VBA 编程实验

【实验目的】

1. 掌握 Access 程序设计的过程
2. 掌握顺序结构、选择结构和循环结构的编程方法
3. 掌握数组的使用方法
4. 掌握过程和函数的创建及调用方法

【实验内容】

以实验 3 和实验 4 创建的数据库中相关表和查询为数据源，按题目要求完成以下操作。

（1）创建“人民币美圆换算”窗体，如图 22.12 所示。

（2）创建“输入奇数和偶数”窗体，如图 22.13 所示。要求单击“输入”按钮后，用输入框输入一个整数，然后根据奇偶判断的结果将数放入合适的列表框中。

（3）修改实验 7 中所建的“Form10”窗体，为其增加一个“退出”按钮。要求单击该按钮后，首先显示一个消息框，如图 22.14 所示，如果在消息框中选择“确定”按钮，则关闭“Form10”窗体。

（4）创建“欢迎”窗体，如图 22.15 所示。在窗体中如果选择了教师，则单击“进入”按钮后，打开“Form10”窗体。如果选择了学生，则单击“进入”按钮后，打开实验 7 所建的“Form9”窗体。

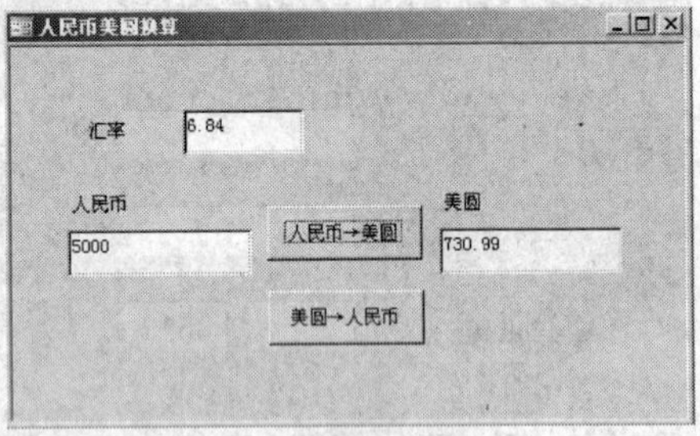

图 22.12　窗体“人民币美圆换算”

图 22.13　窗体“输入奇数和偶数”

图 22.14　消息框

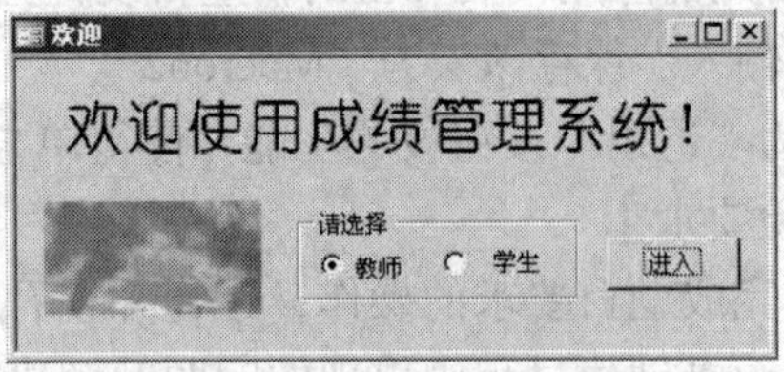

图 22.15　窗体“欢迎”

（5）创建“模块 1”，然后在其中创建新过程 P1。在 P1 中编写程序，计算 1-2+3-4+5-6+…-100 的和，并将结果在立即窗口中输出。

（6）在“模块 1”中创建过程 P2，使得在立即窗口中打印图 22.16 所示的图形。

```
*************
 ***********
  *********
   *******
    *****
     ***
      *
```

图 22.16　需要打印的图形

（7）创建“字符串反序”窗体。要求单击“反序”按钮后，将上面的文本框中输入的字符串按相反的顺序输出到下方的文本框中，如图 22.17 所示。

（8）创建“排序”窗体，如图 22.18 所示。要求单击按钮后首先输入 10 个整数，并显示在左侧的列表框中，然后将这 10 个数按照预先选定的排序方式进行排序，最后将排序的结果显示在右侧的列表框中。

（9）在“模块 1”中创建函数过程 MyGY，该函数返回两个给定整数的最大公约数，然后在“模块 1”中创建过程 P3，调用函数过程 MyGY。

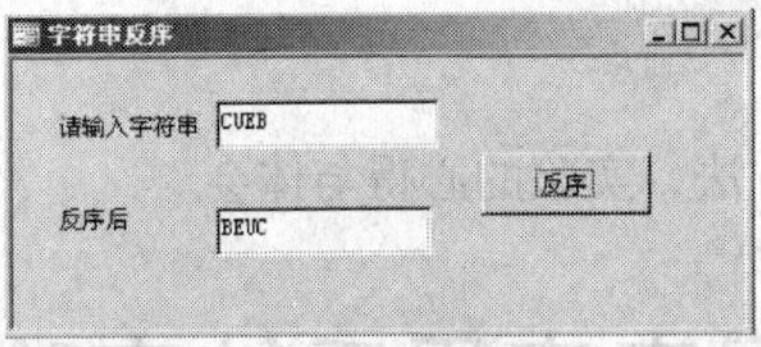

图 22.17 窗体“字符串反序”

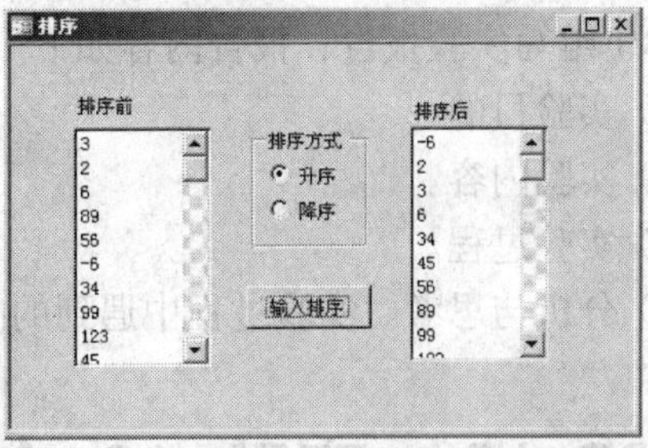

图 22.18 窗体“排序”

【实验要求】

（1）完成题目要求的设计及操作，运行并查看结果。

（2）记录创建过程中出现的问题及解决方法。

（3）编写实验报告，报告内容如下。

① 实验目的。

② 实验内容。

③ 实验过程。

④ 分析与思考。实验过程中遇到的问题及解决方法，实验的心得与体会。

22.9 实验 9 创建数据访问页实验

【实验目的】

1. 理解数据访问页的功能
2. 认识数据访问页的 3 种类型
3. 熟练使用自动创建数据访问页创建数据访问页
4. 熟练使用向导创建数据访问页
5. 熟练使用设计视图创建数据访问页

【实验内容】

以实验 3 和实验 4 创建的数据库中相关表和查询为数据源，按题目要求创建以下数据访问页。

（1）使用“自动创建数据页：纵栏式”向导创建一个数据访问页，命名为“学生信息表”，标题为“学生信息”，用户不可以修改“学生”表中的记录。

（2）使用“数据页向导”创建一个数据访问页，命名为“课程信息表”，标题为“课程信息”，要求按“课程类别”分组，并按“课程代码”降序排列。

（3）设计一个数据访问页，命名为“学生成绩查询”，要求在数据访问页中显示每个学生各门课程的成绩，并在数据访问页中添加滚动文字“欢迎浏览!”。

（4）使用设计视图打开“学生信息表”数据访问页，删除记录导航栏，并添加两个命令按钮，功能分别是“查看上一条记录”和“查看下一条记录”，并应用“边缘”主题。

【实验要求】

（1）创建数据访问页，运行并查看结果。

（2）记录创建过程中出现的问题及解决方法。

（3）编写实验报告，报告内容如下。

① 实验目的。

② 实验内容。

③ 实验过程。

④ 分析与思考。实验过程中遇到的问题及解决方法，实验的心得与体会。

22.10 实验 10 创建数据库应用系统实验

【实验目的】

1. 了解数据库应用系统的开发过程
2. 掌握创建数据库应用系统菜单的方法
3. 了解启动属性的含义，掌握设置应用系统启动属性的方法

【实验内容】

（1）阅读实验 1 给出的某学校“成绩管理”业务描述和用户需求，以实验 1～实验 9 的实验内容为基础，进行系统分析，并设计“成绩管理系统”的功能结构，画出功能结构图。

（2）根据功能结构图，选择一种创建系统菜单的方法将前 9 个实验的结果集成在一起，形成“成绩管理系统”。

> **提示** 可以将实验 7 完善的“Form8”窗体作为系统启动窗体；再创建一个系统主界面窗体，使该窗体显示系统菜单。

（3）对“成绩管理系统”进行适当设置，使其在运行时，自动进入系统主界面。

【实验要求】

（1）运行创建的系统并查看结果。

（2）记录上机操作过程中出现的问题及解决方法。

（3）编写实验报告，报告内容如下。

① 实验目的。

② 实验内容。

③ 实验过程。

④ 分析与思考。实验过程中遇到的问题及解决方法，实验的心得与体会。

（4）将所建系统和实验报告以电子文档形式上交。

模拟试卷篇

“模拟试卷篇”提供了两份模似试卷，包括理论知识和实际操作两部分。理论知识包含单项选择、填空、判断 3 种题型，涵盖了各章重要的知识点，并配有参考答案；实际操作包含基本操作、简单应用和综合应用 3 类试题，重点考查 Access 的基本操作和简单应用。目的是为了能够更好地帮助读者验证学习 Access 的实际效果，以适应学校相关课程的考试和全国等级考试。

第 23 章 模拟试卷一

23.1 模拟试卷

一、单项选择

1. 目前主要的数据模型有 3 种，分别是（　　）。

A. 层次模型　关系模型　链状模型

B. 层次模型　关系模型　网状模型

C. 环状模型　网状模型　总线模型

D. 层次模型　关系模型　总线模型

2. 假设数据库中表 A 与表 B 建立了"一对多"关系，表 B 为"多"的一方，以下叙述述中，正确的是（　　）。

A. 表 A 中的一个记录能与表 B 中的多个记录匹配

B. 表 B 中的一个记录能与表 A 中的多个记录匹配

C. 表 A 中的一个字段能与表 B 中的多个字段匹配

D. 表 B 中的一个字段能与表 A 中的多个字段匹配

3. Access 中表和数据库的关系是（　　）。

A. 一个数据库只能包含一个表　　B. 一个表只能包含一个数据库

C. 一个数据库可以包含多个表　　D. 一个表可以包含多个数据库

4. 以下能够使用"输入掩码向导"创建输入掩码的数据类型是（　　）。

A. 数字　　B. 是/否　　C. 日期/时间　　D. 备注

5. 以下属于 Access 可以导入或链接的数据源是（　　）。

A. Access　　B. FoxPro　　C. Excel　　D. 以上皆是

6. 以下叙述中，错误的是（　　）。

A. 在数据表视图中，可以同时改变多列数据位置

B. 在数据表视图中，可以冻结列，不可以冻结行

C. 在设计表视图中，可以删除指定记录

D. 在设计表视图中，可以修改字段类型

7. 以下不属于 Access 支持的查询类型是（　　）。

A. 选择查询　　B. 自动查询　　C. 参数查询　　D. 操作查询

8. 假设有一组学生记录，其中性别为“女”，成绩为“97”，班级为“计算机”，在以下逻辑表达式中，结果为假的是（　　）。

A. 成绩>97 AND 班级="计算机" OR 性别="男"

B. 成绩>97 AND 班级="计算机" OR NOT 性别="男"

C. 成绩=97 AND 班级="计算机" OR 性别="男"

D. 成绩=97 AND 班级="计算机" OR NOT 性别="男"

9. 以下有关 SQL 语句的叙述中，错误的是（　　）。

A. INSERT 语句用来向数据表中追加新的记录

B. UPDATE 语句用来修改数据表中已经存在的记录

C. DELEETE 语句用来删除数据表中指定的记录

D. CREATE 语句用来建立表结构并追加新的记录

10. 如果在数据库中已有同名的表，若要通过查询覆盖原来的表，应使用的查询类型是（　　）。

A. 删除查询　　B. 追加查询　　C. 生成表查询　　D. 更新查询

11. 在 Access 中已经建立了“图书”表，其中包含“书名”、“单价”和“数量”等字段，若以该表为数据源创建一个窗体，窗体中有一个文本框，显示总金额，则其控件来源属性应设置为（　　）。

A. [单价]*[数量]　　B. =[单价]*[数量]

C. [图书]! [单价]*[图书]! [数量]　　D. =[图书]! [单价]*[图书]! [数量]

12. 要改变窗体上文本框控件的数据源，应设置的属性是（　　）。

A. 记录源　　B. 控件来源　　C. 默认值　　D. 筛选查询

13. 要改变窗体上文本框控件的输出内容，应设置的属性是（　　）。

A. 标题　　B. 查询条件　　C. 控件来源　　D. 记录源

14. 要实现报表的分组统计，其操作区域是（　　）。

A. 报表页眉或报表页脚页　　B. 页面页眉或页面页脚页

C. 组页眉或组页脚　　D. 主体

15. 在报表中，要计算最高“工资”，应将控件的控件来源属性设置为（　　）。

A. =max([工资])　　B. =max(工资)　　C. =max[工资]　　D. =max 工资

16. 以下关于报表数据源设置的叙述中，正确的是（　　）。

A. 可以是任意对象　　B. 只能是表对象

C. 可以是表对象或查询对象　　D. 只能是查询对象

17. Access 通过数据访问页可以发布的数据（　　）。

A. 只能是静态数据　　B. 只能是数据库中保持不变的数据

C. 只能是数据库中的数据　　D. 是数据库中保存的数据

18. 以下可以一次执行多个操作的数据库对象是（　　）。

A. 窗体　　B. 报表　　C. 宏　　D. 数据访问页

19. 在宏的条件表达式中，要引用“rptT”报表上名为“txtName”控件的值，正确的引用表达式是（　　）。

A. Reports!rptT!txtName　　B. rptT!txtName

C. Reports!txtName　　　　　　　　　　D. txtName

20. 以下是宏对象 m1 的操作序列设计：

操作序列	操作对象名称
OpenForm	"fTest2"
OpenTable	"tStud"
Close	（无）
Close	（无）

假定宏 m1 操作中涉及的对象均已存在。将 m1 宏设置为窗体"fTest1"上某个命令按钮的单击事件属性。当打开窗体"fTest1"后，单击该命令按钮，将运行宏 m1。运行宏 m1 后，执行完 Close 操作后，会（　　）。

A. 只关闭窗体对象"fTest1"

B. 只关闭表对象"tStud"

C. 关闭窗体对象"fTest1"和表对象"tStud"

D. 关闭窗体对象"fTest1"和"fTest2"，关闭表对象"tStud"

21. 使用 VBA 的逻辑值进行算术运算时，True 值被处理为（　　）。

A. −1　　　　B. 0　　　　C. 1　　　　D. 任意

22. 设 a=6，执行 x=IIF(a>5,−1,0)后，x 的值为（　　）。

A. 6　　　　B. 5　　　　C. 0　　　　D. −1

23. "对象所识别的动作"和"对象可执行的行为"分别称为对象的（　　）。

A. 方法和事件　　B. 事件和方法　　C. 事件和属性　　D. 过程和方法

24. 以下程序执行后，变量 A 和 B 的值分别为（　　）。

```
A=1
B=A
Do until A>=5
  A=A+B
  B=B+A
Loop
```

A. 1,1　　　　B. 4,6　　　　C. 5,8　　　　D. 8,13

25. 运行以下程序，消息框中输出的结果是（　　）。

```
Private Sub Command1_Click()
  Dim a(10),p(3) As Integer
  K=5
  For i = 1 To 10
       a(i) = i
  Next i
  For i = 1 To 3
       p(i) = a(i*i)
  Next i
  For i = 1 To 3
       k=k+p(i)*2
  Next i
  MsgBox k
End Sub
```

A. 28　　　　B. 33　　　　C. 35　　　　D. 37

二、填空

1. 数据库管理系统（DBMS）是位于用户与________之间的数据管理软件。
2. 字段输入掩码的作用是为字段输入数据时所设置的某种特定的________。
3. 创建交叉表查询时，必须对行标题和________标题进行分组操作。
4. 可以通过________，将宏操作转换为相应的宏代码。
5. 窗体中有一个命令按钮 Command1，其 Click 事件过程如下。

```
Private Sub Command1_Click()
For i = 1 To 4
        x = 3
        For j = 2 To 3
            x = 3
            For k = 1 To 2
                x = x + 2
            Next k
        Next j
    Next i
    MsgBox x
End Sub
```

窗体运行后，单击命令按钮，消息框输出的结果是________。

三、判断

1. 投影运算是在基本表中选择满足条件的记录组成一个新的关系。
2. 空值表示字段中还没有确定的值。
3. 输入掩码属性由字面字符和决定输入数值的类型的特殊字符组成。
4. 条件“NOT 工资额>2000”的含义是选择工资额小于 2000 的记录。
5. 若为窗体中的命令按钮设置单击鼠标时发生的动作，应选择属性对话框的“事件”选项卡。
6. 绑定型文本框只能从表或查询中获得所需内容。
7. 在报表中，不仅可以输出表或查询中的数据，也可以输出计算结果。
8. 在报表中，将大量数据按不同的类型分别集中在一起，称为分类。
9. 通过页视图可以修改由自动数据访问页和数据访问页向导创建的数据访问页。
10. Sub 过程与 Function 过程最根本的区别是：Sub 过程的过程名不能返回值，而 Function 过程能够通过过程名返回值。

四、Access 操作

要求以下操作在打开的“教学管理.mdb”数据库中进行。

（一）基本操作

1. 将“授课”表中的“教师名”、“课程号”和“班级”设置为主键。
2. 为“成绩”表中的“成绩”字段设置有效性规则，限定输入的成绩为 0～100。如果输入错误，则提示“您输入的成绩超范围(0～100)!”。
3. 在“课程”表中增加一个字段，字段名称为“课程类型”，数据类型为“文本型”，字段长度为 4 个字符。

4. 为“课程”表中的“课程类型”字段设置查阅列表，列表中的数据只能是“必修”和“选修”。

5. 分析并建立“班级”、“授课”、“学生”、“课程”和“成绩”等几个表之间的关系，表间均设置参照完整性。

（二）简单应用

1. 创建一个查询，查找所有选修了“高等数学”或“概率论”这两门课程的同学，并显示“学号”和“姓名”，所建查询名为“Q1”。要求每个学生的信息只显示一次。

2. 创建一个查询，统计每个学生的总学分，并显示“学号”、“姓名”、“已修课程数”和“总学分”，所建查询名为“Q2”。要求成绩大于等于 60 分才有学分。

3. 创建一个查询，将“5-302”教室安排的所有课程改在“5-202”教室，所建查询名为“Q3”。

4. 创建一个带子窗体的窗体。其中主窗体显示“班级”表中的“班级”，子窗体显示该班学生的“学号”和“姓名”。要求子窗体格式为“数据表”，窗体标题为“班级名单”。主窗体名为“F 班级”，子窗体名为“F 学生 子窗体”。显示格式及内容如图 23.1 所示。

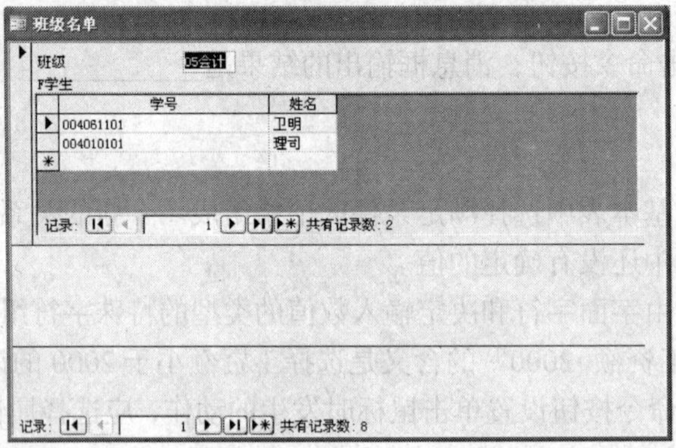

图 23.1 新建的“F 班级”窗体

5. 以已有的查询“Q 成绩查询”为数据源，使用向导自动创建表格式报表，该报表打印出所查学生的成绩单。报表名为“R 成绩单”。

（三）综合应用

1. 对已有报表“R 成绩单”进行如下设置

（1）将报表页眉处标签设置为“学生成绩单”；

（2）在“学号”页脚添加两个文本框，名称分别为“Text14”和“Text16”，用来计算并显示该学生的平均分和总分。“Text14”文本框的标签名称为“Label15”，标题为“平均分”；“Text16”文本框的标签名称为“Label17”，标题为“总分”。

2. 按照下列要求创建条件宏“H1”

（1）创建条件宏。该宏执行时根据对被显示的消息框的返回值进行测试。如果选择“确定”按钮，则关闭当前窗体；

（2）打开前面建立的窗体“F 班级”，在窗体页脚节区添加一个命令按钮，设置该命令按钮，单击该按钮后执行宏 H1。命令按钮名称为“退出_Cmd”，标题为“退出”。显示格式及内容如图 23.2 所示。

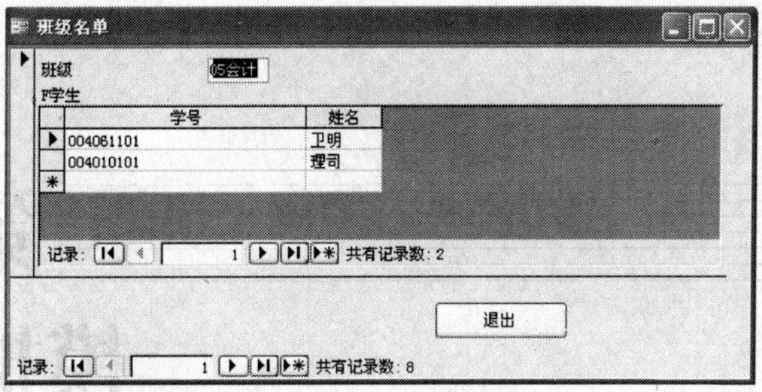

图 23.2　添加按钮后的"F 班级"窗体

23.2　试卷参考答案

一、单项选择

题号	1	2	3	4	5	6	7	8	9	10
答案	B	A	C	C	D	C	B	A	D	C
题号	11	12	13	14	15	16	17	18	19	20
答案	B	B	C	C	A	C	D	C	A	C
题号	21	22	23	24	25					
答案	A	D	B	C	B					

二、填空

1. 操作系统
2. 格式
3. 列
4. 另存为模块方式
5. 7

三、判断

题号	1	2	3	4	5	6	7	8	9	10
答案	×	√	√	×	√	×	√	×	×	√

四、Access 操作

（略）

第24章 模拟试卷二

24.1 模拟试卷

一、单项选择

1. 以下属于 Access 对象的是（　　）。

A. 文件　　B. 数据　　C. 记录　　D. 查询

2. 假设一个书店用（书号、书名、作者、出版社、出版日期、库存数量……）一组属性来描述图书，可以作为“关键字”的是（　　）。

A. 书号　　B. 书名　　C. 作者　　D. 出版社

3. 以下叙述中，正确的是（　　）。

A. Access 不具备程序设计能力

B. Access 数据库中的表由字段和数据组成

C. Access 只能使用切换面板管理器创建数据库应用系统

D. Access 包括表、查询、窗体、报表、宏、页和模块等 7 种对象

4. 以下关于输入掩码的叙述中，正确的是（　　）。

A. 定义字段的输入掩码，是为了设置字段的显示格式

B. 定义字段的输入掩码，是为了设置字段的输入格式

C. 定义字段的输入掩码，是为了设置字段的输入条件

D. 定义字段的输入掩码，是为了设置字段的密码

5. 数据表中的“列”称为（　　）。

A. 字段　　B. 数据　　C. 记录　　D. 主关键字

6. 假设已有 A 和 B 两个表，A 为主表，B 为子表，如果不允许在 B 表中添加主表中没有与之相关的记录，则需要定义（　　）。

A. 有效性规则　　B. 有效性文本　　C. 参照完整性　　D. 输入掩码

7. 在 SELECT 语句中，为了使查询结果排序，应该使用的短语是（　　）。

A. asc　　B. desc　　C. group by　　D. order by

8. 将一个或多个表、一个或多个查询组合起来，形成的查询属于（　　）。

A. 操作查询　　B. 联合查询　　C. 传递查询　　D. 选择查询

9. 在 Access 中已建立“学生”表，包括“学号”、“姓名”、“性别”和“出生日期”等字段，如果计算并显示每名学生的年龄并取整，应在查询设计视图的“字段”行中输入(　　)。

A. 年龄:date()-[出生日期]/365

B. 年龄:year(date())-year([出生日期])

C. 年龄:(date()-[出生日期])/365

D. 年龄:year([出生日期])

10. 在 Access 中已建立“客户”表，若查询“客户编号”是“123”和“138”的记录，应在查询设计视图的“条件”行中输入（　　）。

A. "123" and "138"　　B. "123" ,"138"

C. in ("123" and "138")　　D. in ("123", "138")

11. 创建窗体可以使用的视图是（　　）。

A. 窗体视图　　B. 设计视图　　C. 数据表视图　　D. 版面视图

12. 能够唯一标识某一控件的属性是（　　）。

A. 名称　　B. 标题　　C. 默认值　　D. 控件来源

13. 在已建“教师”表中有“工作日期”字段，若以该表为数据源创建一个窗体，窗体中有一个文本框，其控件来源属性为：= str(month([工作日期])+ "月"。假设当前记录的“工作日期”字段值为：1984-7-4，则在该文本框控件内显示的结果是（　　）。

A. str(month([工作日期])+ "月"　　B. "07"+"月"

C. 07 月　　D. 7 月

14. 以下关于报表的叙述中，正确的是（　　）。

A. 报表只能输入数据　　B. 报表只能输出数据

C. 报表可以输入和输出数据　　D. 报表不能输入和输出数据

15. 要实现报表按某字段分组统计，需要设置（　　）。

A. 报表页脚　　B. 该字段的组页脚　　C. 主体　　D. 页面页脚

16. 在设计报表时，如果要统计某个字段的全部数据，应将计算表达式放在（　　）。

A. 组页眉或组页脚　　B. 页面页眉或页面页脚

C. 主体　　D. 报表页眉或报表页脚

17. 将 Access 数据库中的数据发布在 Internet 上，可以通过（　　）。

A. 查询　　B. 窗体　　C. 表　　D. 数据访问页

18. 宏是指一个或多个（　　）。

A. 对象结合　　B. 命令集合　　C. 操作集合　　D. 表达式集合

19. 以下关于宏操作的叙述中，错误的是（　　）。

A. 在宏的条件表达式中，不能引用窗体或报表的控件值

B. 所有宏操作，都可以转化为相应的宏代码

C. 使用宏组，可以对多个宏进行组织和管理

D. 使用宏，可以运行其他应用程序

20. 以下是宏对象 m1 的条件及操作序列设计：

条件	操作序列	操作对象名称
	①OpenForm	“fTest2”
	②Beep	

[tNum] >123	③OpenTable	"tStud"
…	④Msgbox	
	⑤OpenReport	"rStud"
…	⑥Close	(无)

假定宏 m1 操作中涉及的对象均已存在。将 m1 宏设置为窗体"fTest1"上某个命令按钮的单击事件属性。当打开窗体"fTest1"后，在窗体上名为"tNum"的文本框中输入数字 150，然后单击命令按钮，会启动宏 m1 的运行。宏 m1 运行后，执行的操作序列是（　）。

A. ①②③④⑤⑥　　B. ①②⑤

C. ①②③④⑥　　D. ①②⑤⑥

21. 已定义二维数组 a(2 to 6,4)，则该数组的元素个数为（　）。

A. 20　　B. 24　　C. 25　　D. 36

22. 假定 DD 为某日期，计算该日期与计算机系统日期相差天数的正确表达式是（　　）。

A. Day(DD)　　B. Date()-DD

C. Date()-Day(DD)　　D. Day(date())-DD

23. 关于以下循环结构的叙述中，正确的是（　）。

```
Do until 条件
  循环体
Loop
```

A. 如果"条件"为"-1"，则一次循环体也不执行

B. 如果"条件"为"-1"，则至少执行一次循环体

C. 如果"条件"不为"-1"，则一次循环体也不执行

D. 无论"条件"是否为"-1"，则至少执行一次循环体

24. 窗体中有一个命令按钮 Command1。其 Click 事件过程如下。

```
Private Sub Command1_Click()
  A=75
  IF A>60 Then i=1
  IF A>70 Then i=2
  IF A>80 Then i=3
  IF A>90 Then i=4
  MsgBox i
End Sub
```

窗体运行后，单击命令按钮，消息框输出的结果是（　　）。

A. 1　　B. 2　　C. 3　　D. 4

25. 窗体中有一个命令按钮 Command1。其 Click 事件过程如下。

```
Sub P(b() As Integer)
  For i=1 to 4
    b(i)=2*i
  Next i
End Sub
Private Sub Command1_Click()
  Dim a(1 to 4) As Integer
  For i=1 to 4
    a(i)=i+4
  Next i
```

```
    P a()
    For i=1 to 4
      MsgBox  a(i)
    Next i
  End Sub
```

窗体运行后，单击命令按钮，消息框 4 次输出的结果分别是（　　）。

A. 2 4 6 8　　B. 5 6 7 8　　C. 10 12 14 16　　D. 出错

二、填空

1. 将两个关系拼接成一个新的关系，生成的新关系中包含满足条件的元组，这种操作称为________。

2. Access 表中的"行"称为__________。

3. 若要查询最近 10 天内参加工作的职工记录，查询条件为__________。

4. 由多个操作构成的宏，在执行时是按照________依次执行的。

5. 窗体中有一个命令按钮 Command1。其 Click 事件过程如下。

```
Private Sub Command1_Click()
    Dim a(10, 10)
      For m = 1 To 4
        For n = 3 To 5
            a(m, n) = m * n
        Next n
      Next m
  MsgBox a(1, 3) + a(2, 4) + a(3, 5)
End Sub
```

窗体运行后，单击命令按钮，消息框输出的结果是___________。

三、判断

1. 数据库系统的核心是数据库。
2. Access 中的表只包含一个主题的信息。
3. 在数据表视图中，字段显示顺序由用户在设计视图中定义的顺序决定。
4. 在书写查询条件时，应使用"%"将日期型数据括起来。
5. 在创建主/子窗体时，必须设置表之间的关系。
6. 如果在窗体上输入的数据总是取自表或查询中的字段数据，只能使用列表框控件显示。
7. 要在报表最后一页主体内容之后显示信息，应将该信息设置在报表页脚处。
8. 在报表设计中，标签控件可以作为绑定控件显示字段数据。
9. 数据访问页有两种视图，分别是设计视图和浏览视图。
10. 在使用 Dim 语句定义数组时，在默认情况下，数组下标的下限为 0。

四、Access 操作

要求以下操作在打开的"库存管理.mdb"数据库中进行。

（一）基本操作

1. 分析"库存"和"定额"两个表的字段构成，判断并设置其主键。
2. 在"库存"表的"产品名称"和"规格"字段之间增加一个新字段，字段名称为"单位”，数据类型为“文本”，字段大小为 1；对“单位”字段进行适当设置，以保证在向该字段输入数据时，其初始值自动置为“只”。

3. 设置“定额”表中“最低储备”和“最高储备”字段的“字段大小”，将其改为“整型”；设置“最低储备”字段的有效性规则和有效性文本，有效性规则是：输入的最低储备值应大于等于 100；有效性文本内容为：“输入的数据有误，请重新输入!”。

4. 将“库存”表的单元格效果改为“凸起”，字体改为“楷体”。

5. 建立“定额”表与“库存”表之间的关系。

（二）简单应用

1. 创建一个查询，在“库存”表中查找“产品 ID”第一个字符为“3”的产品，并显示“产品名称”、“库存数量”、“最高储备”和“最低储备”等字段内容，所建查询名为“Q1”。

2. 创建一个查询，计算每种产品的库存总金额（总金额=单价×库存数量），并显示“产品代码”、“产品名称”和“总金额”3 列数据，所建查询名为“Q2”。

3. 创建一个查询，运行该查询后可将“库存”表中所有记录的“出厂价”字段值增加 5%，所建查询名为“Q3”。

4. 创建一个宏，功能为第一，以数据表方式打开本大题第 2 小题创建的“Q2”查询；第二，显示一个提示框，标题为“系统提示”，消息为“打开已建查询 Q2”，类型为“信息”；第三，关闭“Q2”查询。所建宏名为 H1。

5. 使用向导创建一个报表，显示每种产品的库存信息（显示内容为“定额”表的全部字段）；报表布局为“表格”，方向为“纵向”，样式为“组织”；报表标题为“产品定额储备数量”，所建报表名为“rQuota”。

（三）综合应用

1. 按以下要求创建并设计窗体

（1）创建一个窗体，显示“库存”表的全部字段内容，窗体名为“fStock”，窗体布局为“纵栏表”，窗体样式为“宣纸”。

（2）在窗体页眉节区添加一个标签控件，标题为“产品库存”，字体名称为“幼圆”，字号大小为“16”。

（3）取消窗体中的水平滚动条、垂直滚动条和导航按钮，只保留窗体的关闭按钮。

（4）在窗体页脚节区依次添加两个命令按钮，按钮上显示的文本分别为“修改”和“退出”；“修改”命令按钮的功能为：当“fStock”窗体当前记录的“出厂价”小于 1 时，将“出厂价”改为 1，改完后显示消息提示框，标题为“更新提示”，消息为“出厂价更新完毕!”，类型为“重要”；“退出”命令按钮的功能是关闭“fStock”窗体。

2. 按以下要求对已建报表“rStock”进行设计

（1）对报表进行适当设置，使报表标题栏上显示的文字为“产品库存情况”。

（2）在报表页眉节区显示的标题文本为“产品库存情况表”，字体名称为“幼圆”、颜色为“棕色”（棕色代码为 128）、字体大小为“18”、字体粗细为“加粗”。

（3）按“产品名称”计算每种产品的平均出厂价（要求：平均出厂价保留整数）。

（4）在报表页眉节区添加一个文本框控件，显示系统当前日期。

（5）按图 24.1 调整报表内容和格式。

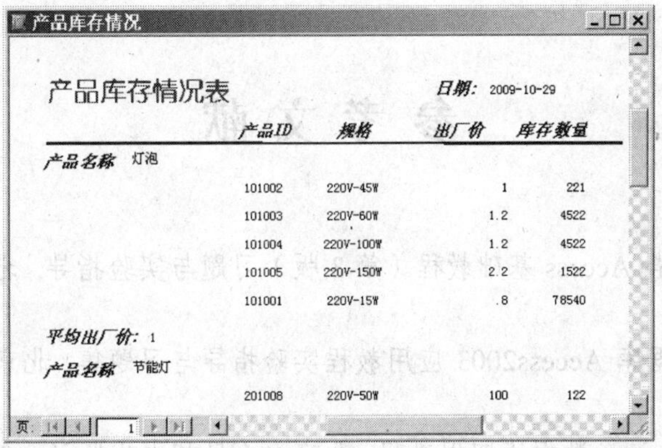

图 24.1　产品库存情况表

24.2　试卷参考答案

一、单项选择

题号	1	2	3	4	5	6	7	8	9	10
答案	D	A	D	B	A	C	D	B	B	D
题号	11	12	13	14	15	16	17	18	19	20
答案	B	A	D	B	B	D	D	C	A	A
题号	21	22	23	24	25					
答案	C	B	A	B	A					

二、填空

1. 连接
2. 记录
3. Between date() and date()-10　　或 Between date()-10 and date()
   Between now() and now()-10　　或 Between now()-10 and now()
   >= date()-10 and <=date()　　或>= now()-10 and <=now()
   <= date()and >=date()-10　　或<= now() and >=now()-10
4. 排列次序
5. 26

三、判断

题号	1	2	3	4	5	6	7	8	9	10
答案	×	√	√	×	√	×	√	×	×	√

四、Access 操作

（略）

参考文献

[1] 李民. 于繁华. Access 基础教程（第 3 版）习题与实验指导. 北京：中国水利水电出版社，2008

[2] 卢湘鸿. 数据库 Access2003 应用教程实验指导与习题集. 北京：人民邮电出版社，2009

[3] 郑小玲等. Access 数据库实用教程. 北京：人民邮电出版社，2007

[4] 訾秀玲等. Access 数据库技术与应用教程习题与实验指导. 北京：清华大学出版社，2007

[5] 郑小玲等. Access 项目开发实用案例. 北京：科学出版社，2007

[6] 李雁翎等. 数据库技术及应用——Access. 北京：高等教育出版社，2005

[7] 李雁翎等. 数据库技术及应用——习题与实验指导（Access）. 北京：高等教育出版社，2006

[8] 陈恭和等. 数据库基础与 Access 应用教程. 北京：高等教育出版社，2003

[9] 全国计算机等级考试命题研究组. 笔试考试习题集（二级 Access 数据库程序设计）. 天津：南开大学出版社，2005

[10] 全国计算机等级考试命题研究组. 上机考试习题集（二级 Access 数据库程序设计）. 天津：南开大学出版社，2005